KB132133

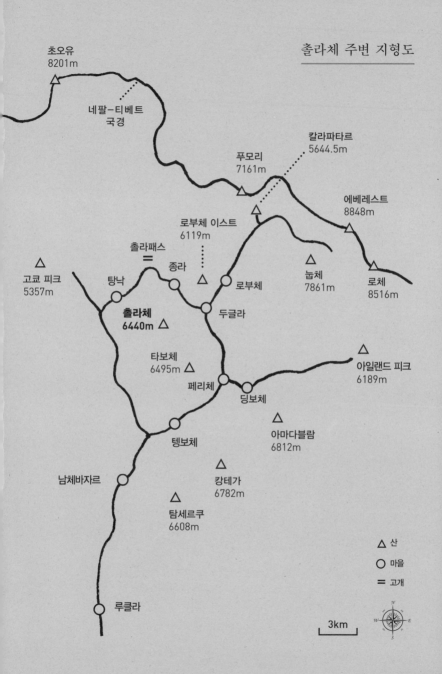

촐라체 주변 지형도

초오유
8201m

네팔-티베트
국경

칼라파타르
5644.5m

푸모리
7161m

에베레스트
8848m

로부체 이스트
6119m

촐라패스

종라

로부체

눕체
7861m

로체
8516m

고쿄 피크
5357m

탕낙

촐라체
6440m

두글라

타보체
6495m

페리체

딩보체

아일랜드 피크
6189m

아마다블람
6812m

텡보체

남체바자르

캉테가
6782m

탐세르쿠
6608m

루클라

△ 산
○ 마을
= 고개

3km

촐라체

박범신

장편소설

Ch❂latse

촐라체

문학동네

차 례

프롤로그

그것은 벽이었다, 차갑고 황홀한.

나는 짧은 스크리* 지대를 직진했다. 짧지만 당연히 지그재그로 내려가야 할 길이었다. 그러나 나는 아주 지쳐 있었고, 짜증이 났고, 그래서 조심하고 싶지 않았다. 내딛는 발걸음이 저절로 빨라졌다. 멈추지 않으면 돌밭으로 고꾸라질 거라고 느낀 건 사면이 끝날 무렵이었다. 돌확처럼 솟은 바위가 눈에 들어왔다. 나는 오른발을 넓게 벌려 돌확 모서리를 힘껏 짚었다. 무릎이 시큰

---

* 스크리(scree): 풍화작용으로 붕괴되어 산비탈이나 낭떠러지 밑에 쌓인 바위 부스러기. 풍화퇴석.

했다. 힘의 중심이 유턴하면서 간신히 제동이 걸렸으나 관성 때문에 허리가 한껏 앞으로 꺾였다. 내가 그것과 정면으로 딱 맞닥뜨린 것은 굽은 허리를 막 들어올릴 때였다.

그것은, 촐라체 북벽이었다.

나는 한순간 온몸이 스톱모션으로 굳었다. 피잉, 하는 듯한 낮고 날카로운 금속성, 혹은 가열차게 허공을 가르는 가죽 채찍 소리가 들렸다. 나는 본능적으로 눈을 감았다가 떴다. 채찍을 맞은 내 앞이마가 유리창 갈라지듯 갈라지는 게 환상적 슬로모션으로 보였다. 해발 6440미터, 촐라체가 거대한 히말라야 산군들로부터 완전히 분리되어 내게 하나의 섬광으로 다가온 순간이었다.

나는 돌확 모서리에 주저앉았다.
날씨는 좋았지만 이미 그늘로 뒤덮인 촐라체 북벽은 캄캄했다. 산릉은 어디 한군데 덜어내고 채우고 할 곳 없는 단단한 삼각주의 형상을 하고 있었다. 차례로 지나쳐온 탐세르쿠(Thamserku, 6608m), 캉테가(Kangtega, 6782m), 아마다블람(Ama Dablam, 6812m)보다 훨씬 날카롭고 야무졌다. 나는 에베

레스트를 비롯한 8000 연봉들이 연접된 마할랑구 히말에서부터
탐세르쿠 봉으로 아퀴를 짓고 있는 힌쿠 히말까지 시선을 크게
에둘렀다가 다시 촐라체를 보았다. 촐라체는 모든 산봉의 중심
이었다.

'어디, 다가와봐!'

그것이 속삭였다.

나는 황급히 시선을 내리깔았다. 이처럼 카리스마가 넘치는
검은 전사의 눈빛을 본 적이 없는 것 같았다. 가슴이 두근거리기
시작했다. 안 돼. 말려야 돼. 내 속에서 누가 말했다. 어느 방향에
선가 물소리가 났다. 촐라체의 검은 그늘에 파묻힌 발밑의 돌 틈
은 이미 얼어 있었다. 곧 해가 질 시간이었다. 배가 고팠고 목이
말랐다. 고소 증세로 텡보체(Tengboche, 3867m)에서부터 거의
먹지 못했을 뿐 아니라 아침 7시, 페리체(Pheriche, 4371m)를 출
발할 때 먹은 것도 겨우 셰르파* 스튜 반 그릇이 전부였다. 수통
은 이미 비어 있었다. 만약 어둡기 전에 베이스캠프*를 찾지 못

● 셰르파(sherpa): 히말라야 등산대의 짐을 나르고 길을 안내하는 인부. 본래는
네팔 동부 히말라야 산속에 살고 있는 티베트계의 한 종족의 명칭.

● 베이스캠프(base camp): 등산시 기점이 되는 캠프. 특히 대규모의 장거리 등
산이나 탐험을 하는 경우 물자를 저장해두는 고정적인 시설 및 텐트를 지칭한다.

한다면 장비도 없이 얼어붙은 모레인* 지대에서 비박*을 해야 할
참이었다.

"어이!"

나는 발작적으로 소리질렀다.

"어이, 박상민! 상민아!"

한번 소리치고 나자 계속해서 비명소리가 목울대를 타넘어 올
라왔다. 메아리는 전혀 없었다. 촐라체 북벽으로부터 뿜어져나
오는 캄캄한 그늘은 끄덕도 하지 않았다. 나는 공포에 차서 무슨
소리가 됐든 대답을 들으려고 무릎을 X자로 껴안고 필사적으로
귀를 기울였다.

그 순간, 심연을 울리고 나오는 듯한 그 소리가 또 들렸다.

피잉 하는, 날카롭고 낮은 금속성.

단번에 허공을 두 동강이 내는 가죽 채찍 소리.

• 모레인(moraine): 빙하에 밀려서 퇴적된 암석이나 토사. 퇴적된 모레인의 높이
가 수 미터에서 100미터가 넘는 것까지 있다. 불안정하여 그 위로 걷기가 힘들다.

• 비박(bivouac): 등산시 악천후나 사고가 발생하여 계획하지 못했던 장소에서
불가피하게 하는 야영.

베이스캠프

내가 네팔 카트만두행 비행기를 탄 것은 10월 하순이었다. 아무런 예정도 없었고 돌아올 기약도 없었다. 왕복인가요? 항공권을 살 때 직원은 물었고, 원웨이요, 나는 대답했다. 카트만두 공항에서 3개월 체류 비자를 우선 받았다. 항공권이 원웨이 티켓이군요? 붉은 고무도장을 든 네팔 직원이 말했다. 히말라야를 넘어 티베트로 올라갈 예정입니다. 영어가 모자라 설명하는 데 애를 먹었다. 즉흥적인 대답이었으나 내 설명에 나는 만족했다. 히말라야산맥을 넘어가는 것도 좋을 것 같았다.

10월 하순인데도 카트만두는 무더웠다.

몬순이 진즉 끝났으나 자주 소낙비가 내렸고, 비가 그치고 나면 까마귀떼가 새카맣게 하늘을 가리고 날았다. 까마귀떼가 날아들면 비구름에 갇힌 것처럼 도시가 일순간 어두워졌다. 내가 머문 게스트하우스 앞의 타멜 가 진창길엔 하루종일 차와 사람과 사이클 릭샤와 오토바이가 난잡하게 섞여 흘렀다. 낡은 게스트하우스의 3층 베란다에 앉아 타멜 가를 내려다보거나 까마귀떼를 올려다보는 것으로 나는 카트만두에서의 며칠을 보냈다. 까마귀떼가 내갈긴 물똥 세례를 이마에 받은 적도 있었다. 가깝게 내다뵈는 구왕궁이나 살아 있는 여신의 거처 쿠마리 사원조차 도무지 가볼 마음이 나지 않았다.

닷새 후 나는 포카라로 날아갔다.

포카라는 안나푸르나 트레킹*이 시작되는 곳이었다. 카트만두에 비해 공기가 맑았고 시야가 드넓었다. 비로소 쉬는 느낌이 들었다. 나는 침낭을 싸게 임대해 메고 안나푸르나 일주 코스를 두 주일에 걸쳐 주파했다. 안나푸르나는 풍요와 곡식을 관장하는 힌

---

* 트레킹(trekking): 전문 기술이나 지식이 없이 등산로를 따라 이 산 저 산으로 여행하는 것. 6000미터급 고산을 등정하는 경우도 있으나 주로 히말라야 산록을 오르내리는 여행을 지칭한다.

두 여신의 이름이었다. 8000미터가 넘는 안나푸르나 제1봉을 비롯하여 제2, 제3, 제4봉과 강가푸르나(Gangapurna, 7455m), 람중히말(Lamjung Himal, 6983m), 히운출리(Hiunchuli, 6441m)는 물론, 거대한 다울라기리(Dhaulagiri, 8167m), 마나슬루(Manaslu, 8163m) 발밑을 쫓아 걷는 길이었다. 만년설이 덮인 봉우리들이 햇빛과 만나 뒤집힐 때마다 나는 자주 눈을 감았다. 처음엔 마르샹디 강을 따라 올라갔고 토롱라(Thorong La, 5416m)를 넘고 나선 계속 칼리간다키 강을 쫓아 내려왔다.

눈 덮인 토롱라를 넘을 땐 눈물이 나기도 했다.

나는 '영원히 꺼지지 않는 불'로서 성지가 된 묵티나트에서 이틀을 머물렀고, 나머지 코스에선 무조건 해가 뜰 때부터 질 때까지 걸었다. 발바닥이 부르트고 어깨가 결렸지만 상관하지 않았다. '영원히 꺼지지 않는 불' 앞에서 우연히 만난 스님이 내게 정견正見과 명상과 행위에 대해 말했다. 티베트 불교의 창시자나 다름없는 파드마 삼바바가 가르친 전통적인 수행법의 3단계라는 것이었다. 스님은 강원도 어디 암자에 있다가 파드마 삼바바의 현몽을 경험하고 먼길을 떠나왔다고 했다. 더러운 옷, 퀭한 눈, 더부룩하게 수염으로 뒤덮인 나를 수행자로 착각한 눈치였다.

"어떤 얼룩에도 방해받지 않고 본성을 꿰뚫어보는 게 정견이지요."

나는 스님의 설명에 아무 대답도 하지 않았다.

비로소 열일곱 살 꽃다운 봄날, 중이 되겠다고 산사山寺로 들어간 현우 생각이 났다. 머릿속에서 삭제된 것처럼 떠오르지 않던 얼굴이었다. 왜 하필 그 길이냐, 하고 묻고 싶은 걸 참고 앉아 있을 때 그애가 아퀴를 짓듯 낮고 또렷하게 내던진 한마디가 생생히 살아났다.

"……그리워서요."

달빛이 아주 좋은 날은 더러 밤길을 걷기도 했다.

엇갈려 지나간 스님의 목소리가 영겁의 시간만큼 멀리 느껴졌다. 나는 세계에서 일곱번째로 높은 다울라기리 발등을 횡단했고 우윳빛 칼리간다키 강을 여러 번 건넜다. "……그리워서요." 현우의 말이 자주 내 가슴을 관통해 지나갔다. 짐을 진 나귀들 사이에서 걷다보면 내가 곧 히말라야 나귀가 된 것 같은 느낌이 들기도 했다.

보름 만에 되돌아온 포카라는 비에 젖고 있었다. 그사이 몸무게가 6킬로그램 빠졌고 눈은 쑥 깊어졌으며 광대뼈는 무모하게 솟아 있었다. 나는 모처럼 샤워를 하고 배불리 먹은 다음, 겨울녘 늙은 곰처럼 오래오래 잤다.

포카라는 네팔의 중서부 도시로서, 파괴의 힌두 신 시바의 전설이 깃든 아름다운 페와 호수를 끼고 자리잡은 도시였다. 안나푸르나를 찾는 세계의 트레커들이 사철 몰려드는 곳이라서 페와의 동쪽 호안湖岸엔 카페, 레스토랑, 게스트하우스가 즐비했다. 나는 매일 한낮까지 깊이 잤고, 깨고 나면 반바지에 슬리퍼만 꿰고 거리를 어슬렁거리거나 호숫가에 앉아 시간을 보냈다. 아무리 오래 자도 머릿속은 맑아지지 않았다. 잠을 자고 있을 때나 깨어 있을 때, 모두 한가지로 우윳빛 안개가 끼어 있는 것 같았다. 날씨가 좋으면 연봉들이 호숫물에 거꾸로 박혀 있는 걸 볼 수 있었다. 특히 해가 질 때의 호수는 놀빛과 만년설의 흰빛이 교접, 황홀한 빛의 스펙트럼을 연출했다.

박상민을 우연히 만난 것도 바로 해가 질 무렵이었다.

"……형님!"

박상민은 처음 나를 그렇게 불렀다.

우리는 얼결에 와락 손을 잡았으나 잠시 말문을 열지 못했다. 피차 활달한 성격이 아니어서 우연한 만남을 어떻게 잡아챌지 가늠하지 못했기 때문이었다. 그러나 표정은 놀라울 정도로 환했다. 박상민의 눈동자 속에서 놀빛이 부드럽게 타고 있었다.

"산에 왔구나?"

"웬일이세요, 형님?"

동시에 말문을 열다 말고 우리는 피차 수줍게 웃었다. 박상민은 중학교 교생을 할 때 내가 배정받은 반의 반장이었다. 산에 미쳐서 휴일마다 빠지지 않고 암벽등반을 하러 다닐 무렵이었다. 어쩌다 함께 산에 올라 인연이 깊어졌고, 교생실습 후에도 산 때문에 인연은 끊어지지 않았다. 함께 산에 오르다보니 언제부터인가 호칭이 자연스럽게 선생님에서 형님으로 바뀌어져 있었다. 찌그러져 있는 내 손톱의 상흔은 바로 박상민이 가르쳐주는 대로 하켄*을 박다가 생긴 것이었다.

우리는 곧장 카페로 들어갔다.

잡곡을 증류해 만든 네팔 소주 락시를 시키고 나서야 박상민을 따라와 나란히 앉은 청년에게 시선이 미쳤다. 어깨가 야무지게 벌어지고 눈꼬리가 위로 치켜오른 잘생긴 청년이었다. 상민이 동생이라고 했다. 나이 차이가 많아 보여 의아한 생각이 들긴 했지만 나는 말없이 락시 병마개를 우선 열었다. 청년의 시선이 저돌적이고 불순해 보여서 나는 되도록 청년 쪽은 보지 않았다.

'촐라체'라는 말이 한참 만에 나왔다.

• 하켄(haken): 머리 부분에 구멍이 있는 큰 쇠못. 암벽이나 빙벽을 등반할 때 바위나 얼음에 박아 로프를 꿰거나 손잡이나 발판 등으로 사용한다.

박상민은 안나푸르나 일주 코스를 트레킹하고 12월에 쿰부 지역의 촐라체를 오를 예정이었다. 촐라체는 에베레스트 베이스캠프로 가는 길에서 만나는 정삼각형에 가까운 빼어난 산이었다. 한겨울에 빙설로 뒤덮인 촐라체를, 그것도 전문 셰르파 도움이 없이 오르는 것은 드문 일이 아닐 수 없었다.

"12월엔 산들이 텅 빌 텐데……"

"그래서 더 좋아요. 시즌이 되면 인간들이 어찌나 많은지요. 초모랑마도 러시아워가 된대요."

에베레스트를 그는 초모랑마라고 불렀다.

나는 그가 오래전 고산 등반을 그만두었었다는 걸 상기했다. 이루기 쉽지 않은 계획이라는 걸 눈치챘지만 더이상 묻진 않았다. 초모랑마는 '어머니 여신'이라는 뜻을 가진 티베트 말이었다. 우리는 락시를 여러 병 마셨고, 대취했다.

게스트하우스로 어떻게 돌아왔는지도 생각나지 않는데, 다음 날 매니저는 그가 남기고 간 메모를 내게 전해주었다. 일주 코스로 트레킹을 떠난다는 말과 함께, 카트만두에 가면 '빌라 에베레스트'에 머물 것이라는 내용이 쓰여 있었다.

"참, 형님. 많이 늙으셨더라고요. 하하."

메모의 마지막 문장 때문에 나는 모처럼 웃었다.

얘가 사돈 남 말 하네그려. 입속으로 중얼거리고 나자 갑자기 쓸쓸해졌다. 오랜만이었지만, 박상민은 정말 늙어 보였다. 그것은 그동안 삶의 그늘이 그만큼 깊었다는 뜻일 터였다. 락시를 함께 마시면서 피차 서로의 근황에 대해 묻지 않은 이유도 거기 있었다. 만나자마자 우리는 서로의 내면에 똬리를 틀고 있는 그늘을 먼저 본 셈이었다.

내가 카트만두로 다시 돌아온 것은 12월 중순이었다.

그사이 나는 네팔 서부 지역의 여러 도시들을 흘러다녔고, 부처님의 탄생지로 알려진 룸비니가 있는 타라이 지방을 순례했으며 인도로 넘어가 타지마할 궁전과 힌두인의 성소 바라나시를 다녀왔다. 육로를 따라 티베트로 넘어가려고 시도해봤지만 눈이 많이 내려 길이 막혔다는 말을 듣고 방향을 남서부로 튼 것이었다.
'길을 떠나는 것만으로도 법의 절반을 이룬 것이다.'
나는 티베트 불교의 성자이자 십만송十萬頌의 가객으로 유명한 밀라레파의 말을 언제나 품고 다녔다. 마오이스트 공산 반군들이 점령하고 있는 서부의 어느 시골에선 사흘이나 억류되기도 했고, 타라이 지방의 숲길을 지날 땐 뱀에게 물려 빈사 상태에 빠지기도 했다. 폭염이 들끓는 바라나시에서 불에 타다 만 시신을 개떼가 물어가는 걸 보고 며칠간 식사를 못 한 일도 있었다.

그러나 길은 끝없이 다른 길로 이어졌다.

특별히 외롭다고 생각진 않았다. 순례하는 동안만이라도 죄를 짓지 않는다고 믿는 수많은 순례객들이 내가 가고 있는 길을 함께 흐르고 있었다. 섬유질이 꽉 찬 듯했던 머릿속이 맑아진 것도 길이 내게 준 축복의 하나였다.

거의 두 달 만에 돌아온 카트만두는 날씨가 쾌청했다.

카트만두 근교의 나가르코트에서 나는 박상민을 비로소 떠올렸다. 날씨가 너무 좋아 쿰부 지역의 설산 연봉들이 또렷이 내다뵈는 게스트하우스 뜰에 앉아 있을 때였다. 촐라체가 어디쯤일까. 나는 시선을 모으고 설산 연봉들을 오래 바라보았다. 촐라체의 빙벽을 오르고 있는 상민의 모습이 보이는 것 같았다. 나는 그가 머물겠다고 한 빌라 에베레스트에 들렀다.

"아, 메세지, 있어요. 전화도 왔었고요."

빌라 에베레스트의 매니저가 말했다.

박상민이 촐라체로 떠난 건 12월 초순경, 전화가 걸려온 것은 불과 사흘 전이었다고 했다. 매니저는 내가 상민의 일행인 줄 아는 눈치였다. 나는 고개를 저었다. 암벽에 미쳤던 것은 서른 살

전후의 짧은 한때뿐이었다. 촐라체까진 먼길이었고 내 몸은 지쳐 있었다.

"베이스캠프를 지켜줄 사람이 필요한가봐요."

"한겨울인데다 외진 곳일 텐데……"

"그래도 베이스캠프를 비워두면 종종 도난 사고가 일어나거든요. 셰르파나 포터 들도 가끔 지나다니고 하니까요. 캠프지기가 필요하겠지요."

"언제 등반을 한다던가요?"

"캠프를 비우기 뭣해서 뒤로 좀 미루고 있는가봐요. 알파인 스타일* 등반이라 포터들도 모두 진즉 내려보낸 모양이고요."

"그럼…… 산맥 한가운데…… 두 사람만 있겠네요……"

나는 혼잣말하듯이 말했다.

그날 밤, 빌라 에베레스트의 침대 하나를 차지하고 누운 나의 꿈속으로 박상민이 찾아왔다. 그는 어느 설산 자락 어스레한 곳에 배낭을 메고 서서 나를 가만히 바라보고 있었다. 손을 들어

---

* 알파인 스타일(alpine style): 대규모 인원이 동원되는 극지법에 반해 많아야 5, 6명의 소수 인원이 필요한 장비와 식량을 모두 갖고 일거에 정상에 오르는 등산법. 알프스에서 오래전부터 행해온 등산법에서 유래했다. 리지나 암벽에 전진 캠프나 고정 로프를 이용해 짐을 올리지 않고 등산가의 자력으로 한 번에 올라가는 것에 주안점을 두고 있으며 포터의 협력을 받아들이지 않는 것을 기본으로 한다.

인사를 건넬까 말까, 망설이는 듯한 표정이었다. 따뜻한 눈빛인 것도 같았고 애련한 눈빛인 것도 같았다. 클라이밍*을 그만둔 것으로 전해 들었는데, 너는 왜 산을 다시 오르려는 거냐. 포카라에서 만났을 때 묻고 싶었으나 묻지 못한 것을 나는 꿈속에서 물었다. 그는 아무 대답도 하지 않았다.

아침에 나는 배낭을 다시 꾸렸다.

더이상 갈 데도 없던 참이었다. 몇 년 전 에베레스트 베이스캠프까지 트레킹을 한 번 한 적이 있어 길은 낯설지 않았다. 분명히 그 발치를 스치고 지났을 테지만 촐라체의 형상은 모호했다. 우리말을 유창하게 하는 빌라 매니저가 나를 트리부반 공항 국내선 입구까지 데려다주었다. 쿰부 지역이나 에베레스트 베이스캠프까지의 트레킹이 시작되는 루클라(Lukla, 2860m)행 비행기가 나를 기다리고 있었다. 빨리 가면 루클라에서 촐라체 베이스캠프까지 닷새쯤 걸리겠지만, 고소증*의 위험이 있으니 서둘지

● 클라이밍(climbing): 장비를 갖추고 정상에 오르는 것을 목적으로 산에 오르는 것.

● 고소증: 어느 정도 이상의 고도가 되면 기압, 산소, 기온 등의 저하, 일조 시간 연장, 자외선 증강 등으로 인해 발생하는 여러 가지 생리적 반응. 산소 결핍 상태에서는 폐수종이 일어나 사망으로 이어지는 경우도 있다. 가벼운 산소 부족 상태에서는 두통, 호흡 곤란, 식욕 부진, 부종 등의 증상이 나타나고 심하면 불면, 시

는 말라고 매니저는 마지막으로 당부했다.

"오케이. 단네받(고맙습니다)!"

나는 꺼밀의 손을 쥐고 가볍게 흔들었다.

나는 그렇게 박상민의 캠프지기가 되었다.

캠프에 도착해 삼겹살구이로 저녁을 먹고 소주잔을 돌릴 때 비로소 안 것이지만, 내가 스크리 지대를 함부로 내닫다가 고꾸라질 뻔할 때부터 상민은 숨어서 나를 내려다보고 있었다. 어이, 하고 내가 발작적으로 소리치던 순간도 마찬가지였다. 그는 그곳으로부터 다시 오르막이 시작되는 또다른 스크리 지대 위쪽 암릉 크랙*에 몸을 은신하고 있었다고 했다.

"내가 불렀는데, 왜 대답 안 했어?"

내가 볼멘소리로 다잡아 물었다.

"촐라체를…… 혼자 만나시라고요. 베이스캠프를 지키려면 일단 촐라체와 정식으로 수인사를 좀 나누셔야지요."

"트레킹할 때 나도 여기 지나친 적 있어. 인사는 새삼스럽게

력 장애, 환각 등이 일어난다.

• 크랙(crack): 바위의 갈라진 틈새. 일반적으로 리스보다는 크고 침니(64쪽 참조)보다는 작은 것을 지칭한다.

무슨……"

"지나면서 보는 것하곤 다를 텐데요."

상민은 다 안다는 듯 미소를 지었다.

텐트는 두 동이었다. 달빛을 받고 있는 설산의 연봉들이 보였다. 특히 피크 38(Peak 38, 7590m)로부터 로체(Lhotse, 8516m)를 지나 에베레스트로 이어지는 스카이라인은 고요하고도 장엄했다. 가까운 어느 방향인가, 방목된 야크가 있는지 가끔씩 방울 소리가 들려왔다. 으레 불기 마련인 바람조차 불지 않아 세계는 마치 청정 물질로만 이루어져 있다는 색계色界의 다른 세상인 것 같았다. 촐라체 북벽만이 여전히 캄캄했다.

"솔직히…… 무섭더라."

"나하고 똑같이 느끼셨네요. 아까 형님이 넘어진 자리, 그 자리에서 보는 촐라체가 진짜 촐라체예요. 그곳에 서면 오직 촐라체 북벽과 나뿐이거든요. 나머지 세계는 모두 날아가버려요. 형님이 멈칫했을 때, 형님도 내가 느낀 그대로 느끼고 있다고 생각했어요."

"이 겨울에 빙벽 타겠다는 미친놈은 너밖에 없을 거야."

"그래서 이때를 고른 거예요."

"시끄러울까봐서?"

"예, 형님. 시끄러운 거 질색이에요. 허헛."

상민은 뒤끝이 허망한 웃음소리를 냈다. 나는 부르르 어깨를 한차례 떨었다. 뒤쪽으로 촐라패스(Chola pass, 5420m)를 넘어가는 고쿄 쪽 길이 있지만 이미 적설량이 많아 일반인의 통행이 끊겼다고 했다. 봄이 되면 도심처럼 시끌벅적해지는 에베레스트 베이스캠프도 지금은 텅 비어 있을 터였다. 여기까지 오면서 지나쳐온 마을의 로지*들 또한 태반이 잠겨 있었다.

"꼭 올라가야겠니?"

"예까지 왔는데요, 뭐."

"왜?"

말이 끊겼다.

올라오면서 찾아본 자료에 따르면 촐라체 북벽은 수직고만 해도 1500여 미터 가까운 거벽으로 타보체(Taboche, 6495m) 북벽, 캉테가 북벽과 더불어 쿰부 히말을 대표하는 난벽이라고 했다. 촐라체 북벽에 도전해 성공한 팀은 지금껏 1995년의 프랑스 팀이 유일했다. 그렇지만 프랑스 원정대는 극지법* 등반 방식을 선택해 많은 자본과 물자를 투입해 정상까지 고정 로프*를 깔면

---

* 로지(lodge): 임시로 거처하는 오두막집.
* 극지법(極地法): 히말라야와 같이 규모가 큰 산을 등반하기 위하여 우선 본거지를 설정하고 차차 전진 기지를 설치하며 목적지에 도달하는 방법. 남극이나 북극을 탐험할 때 쓴 데서 유래했다. 방대한 인원, 물자, 시간, 자금이 소요된다.

서 올라갔다. 최소한의 장비만으로 셰르파의 도움도 없이 단둘이 올라가려고 하는 상민의 등반 방법과는 비교가 되지 않았다. 건너편 소형 텐트 안에 보관해둔 장비들을 나는 이미 훑어본 후였다. 내가 살펴본 장비는 정말 단출했다. 혹시 공명심인가, 하는 의문이 떠올랐다. 여러 해 고산 등반을 쉬고 있던 상민으로선 산악계에 자신의 존재를 새롭게 알리기 위해서 위험을 감수할 수밖에 없을 터였다. 높이로는 최상이 아닐지라도 난공불락의 촐라체 북벽을 최소한의 장비로 단숨에 치고 넘는 등로주의* 등반 성과는 작지 않을 것이었다. 내가 왜라고 굳이 다그쳐 물은 것은 그 때문이었다.

"라인홀트 메스너*, 아시죠?"

- 로프(rope): 등산용 밧줄로, 등반시 파트너의 확보나 현수하강을 위해 고정시킨 로프에 몸을 맡기고 암장을 하강하거나 할 때 사용한다.
- 등로주의(登路主義): 머머리즘(mummerism)이라고도 한다. 영국의 등반가 앨버트 머머리(Albert Frederick Mummery)가 1880년에 주창한 등반 정신으로, 가이드를 앞세워 가장 쉬운 코스를 선택해 정상에 오르기만 하면 된다는 전통적인 등정주의(登頂主義)와 반대되는 개념이다. 쉬운 능선을 따라 정상에 오르기보다는 절벽 등 어려운 루트를 직접 개척해가며 역경을 극복해나아가는 것을 목적으로 한다.
- 라인홀트 메스너(Reinhold Messner, 1944~): 이탈리아의 산악인으로 히말라야의 8000미터 이상 고봉 14좌를 세계 최초로 모두 정복했고, 특히 최고봉인 에베레스트를 최초로 혼자 무산소 등정 했다.

박상민이 한참 만에 반문했다.

"그 양반이 에베레스트 8000 고도의 사우스 콜(South Col, 7906m)에서 비박할 때 얘기인데요, 시속 200킬로미터 이상의 폭풍이 몰아쳐 천막이 찢겨나갔던가봐요. 영하 40도에다가 산소 마스크도 없었고, 그때까지 40시간 이상 잠 한숨 못 잔 상태였대요. 죽음 직전이었겠지요. 베이스캠프에서 원정대장이 무전기로 메스너에게 상황을 물어요. 메스너 왈, '이제 걱정 없어. 찢어진 천막을 고치려고 사람이 천막 밖에 나가 있거든.' 그리고 비로소 안도하는 원정대장에게 메스너가 덧붙여, '그런데 밖에 나가 있는 사람은 바로 나야' 하고 말했대요."

"그게 어쨌다는 거야?"

"그냥, 메스너의 농담이에요. 우주적 농담이지요. 사람이 죽음의 지대를 넘으면 그런 농담이 자연스럽게 나오나보다, 뭐 그런 생각이 들어요."

"농담이 아니라 망상이겠지. 산소가 부족한 곳에선 그런다더라. 머리가 혼란을 일으켜 오히려 행복감을 느끼게 한다고. 권투 선수도 머리를 많이 맞으면 황홀감을 느낀다고 하잖아. 유도 선수나 레슬링 선수가 목을 졸릴 때도 그렇대. 어떤 권투 선수는 자신도 모르게 더 때려달라고 머리를 들이밀기도 한다는 얘길 들은 적이 있어. 뿅 맞은 것처럼 되는 거지. 미친 짓이야. 너도 그렇지, 왜 하필 겨울에, 왜 하필 북벽이냐."

"형님도 왔으니, 곧 시작해야겠어요."

상민은 짐짓 동문서답을 했다.

나는 어떤 말로도 그의 등반을 말릴 수 없을 거라는 걸 알았다. 하기야 불안한 예감은 한낱 감상에서 오는 기우일지도 몰랐다. 오래전의 일이긴 해도, 어쨌든 그는 불과 스물한 살에 초오유(Cho Oyu, 8201m)를 올랐고, '마의 암벽'이라고 불리는 안나푸르나 남벽을 무산소 등반 했으며, 악명 높은 에베레스트 남서벽 코스 8300여 미터까지 올라본 경력을 가진 전문 클라이머였다. 에베레스트 남서벽을 오를 때 그와 가장 가까웠던 선배를 사고로 잃었다는 사실을 나는 그제야 상기했다. 그가 등반을 그만둔 것은 그 사고 직후였다.

"함께 갈 거지?"

텐트 안쪽을 눈짓으로 가리키며 내가 물었다.

상민이가 동생이라고만 소개한 하영교는 아까부터 침낭 속에 들어가 누에고치처럼 몸을 오그리고 돌아누워 있었다. 빙벽 등반에선 무엇보다 안자일렌*을 해야 하는 파트너가 중요하다는

• 안자일렌(Anseilen): 여럿이 등반할 때 추락의 위험을 최소한으로 줄이기 위해서 로프로 서로를 묶어 연결하는 것.

건 상식이었다. 1500여 미터 가까운 거벽을 오르면서 한 사람이 계속 선등先登할 수도 없는 노릇이었다. 하영교는 이제 겨우 스물한 살이라고 했다.

"힘은 나보다 뛰어나요."

"힘 가지고 되는 거냐, 저것이……"

나는 어두운 북벽을 보며 반문했다. 숨소리가 갑자기 낮아진 걸로 보아 하영교는 잠이 들지 않은 눈치였다. 상민의 시선도 나를 따라 촐라체로 날아갔다. 달빛이 날카로운 정수리의 배면을 부드럽고 충만하게 떠받치고 있었지만 벽은 어두웠다. 세계의 모든 밤이 북벽 한가운데의 거대한 걸리*로부터 솟아나는 것 같았다.

라인홀트 메스너는 '죽음의 지대'를 뚫고 나가려면 어떤 '모럴'이 필요하다고 썼다. '무덤과 정상 사이'는 '종이 한 장' 차이 밖에 나지 않기 때문에, 그것을 뚫고 나갈 때 '오히려 지각이 맑아지고 민감해지며' 마침내는 '전혀 새로운 생의 비전을 연다'는 것이었다. 그는 산소통 없이 에베레스트를 올랐고, 낭가파르바

---

* 걸리(gully): 빗물의 침식작용으로 생긴 골. 침니보다 넓으며 물이 흐르거나 돌 등으로 채워져 있다.

트(Nanga Parbat, 8126m) 8000미터 리지*에선 '갑자기 둥근 모양을 한 투명체가 구름처럼 떠 있는 걸' 본 사람이었다. 나는 미간을 모으고 북벽의 검은 아가리를 뚫어져라 보았다. '둥근 투명체'들이 다투어 그 아가리로 빨려들어가는 느낌이 들었다. 그중의 어떤 투명체는 나였고, 또 어떤 투명체는 상민이었다. 홀연히 산으로 떠나고 만 아들 현우도 그중의 하나였다. '추락을 피할 수 없다고 생각하면'이라고 메스너는 계속 썼다. '추락을 피할 수 없다고 생각하면 무대는 천국의 빛으로 가득차고…… 하늘나라의 고요함이 아름다운 음악이 되어 내 마음속으로 스며들었다……'라고.

베이스캠프에서 내가 할 일은 등반 일지를 쓰는 것 이외엔 거의 없었다. 대규모 원정 등반 팀이라면 훈련 스케줄이나 행정, 장비, 식량 관리, 또는 통신, 수송, 재정 문제까지 할 일이 넘쳐나겠지만 단출한 알파인 스타일 등반이라서 하루를 보내는 게 지겨울 정도였다. 베이스캠프에 도착한 다음날 내가 쓴 등반 일지는 열 줄이 채 넘지 않았다. 나는 상민이 써둔 등반 일지를 통해

• 리지(ridge): 일반적으로 산룽은 능선을, 리지는 이보다 소규모의 급준한 바위 능선을 가리킨다.

지난 3주 동안 그들이 무엇을 하며 지냈는지 꼼꼼히 살폈다.

'피켈* 체조'라는 말이 나왔다.

그들은 2주 동안 '피켈 체조'를 매일 천 번씩 했다. 피켈로 수직 빙벽을 양팔로 번갈아 찍는 것을 그들은 '피켈 체조'라고 불렀다. 하영교가 암벽등반 경험은 있지만 고산이나 빙벽등반 경험이 거의 없었다는 것도 상민의 등반 일지를 보고 알았다. 그들은 고소 적응을 위해 에베레스트 베이스캠프를 두 번 다녀왔고, 촐라체와 비슷한 높이의 로부체 이스트(Lobuche East, 6119m)와 아일랜드 피크(Island Peak, 6189m)를 올랐으며, 북벽의 첫번째 Y자형 쿨루아르* 부근의 세락* 지대 코밑까지 정찰 등반을 다녀왔다. 메모 형식의 등반 일지로 미루어볼 때 상민이 베이스캠프에서 3주 동안 공을 많이 들인 것은 고소 적응과 함께 하영교의 빙벽등반 훈련이었다. 남체바자르(Namche Bazaar, 3440m)에서 30킬로그램

---

* 피켈(pickel): 빙설로 뒤덮인 경사진 곳을 오를 때 사용하는 등산 장비로 팽이의 기능을 하는 피크, 도끼의 기능을 하는 블레이드, 지팡이의 기능을 하는 샤프트로 이루어져 있다.

* 쿨루아르(couloir): 눈의 작용으로 생긴 골.

* 세락(serac): 빙하의 갈라진 틈으로 인해 생긴 탑 모양의 얼음덩이. 빙탑이라고도 한다. 급경사의 빙하가 완경사로 변하는 지점에서 빙하의 균열과 균열이 교차하여 생긴다. 세락이 난립하는 곳을 세락 지대라 부르며, 이곳은 늘 붕괴 위험이 있는 불안정한 지대다.

이나 구입했다고 기록돼 있는 돼지고기는 얼마 남아 있지 않았다. 그래도 쌀과 통조림은 물론 라면도 꽤 남아 있어 식량은 큰 문제가 없어 보였다.

놀라운 건 장비 부족이었다.

피켈과 아이스바일*은 짝 맞춰 가져왔으면 된다고 해도, 로프가 5밀리미터, 7밀리미터, 두 동뿐이라는 건 이해가 되지 않았다. 하켄이 20여 개, 프렌드*와 스크루형 아이스하켄*이 합해서 10개를 넘지 않았고, 슬링*도 1롤에 불과했다. 아무리 알파인 스타일로 단숨에 산을 치고 넘는다고 해도 거의 난공불락의 빙벽으로 알려진 촐라체 북벽을 이 정도 장비만으로 도전한다는 건 무리라는 생각이 들었다.

'되도록 장비에 의존하지 말아야죠.'

- 아이스바일(Eisbeil): 피켈의 블레이드, 즉 끝날 부분이 해머 모양으로 되어 있는 등산 장비로 주로 빙벽등반 때 사용한다.
- 프렌드(friend): 암벽등반시 바위의 갈라진 틈에 끼워넣어서 지지력을 얻는 암벽 장비.
- 아이스하켄(Eishaken): 얼음이나 단단한 눈에 쓰이는 하켄. 해머로 때려박는 식, 돌려넣는 스크루식, 때려박고 돌리면서 회수하는 방식 등이 있고, 모양에 따라서 평형, U자형, V자형, 파이프형, 스크루형, 리브형으로 나뉜다.
- 슬링(sling): 굵기 7~10밀리미터, 길이 150센티미터가량의 나일론 로프로 만든 둥근 모양의 끈. 로프 슬링과 테이프 슬링이 있으며 암벽등반중 확보를 비롯해서 다양한 용도에 사용한다.

포카라 카페에서 상민이 했던 말이 생각났다. 다른 사람이 사다리를 놔주고 로프를 깔아주면 올라가는 것이 무슨 등반이냐고 그는 덧붙였다. 안나푸르나 남벽을 오를 때 그가 무산소 등정을 고집했다는 건 나도 알고 있었다. 젊은 시절부터 그는 일관되게 등로주의 산행의 '모럴'을 추구해온 것이었다. 많은 물량과 사람을 동원, 차례로 전진 캠프를 설치하며 정상에 오르는 등정주의-극지법 등반에 비해 등로주의-알파인 스타일은 그만큼 더 위험할 수밖에 없었다.

"위험하지만 몸의 감각이 최고조에 이르지요."

그는 말했다. 알파인 스타일은 보다 더 실존적인 방법이라 할 수 있었다. 그는 두 가지 방법을 적당히 섞은 이른바 세미 알파인 스타일●도 경계하는 고집 센 산꾼이라고 할 만했다.

오후 3시쯤, 함께 훈련하러 떠난 그들 중 상민만 먼저 들어왔다.

"동생은?"

그는 아무 대답도 하지 않았다.

빙벽등반 훈련을 하는 중에 둘 사이에 트러블이 생긴 눈치였다.

● 세미 알파인 스타일(semi alpine style): 극지법과 알파인 스타일을 절충한 등산법.

나는 서둘러 버너를 켜고 압력밥솥을 올려놓았다. 저녁 특식으로, 마지막 남은 김치통을 열어 김치찌개를 이미 끓여놓은 참이었다. 밥솥이 소리를 내기 시작했을 때가 돼서야 하영교가 내려왔다. 나는 발소리만으로도 영교가 다가오는 걸 느끼고 있었다.

"야아!"

갑자기 포효하는 소리가 났다.

내가 밥솥으로부터 고개를 돌렸을 때 상민은 벌써 장비 텐트 앞으로 넉장거리를 한 다음이었다. 먼산바라기 하는 자세로 서 있던 상민의 앞가슴을 하영교가 달려들어 투우처럼 받아버린 모양이었다. 터진 입술을 훔치며 일어서는 상민의 표정에 조소가 서렸다. 그리고 그들은 이내 한덩어리가 됐다.

싸움은 고요하고 처절했다.

내가 끼어들 여지도 없었다. 상민은 민첩했고 하영교는 저돌적이었다. 씩씩거리는 숨소리뿐, 촐라체의 어두운 그늘에 갇힌 싸움판은 너무 고요해서 마치 무성영화의 한 장면처럼 보였다. 말릴 엄두가 나지 않아 나는 버너를 등지고 팔짱을 낀 채 서 있었다. 눈두덩이가 찢어졌는지 하영교의 얼굴이 곧 피범벅 상태가 됐다. 말랐지만 상민은 태권도 고단자인데다가 타고난 싸움꾼이었다. 주먹을 날렸다고 생각하면 곧이어 발길이 하영교의 턱에 작열했다. 미친 짓이야. 나는 나도 모르게 중얼거렸다. 촐라체의 검은 그늘은 미동도 하지 않았다. 짐승 같은 감각을 가진 상민에 비해 하영교는 우직하고 끈질겼다. 흠씬 두들겨맞고도 여전히 광포할 만큼 힘이 남은 영교의 손아귀에 상민의 허리가 잡혀들었을 때, 나는 승부가 끝났다고 생각했다. 상민의 허리를 영교가 잽싸게 타고 앉았다.

"그래. 때, 때려봐, 이 새꺄!"

상민이 낮게 부르짖었다.

"씨팔…… 좆같이……"

아이스해머*를 든 것처럼 치켜든 하영교의 주먹이 허공에서 멈췄다. 쎄에 하고 압력밥솥이 여전히 비명을 지르고 있었다. 촐라체 그늘이 가파른 속도로 깊어졌다.

하영교가 배낭을 메고 나온 건 잠시 후였다. 산을 아예 내려갈 모양이었다. 나는 상처 난 곳을 소독하고 있는 상민의 옆구리를 찔렀다. 하영교는 등을 보인 채 벌써 개울을 건너가고 있었다.

● 아이스해머(ice hammer): 록해머와 같은 타격면에 끝 모서리가 피켈처럼 뾰족한 해머. 타격면으로 하켄을 박고, 끝 모서리로 빙벽을 찍어 더블 액스(91쪽 참조) 등반에서 몸을 지지하고, 스크루형 하켄의 나사를 돌리고 회수하는 등 폭넓게 사용된다.

로지가 있는 두글라(Duglha, 4620m)까지 가기도 전에 날이 저물 터였다.

"어이!"

내가 자리를 박차고 일어났다.

눈발이 희끗희끗 뿌려지기 시작했다. 성격으로 보아 발길을 돌리진 않겠지만, 그렇다고 두고볼 수도 없어 일어선 내 허리를 상민이 잡아챘다. 나는 하영교 등을 향해 엉거주춤 팔을 뻗은 채 상민을 돌아다보았다.

"그냥 두세요."

상민의 눈동자에 흰빛이 잠깐 흘렀다.

"쟤…… 돌아올 거예요. 남한테 지기 싫어하는 놈이니까요."

"도대체 너희 둘, 뭐냐?"

"형제지요, 뭐. 쟤가 글쎄, 지난가을 초에 짐 싸들고 갑자기 날 찾아왔더라고요. 사연이 있어서 온 것 같은데 나한테 정직하게 말을 안 해요. 자존심은 강해가지고…… 아버지가 다른 형제지요. 성씨가 다르잖아요, 우리. 어렸을 때 함께 산 적도 있어…… 정도 많이 들었었는데, 워낙 오랜만에 다시 만나서인지, 시시때때 판이 이렇게 되네요. 성질이 피차 더러워서……"

"정말 되돌아오겠니?"

"우리 밥 먹읍시다."

언제 그랬나 싶게 상민의 눈빛이 고요해졌다. 그는 원래 어디를 보아도 먼 곳을 보는 것 같은 고요하고 허랑한 눈빛을 가진 남자였다. 일찍이 살아온 삶의 내력은 들은 적이 없어서 그 눈빛의 이면에 무엇이 있었는지 몰랐는데, 갑자기 많은 것들을 한꺼번에 알게 된 듯한 느낌을 받았다. 그는 단단하고 고요하고 쓸쓸했다.

상민의 예감은 그대로 들어맞았다. 다음날 아침 식사 후에 몸이나 풀자면서 상민과 함께 그들이 매일 '피켈 체조'를 했다는 촐라패스 빙벽으로 갔을 때, 그 빙벽 한가운데 하영교가 매달려 있는 걸 나는 보았다. 햇빛이 하영교의 헬멧에서 빛나고 있었다. 나는 미소했다. 우리가 온 줄도 모르고 하영교는 빙벽에 집중하고 있었다. 피켈 피크*와 아이젠* 앞발톱이 빙벽에 번갈아 박히는 소리가 쩽쩽했다. 몸을 한껏 오그린 하영교는 사냥감을 앞에 둔 젊은 표범처럼 빛났다. 단단한 목과 불끈 일어선 어깨, 꿈틀거리며 하늘로 치솟고 있는 하영교의 등뼈를 나는 숨죽이고 보았다. 섹시하고 옹골차고 아름다운 모습이었다. 피켈 피크에 부서져 튕겨오른 얼음 파편들이 햇빛 속으로 날아가며 작은 무지

* 피켈 피크(pickel pick): 30쪽 '피켈' 설명 참조.
* 아이젠(Eisen): 경사가 급한 얼음산이나 눈 쌓인 사면을 오르내릴 때 등산화 밑창에 부착해 사용하는 미끄럼 방지용 쇠붙이.

개를 만들어내고 있었다.

사흘 후 새벽, 그들은 캠프를 떠났다.

나는 망원경 하나를 들고 그들 형제가 어떻게 촐라체 북벽의 실존적인 그늘 속으로 빨려들어가는지를 살펴보는 역할에 충실했다. 동계 시즌이라 에베레스트 쪽으로 가는 알피니스트들도 거의 보이지 않았다. 두글라 마을의 로지조차 문이 잠겨 있었다. 내게 밀크티를 건네주었던 살집 좋은 로지 주인도 산을 내려간 모양이었다. 사람의 자취가 없는 텅 빈 히말라야였다. 방문하기엔 좋은 곳이지만 체류하기엔 너무도 쓸쓸한 곳이 아닐 수 없었다. 내가 할 일은 하루종일 망원경으로 산을 오르는 그들 형제를 지켜보는 것이었다. 촐라체 북벽은 거의 직벽이었으므로 그들이 어디를 오르고 있든 망원경 안으로 쏙 들어왔다. 가끔은 무전기로 상민과 대화를 나누기도 했다.

"우리, 보이죠?"

"잘 보여. 손바닥처럼."

상민이 묻고, 나는 대답했다.

그가 현우의 안부를 물어온 게 그때였다. 어렸을 때의 현우를 그도 몇 번 본 일이 있었다. 하영교와의 관계에 대해 궁금하면서도 내가 질문을 참고 있었듯, 그 역시 진즉부터 묻고 싶었던 것을 삼가다가 무전기에 대고 불쑥 던진 질문이었다. 설사면의 한 끝에 도달한 그가 엉덩이를 내려놓은 직후였다. 망원경 파인더에 클로즈업된 그의 얼굴은 단아하고 생생했다.

"그놈…… 중 되겠다고 떠났다."

내 대답에 그가 고개를 휙 돌려 나를 보았다.

"누가 말리겠냐. 내 카르마가 그런 것을. 그놈 떠나보내고 나도 곧 학교에 사직서 냈다. 밥벌이한다고 못 했던 글이나 열심히 써볼까 하고."

"이제부터 벽이에요. 도도해 보여요."

상민이 얼른 말머리를 돌렸다.

무전기가 잡음을 내다가 뚝 끊어졌다. 내 고백에 위로할 말이 떠오르지 않자 상민은 서둘러 앉은 자리에서 일어서고 만 눈치였다. 2피치* 정도는 돼 보이는 빙벽이 시작되는 지점이었다. 셀프 빌레이* 자세를 취한 하영교의 머리 위로 상민의 피켈이 쑥

- 피치(pitch): 기본적으로 같은 동작을 일정 시간 안에 되풀이하는 횟수 또는 빠르기를 말하는데, 암벽등반에서는 확실하게 확보할 수 있는 지점에서 다음 확보 지점까지를 1피치로 정한다. 대개 로프 길이를 기준으로 40미터 이내가 보통이다.
- 셀프 빌레이(self belay): 자기 확보. 빙설면이나 암장을 등강할 때 파트너를 확보하거나 사면에서 비박할 때 전락을 방지하기 위해 로프로 자기 몸을 지점이나 지물에 묶는 것.

올라왔다. 그가 휘두르는 피켈에 튕겨나온 얼음 파편들이 하얗게 흩어졌다. 정상에서부터 끊어지고 이어지며 활대처럼 유연하게 휘돌아내려온 긴 암릉 지류의 아랫단 쪽이었다. 그의 리딩*은 자로 잰 듯 정확하고 재빨라서 차라리 아름다워 보였다. 촐라체 정상에서 설연雪煙이 거의 수직으로 뻗쳐오르고 있었다.

나는 비록 유명하진 않지만 정식으로 데뷔의 관문을 거친 작가이고 중등학교에서 오랫동안 국어교사로 재직했다. 한때 문학은 내 존재의 비밀스러운 심지이자 불꽃이었다. 현우가 없었다면 그 불꽃을 보다 피어리게 확장시켰을지 몰랐다.

서른세 살 어느 봄날, 그 아이, 현우가 내게 왔다.

대학원 논문 학기였다. 석사 과정만 마치고 나면 문학에 명줄을 매달아 큰 싸움을 한번 하겠다고 생각하던 시절이었다. 물론 결혼을 하기로 한 애인도 있었다. 캠퍼스 정문 앞이었던가, 낯익은 듯 낯선 듯한 어떤 여자가 애인과 함께 서 있는 내게 다가와 불문곡직 포대기에 싼 아기를 건넸을 때, 나는 그 여자가 미친 줄 알았다. 행여 떨어뜨릴까봐 얼결에 받아든 아이는 너무 마르고 가벼워서 작은 짐승 같았다.

• 리딩(leading): 선등자가 몸에 로프를 묶고 추락 방호물을 설치하며 오르는 것.

"당신의 아이예요!"

여자가 또박또박 말했다.

그제야 번쩍, 유배지처럼 기억되는 동해 북부의 투명한 해안선들이 떠올랐다. 그녀는 고성 근처의 어느 초소에서 근무할 때 우연히 만나 군대 말년의 몇몇 휴일을 함께 보낸 여자였다. "아이를 가졌을 때…… 나는 너무 어렸고, 당신을 찾는 것도 너무 힘들었어요." 여자는 계속 말하고 있었다. 함께 있던 애인이 아, 신음 소리를 한 번 내고 머리를 감싸쥔 채 히말라야시다 사이로 도망치는 게 보였다. 나는 엉거주춤, 장애인처럼 서 있었다. "……당신을 찾는 것도 너무 힘들었어요. 이제 당신이…… 아이를 맡아요. 나는 다시 인생을 시작해볼 거예요." 품에 안은 현우가 갑자기 발버둥을 치면서 울음을 터뜨린 순간, 아이를 건넨 여자가 뒤돌아서 잰걸음으로 멀어지기 시작했다. 청천벽력이었다.

"저기…… 여보세요……"

나는 소리쳤다. 소리친 것이 아니라 그저 입속으로만 맴돌았던 것일지도 몰랐다. 아이가 더욱더 자지러졌다. 나는 어쩔 줄을 몰라 본능적으로 아이를 어르면서 계속 서 있기만 했다. 오른쪽으론 애인이 멀어지고 있었고 왼쪽으로는 아이를 넘긴 여자가 멀어지고 있었다. 합리적으로는 도저히 이해할 수 없는 어떤 불가사의한 카르마(업)가 내게 부여된 순간이었다. 내 젊은 날 한 경계에, 검은 휘장이 내리덮이는 걸 나는 보고 있었다.

1피치를 다 오른 상민이 뒤쫓아 올라오고 있는 하영교를 확보하고 있는 모습이 망원경 안으로 들어왔다. 하영교는 거의 로프에 의지하지 않고도 상민보다 오히려 빠른 속도로 올라가고 있었다. 빙벽등반 경력이 부족해 위험하지 않을까 하고 생각한 것은 기우에 불과했다. 저 정도의 속도라면 상민이 원래 계획한 대로 1박 2일 만에 정상에 올라서는 게 가능할 것 같았다. 촐라패스로 이어지는 하강길은 크게 어려울 것 없는 노멀 코스라고 했으니 빠르면 모레쯤 끝나게 될 터였다. 날씨는 아주 좋았다. 설연을 빼곤 구름 한 점 없었다.

바로 그때 찌렁, 하는 소리가 들려왔다.

그 소리는 내가 처음 이곳으로 오다가 촐라체 북벽과 정면으로 만났을 때 들었던 소리처럼 완연한 금속성이었다. 나는 망원경의 방향을 재빨리 틀어 북벽의 한가운데로 시선을 박았다. 이번 등반에서 가장 난이도•가 높을 것 같은 크럭스•로서 북벽의

• 난이도(grade): 산이나 암장의 루트의 난이도. 쉬운 1급에서부터 극도로 어려운 6급까지 6등급으로 나눈다.

• 크럭스(crux): 암벽등반의 루트나 피치 중 가장 어려운 부분. 일반적으로 피치나 루트의 난이도는 가장 어려운 피치인 크럭스 피치를 기준으로 한다.

핵심부였다. 그러나 푸르스름한 그늘에 뒤덮인 거대한 아이스클리프*는 아무런 변화도 없었다. 뼛속까지 가파르게 울리고 가는 그 소리를 들었는지 빙벽에 붙은 하영교도 잠시 멈추어 숨을 고르고 있었다.

소리의 끝자락이 오랫동안 기분 나쁘게 울렸다.

아마도 빙하의 허리 어디쯤이 두 동강으로 쩍 갈라진 것 같았다. 크레바스*의 어두운 아가리들이 내 눈앞을 빠르게 스치고 지나갔다. 나는 망원경을 내린 뒤 등반 일지에 '12시 20분, 빙하 갈라지는 소리'라고 썼다. 소리의 울림으로 보아 빙하가 만약 갈라졌다면, 그 크레바스의 깊이는 끝을 잴 수 없을 만큼 깊을 터였다.

이제 생각해보면, 그것은 촐라체가 우리에게 보내는 분명한 하나의 경고였다. 그러나 실존의 치열한 크랙 속으로 이미 발을 들여놓은 사람들은 아무리 온몸의 감각이 풍뎅이처럼 부풀어올랐다고 해도 산의 어둡고 깊은 목소리를 다 해석하지 못하는 게 당연했다. 가져간 로프의 길이를 생각해볼 때, 지금 오르고 있는

- 아이스클리프(ice cliff): 얼음이 얼어붙어 있는 벼랑. 아이스월과 비슷하다.
- 크레바스(crevasse): 빙하 위의 균열. 빙하의 경사가 급할수록 발달하는데 깊이가 수 미터에서 수백 미터에 이르기도 한다. 완사면에 생긴 히든크레바스(hidden crevasse)는 모르고 밟으면 위험하다.

빙벽을 다 오르고 나면 뒤돌아 내려오는 것보다 차라리 위로 오르는 게 더 쉬울 터였다. 그들은 그래서 오직 위로, 위로 올랐다. 출라체가 설계한 어떤 프로그램이 그들을 기다리고 있는지 그때까지 아무도 알 수 없었다.

— 이것은 박상민과 하영교의 출라체 북벽 등반 과정을 내 손으로 재현해놓은 기록이다. '나'라는 일인칭을 사용해 생사의 굽잇길을 돌아나온 치열한 과정을 그들 자신이 말하고 있다고 하더라도, 기록자는 그들이 아니라 나머지 인생의 좌표를 찾아 황막한 시간 속을 흐르고 있는 한 중년 남자의 재조합에 따른 기록이라는 걸 잊지 말기 바란다. 나의 기록이라는 것을.

"……그리워서요."

저 자신도 모르는 그리움을 좇아 산으로 떠난 현우가, 이해할 수 없는 생의 모순이나 절망에 직면했을 때, 이 기록을 읽을 수 있기를 바란다. 덩치는 크고 속은 허랑한 현우 또래의 젊은이들이 읽는다면 더욱 감격할 것이다. 지금은 하늘의 별을 보고 갈 길을 정하던 시대가 아니다. 무엇으로 생의 좌표를 읽어내야 할지 모르는 젊은 당신들의 오늘이 쓸쓸한 것은 그 때문이다. 갈 길 몰라 쓸쓸할 때 젊은 그들이 이 기록을 읽으면 참 좋겠다. 극적으로 사실을 과장하거나 감상적으로 실존을 호도할 생각은 전혀 없다. 나는 사실을 사실대로만 그려낼 생각이다. 멀고먼 산사의 어둠침침한 전각, 찬 마루에 엎드려 고통스러운 질문들에게 포위돼 있을 현우가 보인다. 라인홀트 메스너의 말대로, 살다보면 누구에게나 '무덤과 정상 사이'가 '종이 한 장'의 두께에 지나지 않는다는 것을 현우도 이해하는 날이 올 것이라고 믿는다.

첫째 날

하영교

12월 30일 03시.

드디어 출발이다. 형이 바위를 깔고 앉은 채 등산용 나이프로 손가락을 가볍게 건든다. 내부로부터 짐짓 전투적인 에너지를 끌어올리려는 몸짓이다. 핏방울이 밴다. 헤드랜턴을 역광으로 받아서 그것은 시커멓다. 형은 두려운 모양이다.

나는 준비된 배낭을 멘다.

정선생이 끓여준 누룽지를 조금 먹고 땅콩과 잣이 포함된 뜨거운 차를 마신 게 조금 전이다. 속이 더워지고 있다. 한 해가 기우는 날 새벽이다. 출발하면 2박 3일, 또는 3박 4일 동안 이 정도의 훈훈한 식사는 꿈도 꿀 수 없다. 살아서 여기 베이스캠프로 돌아오지 못할 수도 있다. 그러나 순조롭게만 진행된다면 새해 아침의 햇빛을 촐라체 정상에서 볼 것이고, 그다음 날이면 이곳에 돌아와 뜨거운 수프를 먹을 것이다.

배낭은 안 멘 것처럼 가볍다.

오른팔을 두어 번 크게 휘두른 형이 이윽고 배낭을 멘다. 장비 무게를 극소화하라고 그가 닦달한 뜻을 이제 알 것 같다. 카트만두에서 새로 구입한 5밀리미터, 7밀리미터짜리 케블라 로프˙ 55미터 두 동, 암벽등반용 하켄 15개, 훅 1개, 러프˙ 3개, 이태리제 아이스스크루˙와 프렌드 각각 4개 정도가 장비의 전부이다. 비박을 위한 비박색˙과 내피, 그리고 얇은 매트리스가 있지만 무겁진 않다. 땅콩차, 커피, 비스킷, 파워바˙, 파워젤˙ 정도

- 케블라 로프(kevlar rope): 첨단 방탄 재료인 케블라라는 고강도 섬유로 만든 로프.
- 러프(rurp): 아주 작고 날이 얇은 하켄의 상품명.
- 아이스스크루(ice screw): 얼음에 박을 수 있도록 고안된 스크루 모양의 확보용 하켄.
- 비박색(bivouac sack): 침낭을 안에 넣고 매트리스를 아래에 깔아 침낭의 보온성을 높여주는 비박용 색.
- 파워바(power bar): 격렬한 운동중에 소모된 영양소와 에너지를 보충해주는

만 챙긴 식량의 무게도 그렇다. 배낭 무게는 각자 5킬로그램 미만이다.

그러나 상민 형이 한 가지 모르는 게 있다.

간밤에 슬쩍, 내가 배낭 속에 집어넣어 감춘 등강기, 로프에 걸면 위로 밀고 올라가는 건 되지만 아래로 미끄러지진 않도록 고안된 것이 바로 주마*다. 주마링*은 나의 취미이자 특기라고 할 수 있다. 특히 형 몰래 배낭 속에 집어넣은 그것은 내가 산행할 때마다 빼놓지 않고 갖고 다녔던 물건이다. 삼손의 힘이 뒷머리털에서 나온다면 암벽을 오를 때 나의 힘은 손때가 묻어 손잡이가 반질반질해진 주마에서 나온다고 할 수 있다. 그런데 내가 왜 형의 명령 때문에 그것을 빼놓고 산으로 가겠는가.

바 타입의 보조 식품.

● 파워젤(power gel): 휴대가 간편하게 만들어진 탄수화물 보충제로 섭취 후 10분 정도면 바로 에너지화된다. 고농축 탄수화물이므로 적은 양으로도 많은 양의 탄수화물을 손쉽게 섭취할 수 있다.

● 주마(jumar): 고정 로프를 오르는 등강기.

● 주마링(jumaring): 주마를 사용하여 고정 로프를 오르는 것. 주마에 래더(줄사다리)나 슬링을 걸어 로프에 부착한 후 래더에 몸을 싣고 위쪽 주마를 위로 올려 두 개를 번갈아 사용하면서 체중을 이동해 오른다. 오르기 힘든 피치에서 선등자가 짐 없이 등반한 후에 짐을 끌어올리고, 후등자가 주마링을 하며 용구를 회수하거나 긴 루트에서 미리 로프를 고정시키고 다음날 주마링을 하며 등반 활동을 재개할 때 활용한다.

사위는 푸르스름한 광채로 싸여 있다.

새벽 3시라서 캄캄할 줄 알았는데 그렇지 않다. 별빛 때문이다. 안개꽃 수만 송이가 허공에 확 흩뿌려진 듯하다. 만년빙하를 머리 위에 인 쿰부 히말라야의 스카이라인이 창백한 푸른빛을 띠고 있다. 특히 코앞에 다가서 있는 로체의 정수리는 푸르고 흰 것이 마치 죽은 자의 얼굴 같다.

"형님, 그럼…… 새해에 봅시다."

"오케이, 해피 뉴 이어……"

상민 형과 정선생이 가볍게 안는다. 로부체(Lobuche, 4940m) 어깨 근처에 떠 있던 별 하나가 촐라체를 겨냥하고 날카롭게 진다. 북벽은 그러나 캄캄하다. 별빛조차 빨아들여 제 캄캄한 품속에 쟁여넣은 듯 보인다. 섬뜩한 느낌이 든다. 정선생이 이번엔 내 어깨를 안는다.

"두려워하지 마. 그게 중요해."

키 작은 그가 까치발을 하고 내 귓구멍에 숨을 불어넣으며 속삭인다. 나는 그를 밀어내고 힐끗 형 쪽을 본다. 다행히 형은 그의 말을 듣지 못한 눈치이다. 두려워하지 말라는 건 내 표정에서 두려운 기색을 그가 보았다는 뜻이 된다. 정말 그런가. 나는 고개를 젓는다. 두렵지 않다. 3주가 넘는 베이스캠프 생활로 고소적응도 다 되었고 로부체 이스트와 아일랜드 피크 등반으로 실전도 충분히 익혔으며, 전신의 에너지 또한 충만하다. 쇠락해진 형과 비교할 때 나의 팔뚝, 어깨, 허벅지, 근육 들은 바야흐로 산맥처럼 일어서고 있다.

"그럼, 출발하자!"

상민 형이 먼저 북벽 그늘로 걸음을 떼어놓는다.

"어떠냐." 처음 베이스캠프에 도착했을 때 형이 던진 첫 질문이 생각난다. 여러 번 암벽등반을 다녀봤지만 우리나라에선 어디에 있든 소리가 쫓아온다. 사람 소리, 차 소리가 들리지 않으면 새소리, 물소리라도 들린다. 완전한 정적이란 없다. 으흐흐흐, 하고 기분 나쁘게 웃고 나서 그때 형이 덧붙였던 말. "이 정적이…… 말하자면 고독의 맨얼굴이야."

들리는 건 나의 발소리뿐이다.

고독의 맨얼굴 속으로 들어가는 초입이다. 바람 소리도 없다. 형의 발소리조차 전혀 들리지 않는 게 이상하다. 별똥별이 지고 있다. 촐라패스 쪽이다. 길은 따로 없다. 헤드랜턴의 불빛이 비추는 곳이 곧 길이다. 날이 밝아질 때까진 오직 감각에 의존해야 한다. 처음엔 작은 돌멩이들이 뒤덮인 이른바 스토니 슬로프*였

• 스토니 슬로프(stony slope): 작은 돌멩이들로 뒤덮인 비탈 또는 경사면.

다가 이내 경사진 모래인 지대가 나온다. 분설°이 살짝 덮여 있어 미끄럽다. 나는 발가락을 오그리고 걷는다.

모래인 지대가 끝나고 눈 덮인 경사면이 나타난다.

불과 30여 분 만에 촐라체의 안골로 들어선 셈이다. 이중화 밑 창에 밟히는 눈의 소리가 비로소 들린다. 귀가 새삼 뚫린 느낌이 다. 아이젠은 아직 착용하지 않아도 된다. 언 눈이라 발은 깊이 빠지지 않는다. 삐르르르 꾹, 새소리도 들린다. 무슨 새이고, 어 떻게 이 눈 덮인 고산에서 살고 있는지는 알 수 없다. 베이스캠 프 코앞까지 다가오곤 했던 멧비둘기처럼 살이 찐 새의 모습이 어릿어릿 눈앞을 스친다. 그놈들이 따라오고 있는지 모른다. "비 행거미는 해발 6000에서도 살아. 새들도 그래. 날갯짓만으로 산 맥을 넘는걸." 형이 했던 말이 또 생각난다.

나는 휘파람을 불어 새에게 화답한다.

힘이 더 솟아나는 기분이다. 아직까진 한라산이나 지리산의 겨울 등반 오르막길과 크게 다를 게 없다. 나는 헤드랜턴 각도를 사면에 맞춰 내리고 부지런히 형의 꽁무니를 쫓는다. 어떻게 걷 는 건지 형은 작은 눈덩어리 하나도 떨어뜨리지 않고 설사면을

• 분설(粉雪): 푸석푸석한 가루눈.

올라간다. 부드럽고 조용한 상승이다. 그는 아마 뒤따라가는 나조차 잊고 자신의 말대로 '고독의 맨얼굴'에 오로지 이끌려 걷고 있는 모양이다.

"숨을 좀 돌리자."

내가 사면의 끝에 도달했을 때 형은 아이젠 착용을 끝내고 있다. 나는 배낭에 매달고 온 아이젠을 내려놓는다. 3, 4피치 정도는 돼 보이는 빙벽이 거만하게 내 앞을 가로막고 있다. 이제부터 본격적인 자일 파티*에 의한 빙벽등반이 시작된다. 나는 12발짜리 아이젠에 이중화를 밀어넣는다. 아이젠의 스트랩* 고리 기둥에 이중화가 딱 맞도록 발이 들어가야 한다.

"끈 매지 말고, 발을 들어봐."

형이 뻔한 잔소리를 또 한다.

스트랩 고리 기둥에 딱 맞으면 끈을 매지 않아도 등산화는 아이젠에서 빠지지 않는다. 형의 말은 끈을 매기 전 그것을 확인하라는 말이다. 뻔한 잔소리지만 나는 아무런 대구 없이 발을 그에게 들어 보인다. 시작부터 신경을 거스를 필요는 없다. 어쨌든

• 자일 파티(Seil party): 암벽, 빙벽을 등반할 때 자일을 묶고 함께 오르는 파트너.
• 스트랩(strap): 일반적으로 가죽 끈 또는 띠 모양의 포목으로 어떤 것을 고정시키기 위해 중간에 매는 띠.

그와 나는 로프로 연결된 안자일렌 상태로 빙벽을 올라야 할 운명이다. 죽음의 추락에서도 한덩어리가 돼야 한다. 코팅이 잘된 스트랩을 아이젠 고리마다 통과시켜 단단히 묶는다.

새소리가 더 요란하게 들린다.

여명이 가까워지고 있다는 뜻이다. 베이스캠프의 불빛이 멀지 않다. 한 시간 이상 걸어왔는데도 불빛은 손을 뻗으면 닿을 것 같다. 밤은 이래서 좋다. 불빛과 불빛 사이에 아무런 절망적인 거리도 존재하지 않는 것처럼 보인다. 이를테면 따뜻한 착각이다.

나는 확보 준비를 한다.

아이스스크루를 박을 필요는 없다. 바윗부리는 지천으로 널려 있다. 나는 빙벽 앞에 솟은 바윗부리에 슬링을 휘감아 안전벨트의 카라비너*에 연결한다. 이 정도의 일은 식은 죽 먹기보다 쉽다. 형이 확보 준비를 하고 있는 나를 돌아다본다.

잠깐 시선이 마주친다.

나는 묶은 끈을 당겨 보이면서 손가락을 말아 동그라미를 만들어 보인다. 형의 입꼬리가 살짝 올라간다. 그의 눈빛에 언뜻

---

* 카라비너(carabiner): 암벽에 박은 하켄에 로프를 연결하는 데 사용하는 도구. 강철로 만든 둥근 테로 스프링이 달려 있으며 O형과 D형 등 여러 가지 모양이 있다.

스쳐지나가는 바람 같은 걸 나는 본다. 안도의 표정인지 불안한 표정인지 알 수 없다. 처음 가방을 싸들고 찾아갔을 때 내 얼굴과 가방을 번갈아 보던, 오피스텔 철제문 너머의 그가 눈앞을 스친다. 그때도 저런 눈빛이었어. 그는 이미 벽을 향해 돌아서 있다. 눈으로 보아 50도쯤 되는 빙벽이다.

그가 피켈을 힘껏 찍는다.

얼음 파편이 사방으로 흩어진다. 다시 피켈을 찍는다. 이번엔 튕겨나오는 얼음 파편이 거의 없다. 얼음에 피켈 끝이 파고드는 소리도 마침표처럼 분명하고 단호하다. 피켈 끝의 예리한 톱날이 빙벽의 생살을 오지게 붙잡고 있는 게 온몸으로 느껴진다. 됐어. 나는 중얼거린다. 시작은 순조롭다. 아이젠 앞발톱이 N자 형태로 형의 양손에 들린 아이스피켈과 아이스바일을 쫓아 올라가고 있다.

이제부턴 똑같은 동작의 반복이다.

아이스피켈과 아이스바일은 모양과 용도에서 큰 차이가 없다. 피켈을 찍고 아이젠 앞발톱을 옮겨 박고, 또 피켈을 찍고 아이젠 앞발톱을 적절한 위치에 옮겨 박는다. 얼음의 질이 나쁘지 않아서인지 형은 제법 속도를 낸다. 간간이 피켈에 찍혀 나온 얼음 파편들이 우수수 쏟아질 때마다 나는 고개를 숙인다. 헬멧에 부딪쳤다가 튕겨져나오는 얼음 알갱이와 분설이 하얗다. 피켈 샤프트가 형의 머리에 가려지고, 곧 머리가 엉덩이에 가려진다. 밑에서 보이는 것은 엉덩이와 아이젠의 발톱뿐이다. 아이젠의 발톱들이 고개를 쳐든 나의 헤드랜턴 불빛에 차갑게 반사된다. 어둠 속에서 빛나는 고양이의 눈빛 같다. 1피치를 다 오를 때까지 형은 하켄을 두 개 사용했을 뿐이다.

이제 내가 오를 차례다. 형이 1피치를 오른 다음 나의 추락에 대비해 확보 자세를 취하고 손짓을 한다. 나는 형이 올라간 방향을 쫓아 피켈을 휘두른다. 형이 걸어놓은 로프에 거의 의존하지 않는다. 이 정도라면 로프를 잡지 않고도 빠른 속도로 오를 수 있다. 피켈 피크가 80킬로그램이 넘는 내 몸무게를 견뎌내는 게 놀랍다. 매일 천 번 이상 '피켈 체조'를 해서 단련한 나의 악력은 최고조에 이르러 있다. 나는 순식간에 30미터 이상 되는 1피치를 다 오른다. 형이 박아넣은 하켄까지 올라가면서 모두 회수했음은 물론이다.

"저기 좀 봐."

형이 턱짓으로 북동쪽을 가리킨다.

로체다. 로체 봉우리를 떠받치며 여명이 터져나오고 있다. 후광을 받은 로체의 설봉은 어둡다. 로체와 사우스 콜을 사이에 두고 연접해 있을 에베레스트는 아직 확실히 구분되어 보이지 않는다. 로체보다 더 가깝게 보이는 눕체(Nuptse, 7861m), 그와 비스듬히 위치한 푸모리(Pumo Ri, 7161m) 봉의 어두운 얼굴도 선명하다.

3피치쯤 올라왔을 때, 해가 뜬다. 아니, 해가 뜬 것이 아니라 햇빛의 첫정이 가장 드높은 에베레스트, 여신의 우두머리인 초모랑마에 떨어졌을 뿐이다. 하늘엔 여전히 구름 한 점 없다. 일출 때의 햇빛은 철저히 높이의 순서를 따라 떨어진다. 더 높은 봉우리로부터 더 낮은 봉우리로 햇빛이 차례로 내려앉는다. 에베레스트 다음엔 로체, 그다음은 마칼루(Makalu, 8463m)다. 마칼루와 로체의 기생봉 로체샤르(Lhotse Shar, 8383m)의 높이 차이는 불과 80미터에 불과하지만, 높이 서열에 따른 일광의 낙하 순서는 흐트러지지 않는다.

나는 숨을 죽이고 북동쪽을 본다.

한 발 옆으로 비켜선 형의 어깨에도 미세한 파동이 지나가는 것 같다. '정상이란 모든 길의 시작이자 그 귀결점'이라고 말한 게 메스너였던가. 세계의 모든 길이 시작되고 모든 길이 끝나는, 그래서 가장 먼저 햇빛을 받은 에베레스트는 지금 막 화관을 정수리에 얹고 있다. 로체, 마칼루, 로체샤르, 초오유가 차례로 화관을 이어받는다. 음계를 짚고 내려가는 그랜드피아노의 속살을 보는 듯하다. 7000미터의 봉우리들에 화관이 다 얹혀지고 나면 6000미터급 봉우리들로 불길이 옮겨붙는다. 아다지오에서부터 단계를 짚어 알레그로의 빠르기로 휘몰아쳐 내려오는 놀라운 대자연의 연주이다. 가슴이 막 부풀어오른다.

햇빛이 이윽고 내 이마에 꽂힌다.

화관을 쓴 수많은 연봉들이 장대한 스카이라인을 이루고 내 눈 속으로 다투어 뛰어들어온다. 이런 광경은 어디에서도 본 적이 없다. 나는 질끈 두 눈을 감는다. 고글*을 쓰지 않고선 너무 눈부셔 눈을 뜨지 못한다. 나는 헬멧 위에 두른 고글을 내려쓴다. 히말라야 스카이라인이 뚜렷이 눈 속으로 뛰어들어온다. 아, 히말라야…… 하고 나도 모르게 중얼거린다. 이런 장엄한 일출은 생전 처음이다.

"가자!"

형이 다시 빙벽으로 달라붙는다.

우리가 올라가야 할 촐라체 북벽이 환히 눈에 들어온다. 정상의 양어깨에서 거대한 Y자 골짜기를 만들며 급격히 뻗어내려온 두 개의 측릉側稜이 내가 서 있는 좌우로 나란히 흘러내려가고 있

● 고글(goggles): 보안용 안경. 눈 덮인 고산에서는 설면의 반사작용으로 직사일광의 자외선이 눈을 자극하여 각막이나 결막에 염증을 일으켜 설맹에 걸리는 경우가 있는데 이를 방지하기 위해 착용한다.

다. 형은 오른편 측릉에서 갈라져 나온 가파른 능선을 올라가고 있는 중이다.

"낙빙이닷!"

형의 고함이 귀청을 찢는다. 얼음덩어리들이 쏟아져내려온다. 나는 반사적으로 로프를 꽉 붙잡는다. 블록*이다. 과일 박스만한 얼음덩어리 하나가 아슬아슬하게 내 등뒤로 떨어진다. 헬멧에 부딪치는 얼음덩어리와 스노볼* 들도 만만치 않다. 나는 오직 동물적 감각으로 요리조리 움직인다. 큰 놈에게 정통으로 맞으면 확보를 하고 있다 하더라도 안전을 장담할 수 없다. 형은 빙벽에 매달린 채 한동안 미동도 하지 않는다.

"뭐하는 거야?"

"여기…… 아주 큰 놈이 있어서……"

"큰 놈이라니?"

"빙탑이야. 얼음 기둥. 크고 잘생겼어."

형은 두려운 것일까. 내가 선 곳에선 보이진 않지만, 형이 망설이고 있다면 앞을 막아선 얼음 기둥은 오벨리스크처럼 장대할

• 블록(block): 계곡을 메우고 있는 눈더미가 붕괴하여 부스러지거나 눈처마가 무너져서 생긴 눈덩어리.
• 스노볼(snow ball): 설사면에 자연적으로 굴러떨어지는 둥근 눈덩어리. 낙설이 설사면을 굴러떨어지면서 덩어리로 뭉쳐지기도 한다.

지 모른다. 나는 고개를 한껏 젖히고 위를 본다. 형의 좌우로 암벽에 달라붙은 큰 고드름들이 보인다. 거대한 창날들이 똑바로 나를 겨냥하고 있다. 목덜미가 부르르 떨린다. 고드름의 창날이 목덜미에 금방이라도 꽂혀들 것 같은 느낌이다.

박상민

정말 잘생긴 놈이다. 우람하고 단단하다. 햇빛이 얼음 기둥의 상단에 손수건처럼 걸려 있다. 좌우는 앞으로 크게 배를 내민 오버행*이다. 암반이 거의 직각을 만들며 뛰쳐나온 그 끝에 팔뚝보다 더 굵은 고드름까지 촘촘히 붙어 있으니 빠져나갈 길이 없다. 출구는 눈앞에 버티고 선 얼음 기둥을 타고 넘는 길뿐이다.

"뭐하는 거야?"

내가 움직이지 않자 영교가 묻는다. 그는 나보다 1피치 정도, 어림잡아 30여 미터 빙벽 아래에서 나를 올려다보고 있다. 내가 길을 찾기 위해 여기저기 피켈을 찍어보느라 떨어뜨린 얼음덩어리들을 재주껏 잘 피한 모양이다.

---

* 오버행(overhang): 암벽의 일부가 처마처럼 돌출되어 위를 덮은 형태의 바위.

"빙탑이야. 얼음 기둥. 크고 잘생겼어."

내 목소리가 오버행의 굴곡을 울리고 퍼진다.

올라오면서 아이스스크루와 하켄을 벽에 박아 로프를 통과시켜 확보한 곳이 세 군데지만 내 추락을 충분히 견딜 수 있을 만큼 확보된 것인지는 알 수 없다. 나는 다리 사이로 밑을 내려다본다. 영교의 헬멧이 보이고, 그것과 거의 일직선상으로 마지막 하켄을 박아 로프를 꿰어넣은 돌출 바위, 곧 앵커 레지*가 보인다. 어림잡아 7, 8미터는 되는 것 같다. 만약 이대로 얼음 기둥을 넘다가 추락한다면 일차적으로 그곳의 하켄이 나를 붙잡아줄 터이다. 추락 거리는 나와 확보 지점 사이의 두 배이다. 여기서 추락하면 적어도 15, 6미터 추락하게 된다. 만약 하켄과 스크루가 내 몸무게를 이기지 못한다면? 최종적으로 영교가 나를 지탱해준다고 할 때, 추락 거리는 최소한 60여 미터. 그 정도라면 영교도 내 무게를 견디지 못할 가능성이 많다.

더이상 상상하고 싶지 않다.

추락은 단순히 허공의 길로만 낙하하는 것이 아니다. 울퉁불퉁 뛰쳐나온 바위나 얼음층 모서리 등에 부딪치며 떨어진다. 설

---

* 앵커 레지(anchor ledge): 확보 지점으로서의 레지. 레지는 발을 딛고 설 수 있는 좁은 바위턱으로, 확보하거나 횡단할 때 이용하는 지형물이다.

령 영교가 나를 견딘다고 하더라도, 발목이 부러지든가 무릎이라도 다친다면 1500미터 이상 수직으로 솟아오른 북벽을 탈출할 수 없을 테니. 이곳은 보나마나 나의 무덤이 될 게 확실하다.

"넘어갈 수 있겠어?"

참지 못하고 영교가 소리쳐 묻는다.

넘어갈 수 없다면? 다른 길이 없다면 내려가는 게 최상이다. 그렇지만 이미 우리가 가져온 로프의 길이보다 더 높이 빙벽을 올라왔으니까 여기서 내려가는 것은 바보짓에 가깝다. 사는 길은 앞으로 가는 것뿐이다. 나는 하켄을 하나 빼낸다. 오버행의 안쪽 암벽 틈에 하켄을 박아 중간 확보물을 하나 더 설치할 요량이다. 아이스바일의 피크 반대쪽은 망치로 되어 있다. 나는 불편한 자세로 망치를 휘두른다. 피융. 예리한 금속성이 울린다. 해머*에 빗맞은 하켄이 튀어올라 돌출된 암벽 하단에 부딪쳤다가 허공으로 날아가는 소리이다. 젠장. 암벽을 치고 만 바일의 충격 때문에 손목이 시큰하다.

햇빛이 얼음 기둥의 머리를 떠나고 있다.

정오가 채 되지 않았는데도 북벽은 벌써 어둠침침하다. 나는

• 해머(hammer): 하켄이나 볼트를 때려박는 데 사용하는 쇠망치. 빙설용의 아이스해머와 구분하며 암벽등반용은 록해머라고 한다. 타격면과 피크가 있는 두부와 샤프트로 이루어져 있다.

올라가야 할 방향을 일별하고 침착하게 하켄 하나를 다시 꺼낸다. 열받지 마, 상민. 스스로에게 중얼거리며 하켄을 박아넣어야 할 암벽을 쓰다듬는다. 부드럽게, 처녀의 속살을 어루만지듯이. 마음을 가라앉히고 나니까 비로소 암벽의 숨결이 느껴진다. 처음부터 이렇게 암벽을 다루었어야 할 일이다. 내가 힘으로 박아넣는 게 아니라 암벽이 나의 하켄을 받아들이도록 하는 것. 제 속살을 열어주도록 하는 것.

바로 그때 바위가 갈라진 크랙이 눈에 들어온다.

얼음이 살짝 덮여 있어 그걸 미처 보지 못했는지, 아니면 내 부드럽고 겸손한 손길에 암벽이 비로소 제 몸을 열어 보였는지 알 수 없다. 크랙은 견고하고 깊다. 나는 하켄을 박는 대신 바위 틈에 끼워넣어 주로 사용하는 프렌드를 꺼내 크랙 속에 집어넣는다. 손가락으로 누르면 크랙으로 들어가지만 안에 박히고 나면 스스로 벌어져 충격을 주어도 크랙 밖으로 빠져나오지 않도록 설계된 것이 프렌드다. 슬링을 걸고 카라비너를 통과시킨 다음 몸을 움직여 프렌드가 단단히 장착됐는지를 확인한다. 프렌드는 강력하게 암벽에 붙들려 있다. 이렇게 하면 올라가다가 미끄러진다고 해도 프렌드가 나를 잡아줄 테니 길게 잡아도 추락거리는 3, 4미터를 넘지 않는다.

"그럼…… 실례합니다."

나는 얼음 기둥을 올려다보며 부드럽게 속삭인다.

내가 원하는 건 한 번에 치고 올라가는 원 푸시* 등반이다. 장비를 최소화한데다가 능선, 물길, 빙하의 흐름 등을 표시한 이른바 산역山域의 개념도조차 없는 것과 마찬가지이므로, 단 한 번만이라도 사고가 생긴다면 성공 가능성이 급전직하로 떨어질 수밖에 없기 때문이다. 더구나 촐라체 북벽을 올랐던 유일한 원정대, 프랑스 팀의 루트와의 거리가 벌써 상당히 벌어져 있다. 한 발한 발이 수만 년 동안 아무도 발을 디뎌보지 않은 전인미답이다. 시간을 끌 겨를이 없다.

나는 자로 잰 것처럼 또박또박 피켈을 휘두른다.

피켈이 찍히면서 빙벽에 부딪치는 손가락 마디에 예리한 통증이 연거푸 느껴진다. 계속 이렇게 타격을 받으면 타박상을 입은 곳은 그만큼 빨리 동상에 걸린다. 그러나 아무리 주의를 기울여도 빙벽의 요철 때문에 타격은 여전하다. 나는 손가락 타격을 최소화하려고 주의를 기울인다. 그 때문이었을까, 한순간 피켈 피크가 빙벽에서 미끈, 빠져나온다. 아이젠 앞발톱이 빙벽을 긁어내는 소리가 울리는 것과 추락을 시작했다고 느낀 건 거의 동시

---

* 원 푸시(one push): 시등이나 정찰 없이 한 번의 등반으로 완등하는 것. 물론 포터의 도움도 받지 않는다.

의 일이다.

"어어 엇, 추락……"

나는 비명과 함께, 추락한다.

빙벽이 뿜어내는 흰 광채가 가속적으로 흐른다. 프렌드를 설치해 중간 확보 지점을 마련한 것은 정말 잘한 짓이다. 그 확보 지점으로부터 2미터쯤 올라가다가 미끄러졌으므로 나는 단숨에 그것의 두 배 정도를 추락한다. 아찔하다. 프렌드에 걸린 로프가 내 몸을 붙잡아주는 찰나, 나는 겨우 빙벽에 재빨리 피켈을 박는다. 본능적인 손길이다. 흘러내린 땀이 눈 속으로 파고든다. 허리통만한 고드름 몇 개가 난폭하게 떨어져나간다.

"혀엉……"

"나…… 괜찮아!"

영교가 부르고 내가 간신히 대답한다.

숨을 쉬는 것조차 어렵다. 거친 풀무질 소리가 난다. 괜찮아. 나는 속으로 덧붙인다. 거대한 빙탑 쪽을 다시 올려다본다. 도도한 그 얼음 기둥이다. 녀석이 이를테면 리와인드 버튼을 눌러 나를 5미터나 되돌려놓은 셈인데, 이상하게 원망스럽진 않다. 원망스럽기는커녕 쓴웃음이 배어나온다. 그에겐 나를 내칠 권리가 있다고 나는 생각한다.

"그러지 말고…… 좀 넘어갑시다."

나는 빙탑에게 말을 건다. 호흡을 고르고 다시 피켈을 휘두른다. 추락하면서 다친 곳이 없으니 다행이다. 나는 좀 전보다 더 빠르게 상승한다. 마음은 안정감을 다시 회복하고 있다. 눈을 감고도 오를 수 있는 고향 근처 대둔산의 첨봉을 오르고 있는 것 같다.

내가 처음 오른 암벽은 대둔산의 '동지길'이다.

김형주 선배의 얼굴이 떠오른다. 고등학교 1학년 가을이었던가, 우연히 알게 된 김형주 선배에게 로프 사용법과 프렌드 설치 방법을 구체적으로 배운 곳이 바로 난이도가 5.10d급인 그 동지길이다. 침니*와 크랙과 바위 능선이 조화롭게 배치된 동지길 직벽에선 고향집 마당 끝에 선 팽나무가 환히 내려다보인다. "벽과 나 사이에선 솔직해야 해. 속임수는 안 된다고. 난 할 수 있다. 소리칠 필요도 없어. 할 수 있긴 개뿔이냐, 뭘 할 수 있어! 자신 없음 자신 없다고, 무서우면 무섭다고 말하는 것, 그 정직함이 곧 클라이밍의 자유야!" 내가 동지길 짧은 바위틈새를 등과 무릎으로 밀어내는 방식, 곧 백 앤드 니*로 오르다가 오줌을 지렸을 때

- 침니(chimney): 두 면 또는 세 면이 암벽으로 둘러싸여 있어 그 속에 몸을 넣을 수 있을 정도의 공간이 생긴 바위틈새.
- 백 앤드 니(back and knee): 침니에서 등과 무릎을 밀어내며 힘의 균형으로 몸의 자세를 유지하는 기술. 벽면에 좋은 홀드가 없어도 미는 힘과 마찰에 의해서 자세를 안정시키며 휴식을 취할 수 있다. 움직일 때는 등과 두 손, 두 무릎의 다섯 개 점이 지점(支点)이 되며, 이 지점을 번갈아 밀어붙이면서 올라간다.

김형주 선배가 한 말이다.

이윽고 나는 얼음 기둥의 좌측 어깨를 넘는다.

"오케이, 올라와!"

확보 자세를 취하고 영교에게 소리친다. 숨이 턱에 닿는다. 영교의 피켈과 아이젠이 빙벽에 박히는 소리가 경쾌히 들린다. 그가 생각보다 잘하고 있어 마음이 놓인다. 하늘의 반면이 어느새 회색 구름떼로 뒤덮여 있다. 에베레스트와 로체가 구름 위로 솟아올라 허공에 떠 있는 섬 같다. 예상보다 느린 속도이다. 벌써 3시를 넘어서고 있다. 예정대로라면 지금쯤, 저 골짜기, 세락 지대를 통과했어야 한다. 1박 2일로 정상에 오른다는 계산이 처음부터 틀렸을 수도 있다.

"큰일날 뻔했어, 형."

피치를 다 오른 영교가 내 곁에 쭈그려앉는다.

"세락이야. 이제부터 진짜 조심해야 해."

"내가 앞설까?"

"안 돼. 자신감, 믿지 마. 눈이 좋아야 하고, 감각이 예민해야 해. 저 빙하들, 이 순간에도 흐르고 있어."

"……"

영교는 대답하지 않는다. 그러나 표정으로 그가 내 말을 받아들이지 않는다는 걸 나는 금방 눈치챘다. 측릉과 다른 측릉 사이의 움푹 팬 작은 콜* 너머로 베이스캠프가 내려다보인다. 짐짓 영교의 불만스러운 표정을 못 본 척, 무전기의 스위치를 켠다. 금속성의 잡음 사이로 기다렸다는 듯 캠프지기 정선배의 말이 뛰어들어온다.

"간 떨어질 뻔했어, 오버."

좀 전의 추락을 보고 있었던 모양이다.

"괜찮아요. 이제부터 빙탑 지대예요. 시간과의 싸움이 될 것 같아요. 해 지기 전에 여길 통과해야 하니까요."

"바람이 불고 있어."

"그렇군요. 그리고 아까 형님 했던 말……"

"무슨?"

"현우 얘기요. 무슨 말씀을 드려야 할지 몰라서요. 암튼 형님, 뭐 그냥…… 거기 캠프 지키면서, 도 닦으세요. 나도요, 지난여름, 도장 찍었어요."

"도장이라니, 무슨……"

잡음이 심해 그의 말끝이 잘 들리지 않는다.

---

* 콜(col): 산정과 산정을 잇는 능선상에 움푹 들어간 곳.

"이혼요. 형님처럼, 혼자됐다고요."

"……시간 싸움이라며, 얼른 출발해."

그가 딴청을 부린다. 나는 무전기를 끈다. 2피치 전에 무전기를 통해 그가 고백한 것은 아들 현우가 중이 되겠다면서 산으로 들어갔다는 말이었고, 이제 내가 고백한 건 나의 '이혼'이다. 각각 달리 출발해 왔는데 산행의 백그라운드가 되는 생의 그늘에서 그와 내가 너무도 닮았다는 게 신기하다. 영교가 그와 나 사이에 슬쩍 끼어든다.

"웃기네, 두 분……"

"뭐가?"

"그렇잖아? 술 함께 마시고, 함께 자고, 그러면서 암말도 안 하다가, 죽어라 산에 오르면서 남 얘기처럼, 새끼 중 됐다, 마누라 버렸다. 웃기는 화법이잖아?"

"나, 마누라 안 버렸다……"

나는 앉은 자리에서 일어선다.

신혜의 모습이 어른거리지만 애써 고개를 젓는다. 암벽등반에는 지난 생이 끼어들 여지가 없다. 한 발 한 발, 목숨을 통째로 걸어야 한다. 골짜기를 형성하고 있는 세락 지대는 한눈에 봐도 범상하지 않다. 에베레스트 남서벽 코스를 오르다가 실패하고 내려온 것도 빙탑들과 크레바스가 교묘하게 배치된 이런 형태의 세락 지대를 통과하지 못했기 때문이다. 대둔산 동지길에서 처음으로 내게 암벽등반의 세계를 열어 보여준 김형주 선배가, 눈사태의 후폭풍에 휘말려 1000미터가 넘는 빙벽 밑으로 날아가버린 일도 바로 세락 지대에서 생긴 일이다. 에베레스트 남서벽에서 만났던 비극이다.

나는 왜 그때 눈을 감지도 못했을까.

너무도 또렷이 보아, 처음부터 끝까지 그의 추락을 슬로비디오로 재현해볼 수도 있다. 그것을 직접 목격한 후 내가 겪었던 공포감은 정말 잊을 수 없다. 촉망받던 산악인의 길을 스스로 버렸을 뿐 아니라 다시는 산에 갈 수 없었던 것도 다 그 때문이다. 아직도 벽에 부딪치며 떨어지던 김선배의 모습이 엊그제 일처럼 생생하다. 나는 부르르 몸을 떤다. 다 극복한 기억이라고 생각한 건 착각일까. 아니야. 나는 속으로 소리치며 고개를 가로젓는다. 난 이겨냈어. 할 수 있어! 잘 봐요, 김선배. 내가 어떻게 선배를 내친 빙벽을 극복하는지. 나는 에베레스트 남서벽 쪽을 눈 부릅뜨며 본다. 그곳과 지적인 이 촐라체를 재기 등반의 첫번째 무대로 선택한 것도 바로 김선배 때문이다. 이 벽을 무사히 넘으면 에베레스트 남서벽으로 다시 갈 계획이다. 김선배의 혼백이 그곳에서 나를 부르고 있다. "기다려요, 김선배!"

나는 에베레스트 남서벽을 향해 눈을 찡긋해 보인다. 두려움을 이기는 것이 관건이다. 고도로 집중하지 않으면 안 된다. 나는 내 눈앞에 펼쳐진 골짜기를 본다. 에베레스트 남서벽의 그것에 비해 규모는 작지만 더 복잡하고 기기묘묘해 보이는 골짜기다. 오르는 게 아니라, 이제부터는 숨은그림찾기 하듯 수많은 빙탑, 크레바스와 명줄을 건 술래잡기를 해야 한다.

나는 숨을 몰아쉬고 몸을 일으킨다.

해가 지는가.

로체 상단과 에베레스트 꼭대기가 불그스름하다. 최고로 높은 봉우리의 빛깔이 저렇다면 곧 빠른 속도로 어두워질 게 뻔하다. 정상에서부터 거대한 Y자 쿨루아르를 만들며 뻗어내려온 두 개의 측릉이 좌우에서 나를 내려다본다. 나는 오른쪽 측릉을 따라 오른다. 프랑스 팀이 오래전 올랐던 왼쪽 측릉이 저만큼 멀어진다.

완만한 경사의 오버행이 다시 다가든다.

좀 전에 넘어온 얼음 기둥보다는 그나마 손쉽다. 바람 끝이 오버행 표면의 얼음층을 단단히 만들어놓아 다행이다. 생명줄은 겨우 1, 2센티미터 얼음에 박히는 피켈이다. 오버행의 어깨로 겨우 몸을 올려놨는데, 이건 또 무엇인가. 밑에서 올려다볼 때, 그다음은 좀 편한 빙벽이지 않을까 생각했었으나 다시 또 거대한 암벽이다. 날도 곧 어두워질 텐데 이 오버행의 벽에 지금 들러붙는 건 위험천만한 일이 아닐 수 없다. 오버행 위에 더 거대한 오버행이라니 끔찍하다. 프랑스 팀이 올라간 왼쪽 측릉을 따라갈 걸 그랬나 하는 후회가 잠깐 든다. 그러나 남이 가본 루트를 따라가는 건 의미가 없다. 나는 한숨을 쉬고 멈춰 서서 주위를 둘러본다. 내가 서 있는 곳은 암벽에서 돌출돼 나온 1.5미터 정도의 테라스*다.

"오늘은…… 여기서 자야겠다."

뒤쫓아 올라온 영교에게 내가 말한다.

앞을 막아선 거대한 오버행의 상단은 눈처마다. 어둠 속에서 그걸 넘을 수는 없다. 테라스는 썩은 눈으로 덮여 있다. 스카블러*로서, 아름답고 기기묘묘한 테라스 바닥을 살펴본다. 고도계는 5500미터를 넘어서고 있다. 테라스의 밑뿌리에 오목하게 들어간 폭 좁은 공간이 보인다. 럭비공 같은 두 개의 오버행이 포개진 접합 부분이다. 피켈로 썩은 눈을 긁어낸다. 상단의 눈처마가 무너져내릴까봐 걱정됐지만 전진도 후진도 불가능한 지금으로선 도리가 없다. 두 사람이 몸을 오그려 간신히 등의 일부를

---

* 테라스(terrace): 레지보다 넓은 바위턱으로 확보는 물론 숙영도 가능한 곳.
* 스카블러(skavler): 강한 바람의 영향으로 눈의 표면이 단단해진 것. 바람의 영향을 받는 완만한 사면에서 흔히 보이고, 바람이 부는 방향에 따라 무늬 모양이 다르다.

댈 수 있는 공간이다.

17시 40분. 벌써 어둡다.

코펠에 얼음 조각과 분설을 넣고 물을 끓여 땅콩차 두 잔을 만든다. 캠프와 교신을 한다. 계속 이 속도로 올라간다면 내일 안에는 정상에 도달하지 못할 가능성이 많다. 사고 없이 등반한다고 해도 식량을 2박 3일 이상 버틸 수 없도록 최소화했으니 하강길에선 굶주림을 면할 수 없을 것이다. 우리는 비스킷 한 봉을 나눠 먹는다.

"커피 끓일까?"

"낼 아침 마시지 뭐."

기온이 급격히 떨어진다. 하단에 하켄을 박고, 테라스 상부에 아이스스크루를 박아 로프로 몸을 달아맨다. 엉덩이를 걸쳤다고 하지만 푸줏간의 고깃덩어리처럼 대롱대롱 매달려 있는 꼴이다. 겨우 우모복*을 꺼내 입고 나서, 얇은 침낭 속으로 이중화를 들이민다.

---

* 우모복(羽毛服): 오릿과의 새털로 공기층을 두껍게 하여 보온 효과를 높이는 방한복.

하늘에 별 하나 보이지 않는다.

구름이 몰려들어 있는 게 확실하다. 쿰부 히말라야의 겨울 날씨에 대한 정보들을 종합해 분석해본 바에 따라 적어도 2, 3일 큰 눈은 내리지 않을 것이라고 생각했는데, 예측이 틀린 모양이다. 날씨는 물론 전적으로 신의 소관이다. 오늘 밤 큰 눈이 내린다면? 나는 고개를 젓는다. 미리 겁을 먹을 필요는 없다. 이제부터 세계는 빙벽과 나의 실존적 관계뿐이다. 미리 무엇을 상상하고 염려하든, 벽에 붙고 나면 모두 공염불이 되고 만다.

정상이라고 뭐 특별하겠는가.

건너다보이는 세계 4위 봉 로체를 산소통 없이 올랐던 불세출의 클라이머 예지 쿠쿠츠카°는 자신이 본 로체 정상은 '지평선이 절반도 보이지 않아' 풍경으로 쳐도 별로였다고 고백한 뒤, 그럼에도 불구하고 산소통 없이 8000 고봉을 오르는 일이 자신에게 아주 '자연스럽고 일상적인 일'이며, 그 무엇에 의지하지 않고, 오로지 벽과 나 사이에서 생존해야 되는 실존적 경험이야말로 '긴 세월을 평범하게 살며 얻는 것보다 더 많은 것을 준다'라고 술회한 바 있다. 야수와 같았던 그가 추락한 로체 남벽이 손에

• 예지 쿠쿠츠카(Jerzy Kukuczka, 1948~1989): 폴란드의 등산가로, 해발 8000미터가 넘는 봉우리 14좌를 세계에서 처음으로 오른 라인홀트 메스너를 이어 4주 뒤 두번째로 완등했다. 1989년 로체 남벽을 오르던 중 추락사했다.

잡힐 듯 가깝게 건너다보인다.

"배낭 속에…… 왜 그걸 넣어왔어?"

영교가 묻는다.

"그거, 뭐?"

나는 시치미를 떼고 반문한다. 심지어 등강기조차 빼놓으라고 영교에게 일렀을 만큼 배낭의 무게에 신경을 썼던 내가, 다른 무엇을 배낭 속에 챙겨넣은 걸 그가 안다면 별로 좋은 말을 할 리 없기 때문이다. 그러나 영교는 이미 모든 걸 안다는 듯 피식 하고 바람 빠지는 소리로 웃는다.

"형이 빙벽을 타고 오를 때 느꼈어."

"글쎄, 무엇을?"

"좃만이기타. 형의 배낭이 왜 나보다 배가 부를까 생각했어. 아까 코펠 꺼낼 때, 그거 머리통이 뵈더라고."

"그놈, 무게 안 나가."

"눈썹도 무거울 거라고 누가 말했나……"

하루이틀 빙벽을 타고 오르다보면 정말로 고글은 물론 눈썹조차 무겁다고 느낄 때가 있다. 그건 사실이다. 내가 배낭의 무게에 신경을 쓴 것도 그렇다. 나는 아무 대꾸도 하지 않는다. 이 빙벽 길에선 아무 쓸모 없는 물건을 넣어온 것은 사실이다. 영교의 비난은 당연하다.

그것은 차랑고다.

남미 안데스 지방의 인디오들이 즐겨 다루는 현악기로서 만돌린보다 훨씬 작다. 무게도 가볍다. 내가 가져온 것은 디아블로 차랑고인데 길이가 한 뼘 정도에 불과하다. 작은 기타 비슷해서 영교는 그걸 '좆만이기타'라 부른다. 이제는 헤어져 남이 된 신혜가 처음 만나던 해 내 생일 선물로 준 것이니, 벌써 10년도 더된 물건이다. 처음부터 그것을 배낭에 넣을 생각이 있었던 것은 아니다. 간밤에 소변을 보러 텐트 밖으로 나왔다가, 차랑, 차랑, 작은 빙벽들이 갈라지는 것 같은 소리를 듣고 있다가 갑자기 충동적으로 그것을 배낭 속에 집어넣은 것이다. 그 소리가 차랑고의 소리와 비슷하다고 느꼈는지 어쨌는지는 분명하지 않다. 처음 만났을 때 스무 살 신혜의 맑고 경쾌한 눈빛이 생각났던 것인지도 모른다.

"난 알아. 형수, 못 버리는 것."

"신혜 때문이 아니야. 워낙 오랫동안 갖고 다닌 거야. 산에 갈 때도. 뭐, 마스코트나 부적 같은 거지."

"언제 받은 건데?"

"만나고 얼마 안 돼서. 인수봉을 로프 타고 내려왔는데, 로프를 빼기도 전에 뒤에서 누가 그러더라. 그런 위험한 짓을 왜 사서 해요? 뭐랄까, 어린 새 소리 같았어. 돌아보니 눈이 맑고 키가

쬐꼬만 처녀 하나가 서 있는 거야. 네 형수였어."

"몇 살 때?"

"네 형수 스무 살, 음악대학 1학년 때. 나는 스물셋이었고."

"이왕 갖고 왔는데 한 곡, 어때?"

"여기서, 미쳤냐. 손가락도 얼었고. 손가락, 사타구니에 넣어 녹여라. 손가락 얼면 죽는 거야, 우리!"

"종일 왔는데…… 베이스캠프 불빛이 코앞이네."

등골이 시리다. 우모복 위에 침낭을 둘러썼으나 워낙 얇은 것이라 급강하한 기온을 견뎌내기엔 턱없이 부족하다. 베이스캠프의 불빛이 정말 가깝게 내려다보인다. 저기, 사람이 있구나. 그런 생각이 든다. 로지 주인까지 모두 문을 닫고 철수한 텅 빈 히말라야다. 나는 사타구니에 양손을 찔러넣는다. 손가락 끝에 찌릿찌릿, 전류 같은 게 지나간다. 피켈을 사용하려면 두꺼운 장갑을 낄 수 없다. 이제부터는 동상을 정말 조심해야 한다. 잠이 쏟아진다.

"아까 떨어질 때, 형, 무서웠지?"

"응……"

"솔직히 말해봐. 되돌아가고 싶었어?"

되돌아가는 길은 이제 없어, 라고 말하려는데 입이 떨어지지 않는다. 바람이 아까보다 거세져서 침낭 모서리가 피리 부는 소리를 간헐적으로 낸다. 잠이 어두운 수렁 속으로 몸을 강력하게 끌어내리고 있다. 우리…… 이런 생활, 너무 소모적이잖아? 신혜가 어둠 속에서 말하는 소리가 환청으로 들린다. 나는 잠의 수렁 속으로 속수무책 끌려내려가면서 고개를 끄덕거린다. 사랑하는 사람과 함께 산다는 것은 나날이 그 사랑을 상실해가는 '삭막한 과정일 뿐'이라는 신혜의 말에 나는 겨우 동의한다. 사랑을 오래 간직하려면 그걸 버리는 것이 최상의 길일는지 모른다고 말하려는데, 검은 휘장이 눈앞을 완전히 덮는다.

이제 촐라체도, 벽도 없다. 어둡다.

하영교

쉽게 잠이 오지 않는다.

비몽사몽 하다가 잠이 깨고 또 비몽사몽 하다가 잠이 깬다. 상민 형은 침낭의 지퍼를 콧등까지 올려 잠근 채 몸을 오그리고 오버행의 하단 틈새로 바짝 끼어들어가 있다. 동면 상태의 동물 같다. 가쁜 숨소리 사이사이에 고통에 찬 신음 소리가 배어나온다. 저렇게 체력이 저하된 상태로 오늘 올라온 것보다 더 가파른 빙벽을 계속 올라갈 수 있을지 걱정이다.

동남쪽 하늘에 별이 몇 개 보인다.

아일랜드 피크가 저기쯤일까. 사실 빙벽을 오르는 일보다 어둠과 추위가 더 고통스럽다. 나는 조금 돌아누우려고 굽혔던 허리를 펴본다. 하켄과 연결된 로프가 금방 팽팽해진다. 몸이라도 쭉 펼친다면 냉기가 사라질 것 같지만 소용없는 욕심이다. 순간적 돌풍에도 몸이 통째로 날아가버릴 좁고 짧은 난간의 틈새가 아닌가.

어머니가 언뜻 보인다.

자고 있는지 깨어 있는지 구별하기 모호한 가수 상태에서 보는 어머니의 얼굴은 천연색이다. 꿈일까. 젊은 어머니가 한 남자아이의 손을 잡고 있다. 새댁처럼 곱고 환하다. 엄마, 하고 나는 불러본다. 어머니는 꽃무늬 양산을 든 하얀 원피스 차림이다. 분홍빛 꽃무늬 양산의 그늘이 맑은 물속의 수초처럼 흔들린다. 다시 엄마, 하려다 말고 나는 그만 입을 다문다. 어머니의 손을 잡고 있는 사내아이는 내가 아니라 상민 형이다.

나는 화가 나서 불끈 눈꺼풀을 밀어올린다.

그사이 잠이 들었던 모양이다. 동남쪽 하늘 멀리 별똥별이 떨어지고 있다. 별 하나에 추억과……라고 나는 무의식적으로 중얼거린다. 감미로웠던 어린 시절을 떠올리면 자주 윤동주 시인의 시를 외워주던 어머니의 목소리가 들린다. 어머니가 제일 좋아하던 그 시는 아직도 반 이상 암송할 수 있다. 별 하나에 추억과 별 하나에 사랑과 별 하나에 쓸쓸함과……그리고, 어머니……라고 나는 암송해본다.

눈꺼풀이 무겁다.

앨범을 넘기는 것처럼 어머니의 여러 표정이 스쳐지나간다. 꿈속에서 시간이 흐르고 있다. 젊던 어머니 얼굴에 기미가 끼고 주름이 생긴다. 앨범의 갈피갈피가 빠르게 넘어가면서 어머니의 얼굴은 동영상으로 움직인다. 눈가에 주름이 생기고, 이마가 파이고, 볼이 합죽해진다. 늙어가는 어머니가 보기 싫다. 짐짓 눈을 뜨려고 하지만 잠의 악력은 내 의지보다 강하다. 마침내 머리가 다 빠진 어머니 얼굴이 보인다. 눈은 끝 간 데 없이 깊고, 주름은 가로세로 그물망을 이루었으며, 목살은 흉하게 늘어져 있다.

아니야. 시간의 테이프를 거꾸로 돌려야 해.

나는 버둥거리며 소리치다 눈을 뜬다. 역시 꿈을 꾼 것도 같고 환상을 보았던 것도 같다. 암종에 붙잡혀 죽은 어머니의 마지막 얼굴은 다시 기억해내고 싶지 않다. 다행히 하늘이 빠른 속도로 벗겨지고 있다. 별들이 퐁, 퐁, 퐁, 흩어지는 구름장을 뚫고 솟아나온다. 악몽을 꾸고 있는지 형이 뭐라고 웅얼거리는 소리가 난다.

내일은 내가 선등을 해야지.

나는 생각한다. 상민 형에 비해 아직 내겐 체력이 남아 있다. 형은 늙었고 나는 젊다. 두고봐, 엄마. 다시 잠의 터널로 이끌려 가며 중얼거린다. 보란듯이 형을 리드해 촐라체 정상을 넘고 싶다. 누가 어두운 빙하 위를 걷고 있는 것 같다. 키가 크고 어깨가 넓은 사람이다. 아니, 사람이 아닌 것 같다. 예티*인가. 똑바로 보려고 미간을 잔뜩 모으는데 이번엔 난데없이 칼이 보인다. 촐라체 정수리보다 더 흰 칼끝이다. 나는 주먹 쥔 손을 떤다. 이 자는 누구일까, 촐라체 북벽보다 더 어두운 그는 귀가 나팔처럼 큰 괴물이다. '나팔귀 아저씨'야. 나는 생각한다. '나팔귀 아저씨'의 키가 점점 더 커지고 있다. 나는 미친 듯 칼을 휘두른다. 칼끝이 어두운 괴물의 옆구리에 쑤셔박힌다.

나는 소스라쳐 잠을 깬다.

손바닥이 식은땀으로 축축하다. 생시의 기억과 같은 선연한 꿈이다. 쓰레기 같은 놈! 나는 중얼거린다. 엉겁결에 칼을 잡아쥐었을 때가 떠오른다. 손바닥이 땀으로 잔뜩 젖어 있지만 않았다면 칼끝은 빗나가지 않고 놈의 옆구리에 깊이 쑤셔박혔을 것이다. 아버지가 남긴 것은 빚뿐이었고, 수많은 빚쟁이 중에서 놈이 받

• 예티(yeti): '눈사나이'로 불리는 이 동물은 1899년 처음으로 히말라야의 6000미터 고지 눈 속에서 발자국이 발견되었다. 몇 차례 탐험대를 보내 실체를 확인하려 했으나 발자국 이상의 실증을 파악하지 못했다.

아가야 할 것은 겨우 2000만 원이었다는 사실을 새삼 생각한다. 놈을 찌르고 도망친 일에 대해 후회는 없다. 다시 똑같은 상황을 만난다고 해도 내 손에 칼이 쥐어져 있다면 또 찔렀을 것이다. 아버지가 가장 믿었고 사랑했던 후배 아닌가. 아버지 살아생전 놈이 시나브로 뜯어간 용돈만 해도 2000만 원이 넘었었는데.

어둠보다 정적이 더 끔찍하다.

나는 굼벵이처럼 움직여 상반신을 들어올린다. 돌풍으로 몸이 날릴까봐 하켄과 아이스스크루를 박아 몸을 확보해놓은 로프가 앞뒤에서 나를 팽팽히 잡아당긴다. 추위 때문에 온몸이 바짝 쪼그라든 것 같다. 폭 1.5미터도 채 되지 않는 위태로운 난간의 암벽 틈이다. 형은 이런 곳에서 어떻게 저처럼 죽은듯이 잠들 수가 있단 말인가. 나는 잠든 형을 일별한다. 윤곽만 보이는 형은 머리까지 침낭을 뒤집어썼으므로 사람처럼 보이지 않는다. 형은 죽은 게 아닐까. 형, 하고 소리쳐 불러보고 싶다. 잠든 게 아니라 아마도 체력이 바닥나 실신 상태에 있을는지 모른다. 그래, 형은 거의 죽은 거야. 내가 비몽사몽 하고 있는 건 형보다 힘이 좋기 때문이지. 형은 서른세 살이고 나는 스물한 살이다. 맨 처음으로 형을 본 게 형이 대학 입학시험을 치르기 위해 서울에 올라왔을 때였던가. 초인종 소리를 듣고 문을 열었을 때 처음 본 그가, 그때처럼 가방을 든 채 지금 내 앞에 서 있다.

"네 형이다."

아버지의 말이다.

"정말이야. 형이 있으면 좋겠다고 너도 말했었잖아."

어머니는 부엌에서 생선을 굽는 중이다. 형의 어머니가 아니라 나의 어머니다. 제때 뒤집지 못한 생선이 타는 바람에 주방엔 금방 연기가 가득해진다. "아이고, 이놈의 연기 땜에……"라고 말하면서 어머니가 눈가를 훔칠 때, 형이 가방을 든 채 내 옆을 지나쳐 거실로 들어간다. 가방 모서리가 내 옆구리를 거칠게 치고 나간다. 나는 주저앉는다. 화가 나서 눈물이 나려고 한다. 어린 내 입장에서 그 무렵의 형은 참 힘이 좋았었다고 나는 생각한다. 어머니가 달려와 나를 일으키는 것을 형은 거실에 버티고 서서 무슨 영문이냐는 듯한 표정으로 돌아보고 있다. 무심하고 뻔뻔한 표정이다. 빨리 커서 힘이 센 사람이 돼야지. 초등학생이었던 나는 그날 저녁 일기에 그렇게 쓴다. 형을 이길 수만 있다면 무슨 짓이든 하고 싶다, 라고도.

"자야…… 돼……"

잠꼬대인가, 형이 갑자기 중얼거린다.

씨팔, 하는 소리가 나오려는 걸 나는 간신히 참는다. 악몽 때문에 잠을 깊이 들 수 없다고 말하고 싶진 않다. 잠꼬대라고 하더라도 형이 말을 걸어준 게 반갑다. 나는 얼른 형의 말에 꼬리를 단다.

"예티가 정말 있어?"

"……"

"봤냐고! 짐승 같아, 사람 같아?"

대답이 없다. 형은 다시 짐짝으로 돌아가 있다. 나는 형의 옆구리를 툭 하고 치려다가 그만둔다. 정적보다 냉기가 더 끔찍하다. 베이스캠프에서 사용하던 침낭에 비해 지금 둘러쓰고 있는 그것은 너무 얇아 외피 한 장인 듯 느껴진다. 나는 몸을 오그려 더 바위틈으로 밀어넣는다. 예티의 발자국을 여러 번 보았다던, 루클라에서부터 짐을 지고 온 늙은 포터의 말이 생각난다. 발자국만 해도 두 뼘에 가깝다는 히말라야의 설인 예티. 눈을 감으니 이번엔 예티가 나타난다. 촐라체 북벽을 천천히, 그러나 전혀 힘들이지 않고 산책하듯 오르고 있는, 흰 털에 뒤덮인 거대한 설인이다. 설인의 모습은 의외로 믿음직해 보인다.

그의 등에 업히고 싶다.

둘째 날

박상민

한 해의 마지막 날, 오늘은 해가 뜨지 않는다.

새벽 6시 30분, 침낭 안엔 성에가 가득하다. 안쪽까지 성에가 찬다면 침낭을 벗는 것이 오히려 덜 춥다. 간이침낭을 열고 나오자 땅콩과 잣의 분말로 된 땅콩차 한 잔을 영교가 손에 들려준다. 온몸이 얼어 나무토막 같아진 느낌이다. 우리는 비스킷 한 봉을 뜯어 우물우물 씹으면서 차를 마신다. 뜨거운 차가 들어가니 위장으로부터 온기가 번져나간다. 몸이 좀 풀리는 듯하다.

"구름이 많이 껴 있어, 형."

"그렇구나. 눈이 내리면 곤란한데."

"오늘, 정상까지 갈 수 있을까?"

"모르겠다. 신께서 아시겠지. 그나저나 잠은 제대로 잔 거니?
계속 못 자는 것 같았는데."

"신께서 재워주셨지."

영교가 내 말을 흉내낸다. 밤새 악몽에 시달린 눈치이다. 짐짓
여유를 부리지만 하룻밤 새 볼이 홀쭉해진 것처럼 보인다. 내 볼
도 그렇겠지. 꿈에 내가 간헐적으로 본 것은 검은 강이다. 촐라
체 봉우리가 강물에 거꾸로 박혀 있었던 듯하다. 강 건너 우두커
니 서 있던 어머니의 모습이 어른거린다.

영교도 혹시 어머니의 꿈을 꾸었을까.

김형주 선배가 눈앞을 스친다. 어두운 가면을 쓰고 활강 비행
으로 빙벽 사이를 날고 있는 모습이다. 설산에 올 때마다 죽은
자들이 꿈에 나타난다. 한번은 전혀 본 적이 없는 할아버지의 꿈
을 선명히 꾼 일도 있다. 꿈속에서 본 할아버지 모습은 뜻밖에도
M자형 대머리였는데, 놀라운 것은 나중에 고모에게 확인한바,
할아버지가 정말 M자형 대머리였다는 사실이다.

"오늘은 리드를 내게 넘기는 게 어때?"

"도저히 안 되겠으면 넘길게. 세락 지대야."

커피까지 마시고 배낭을 꾸리고 나니 7시다. 베이스캠프와 교

신을 한다. 베이스캠프엔 지난밤 2, 3센티미터쯤 눈이 내린 모양이다. 온 천지가 하얗다. 정선배의 목소리는 잔뜩 쉬어 있다. 나는 비좁은 테라스 주변을 둘러본다. 이쪽은 다행히 눈이 내린 흔적이 없다.

"형님만 눈의 축복을 받으셨네요."

"가져간 식량도 그렇고…… 오늘은 정상을 치고 넘어야 해. 파이팅 해. 꿈에…… 어떤 여자가 나타났었어. 네 곁에 있겠대. 네 안사람이었어."

"형님도 참."

"나도 이상하더라고. 너무 선연한 꿈이었거든."

무전기를 끄고 베이스캠프를 내려다본다. 밤에 본 불빛은 그리도 가까웠는데 지금 보니 이승이 아닌 것처럼 멀다. 구름이 잔뜩 끼어 있다. 암갈색빛의 아우라가 로체와 에베레스트의 배면을 받치고 있지만 사방은 어제와 달리 흐릿하다. 하기야 해가 뜬다고 한들, 북벽의 중심부엔 종일 햇빛이 비치지 않으니 있으나 마나 한 햇빛이다. 폭설이 내리는 일만 없기를 바랄 뿐이다.

어제와 달리 오늘은 시작이 문제이다.

앞을 가로막아 선 오버행 암릉은 몸집이 거대하다. 배를 허공으로 내밀고 뻗어올라간 상단까지 10미터도 훨씬 더 될 것 같다. 김형주 선배보다 선등하여 고등학교 2학년 때 처음 올랐던 대둔산의 연재대길이 떠오른다. 김선배가 가타부타 암 말 하지 않고 내게 선등을 처음 맡겼던 연재대 암릉길은 최고 난이도 5.12d에 이르는 상급 코스로서 대둔산 암벽등반의 백미를 이루는 길이다. 1피치 오버행 구간만 해도 등반 거리가 20여 미터나 된다. 다섯번째 볼트* 밑에서 왼쪽의 사이드 홀드*를 잡고 발을 옮기려다가 추락, 무릎 부상을 입었던 것도 바로 연재대다. 대담성과 함께, 거칠게 구사하는 완력을 길러준, 그 연재대길을 닮은 오버행을 나는 한참이나 올려다본다. 직등*은 아무래도 무리가 될 것 같다.

　"왜, 형? 자신 없어?"

　"아무래도 트래버스* 해야겠다. 바위도 좀 푸실푸실한 것 같고, 얼음도 무른 것 같고."

● 볼트(bolt): 홀드는 물론 크랙조차 없는 직벽형의 급사면에서 인공적으로 구멍을 뚫고 때려박아 추락 방지 및 자기 확보 지점을 만들 수 있는 등산 도구. 압축 볼트와 확장 볼트가 있다.

● 홀드(hold): 암벽등반시 손으로 잡거나 발로 디딜 수 있는 곳.

● 직등(直登): 산정이나 목표 지점을 향하여 반듯이 직선으로 오르는 등반 행위.

● 트래버스(traverse): '가로지른다'는 뜻으로 암벽등반중 상부에서 루트나 홀드를 구할 수 없을 때 좌우로 이동하며 찾는 것. 볼트나 하켄에 로프를 걸고 진자처럼 몸을 움직이는 것은 펜튤럼 트래버스라고 한다. 종주를 할 때 산정을 통과하지 않고 비탈길을 가로지르는 경우에도 '트래버스 한다'라고 말한다.

"옆으로 돌아갈 만한 길이 없는데."

"……"

나는 테라스 남단에 근접해 하켄에 의지해 암릉의 둥근 배가 남쪽에서 서쪽으로 돌아빠진 배후를 살펴본다. 다행히 암릉의 서쪽 위는 비교적 완만한 사면을 이루고 있다. 나는 영교의 확보를 받아 몇 걸음 오른 뒤 하켄을 하나 더 박아 로프를 걸고 다시 테라스로 내려온다. 시계추가 움직이듯 옆으로 돌아서 암릉의 서쪽 사면으로 빠질 생각이다. 이른바 펜듈럼 트래버스 원리를 활용할 셈으로, 이중 로프*를 친다. 사면의 서쪽에 붙은 얼음층은 푸르스름한 빛깔을 띤 걸 볼 때 그 강도를 믿어도 될 듯하다. 이중 로프에 의지해 암릉의 둥근 배를 사선으로 타고 올라 서쪽 빙벽에 피켈을 찍어넣는다. 생각했던 것보다 좋은 전략이다. 나는 하켄을 하나도 더 박지 않고 오버행의 상단에 도달한다. 오버행의 상단에서부터 꺼진 얼음골이 시작되고 있다.

"올라와!"

나는 숨을 헐떡거리며 소리친다.

오래전 올랐던 초오유 꼭대기가 나를 내려다본다. 나는 확보

• 이중 로프(double ropes): 안자일렌을 할 때 로프를 하나 쓰는 것을 싱글 로프, 두 개 쓰는 것을 더블 로프, 곧 이중 로프라고 한다. 로프를 이중으로 하여 오르는 이점은 무엇보다도 안전성에 있다.

자세로 낯익은 초오유와 눈싸움을 한다. 8000미터 이상 되는 히말라야 14좌 중 내가 첫번째 상대로 초오유를 고른 것은 초오유야말로 14좌 중 '거저먹기'로 등반이 쉽다는 말 때문이었는데, 말이 그렇지 사실 만만한 8000 고봉은 없다. 10여 년 전의 일이다. 자만심 때문에 하강길에 미끄러져 처박힐 뻔했던 초오유 상부의 빙하층이 생각난다. 초오유라는 말뜻 그대로 '여신들의 거처'를 닮아 화사하게 빛나고 있었지만 그만큼 죽음의 틈새는 더 많았던 곳. 초오유에서부터 흘러내려온 고줌바 빙하가 금방이라도 촐라체 서북쪽 어깨를 넘어올 것 같다. 그것은 여신의 탐스럽게 흘러내린 머리채처럼 고혹적으로 보인다.

얼음골에는 수많은 틈새가 감춰져 있다.

적어도 10여 피치는 될 듯한 골짜기이다. 경사는 완만하지만 수없는 크레바스와 빙하로 덮인 암벽 사이의 크리프*들이 분설로 뒤덮여 있을 뿐 아니라, 몸을 도저히 세울 수도 없는 크리프 밴드*나

• 크리프(creep): 산에 내린 눈이 밑으로 천천히 흘러내려가서 나무나 바위 밑에 만들어진 틈새 또는 이러한 작용을 말한다. 빙하 상부에서 많이 생기는 이러한 균열은 히든크레바스와 마찬가지로 등산가에게는 위험한 함정이다.

• 밴드(band): 암벽을 가로지르는 선반처럼 생긴 바위. 밴드의 폭이나 길이는 손가락이 겨우 걸릴 수 있는 것에서부터 암벽 끝에서 끝까지 가로지르는 것까지 다양하며, 밴드를 기준으로 암벽을 상부, 하부로 나누거나 암벽의 명칭이 달라지기도 한다.

바위가 갈라진 클레프트*가 교묘한 형태로 교직되어 있다. 이런 얼음골은 여신들이 수많은 함정과 덫과 죽음의 면도날을 숨겨놓은 미로 게임판 같은 곳이다.

자, 게임을 시작해볼까. 어서 와.

여신이 속삭이는 소리가 들린다. 자궁 속으로 들어가는 느낌이다. 북벽 코스 중 아마 가장 어두운 곳인 듯하다. 함정들은 너무도 교묘히 숨겨져 있어서 시력을 믿고 가다간 열 걸음도 채 걷지 못한다. 신경의 갈래갈래가 극도로 곤두서 있어 나는 안자일렌 상태인 영교가 뒤에서 쫓아오고 있다는 것조차 잊어버린다. 어떤 얼음층은 끝없이 꺼져내리고 또 어떤 얼음은 이중화 바닥을 뚫고 올라올 기세다. 발이 미끄러지거나 바닥이 꺼지는 느낌도 그렇다. 발을 내딛는 찰나에 빙하층이 슬쩍 돌아앉아버릴 것도 같다. 게임에서 이기면 살고 게임에서 지는 자는 죽는다. 시행착오도 허용되지 않고 재시합도 없다. 깨진 얼음이 크레바스 밑으로 떨어지는 소리가 한참씩 울린다. 머리털이 곤두선다. 500여 미터를 그렇게 걸었으나 고도는 그사이 겨우 100미터쯤 높아졌을 뿐이다.

"벌써 2시가 다 돼가."

고글의 눈을 닦아내며 영교가 말한다.

---

* 클레프트(cleft): 바위가 넓게 갈라진 틈새.

시간이 빠르게 흘러가고 있다. 한나절 이상을 소비해 올라온 길을 되돌아본다. 손을 쭉 뻗으면 아침에 출발한 오버행 하단을 찍을 수 있을 것 같은 가까운 거리이다. 겨우 이만큼 올라오기 위해 일곱 시간 이상 사투를 벌인 셈이다. 입안이 하얗게 말라붙어 있는데, 버너를 켜고 물 한잔 끓일 만한 장소도 시간도 없다. 나는 피켈에 찍혀 나온 얼음 몇 조각을 입속에 집어넣는다. 입천장이 찢어지는지 날카로운 통증이 온다.

"조심해. 이런 곳에선 혀도 찢어져."

얼음을 집어드는 영교에게 주의를 준다.

손가락 끝은 감각이 전혀 없다. 손가락이 잘 펴지지 않는다. 얼음층과의 충돌 때문이다. 나는 손가락을 다른 손으로 잡아 편다. 두꺼운 장갑을 낄 수 없으므로 이런 고난이도 빙벽등반은 동상이 필연적일 수밖에 없다. 문제는 시간과의 싸움이다. 빠르게 치고 넘는다면 동상에 따른 손실을 최소화할 수 있겠으나 시간이 오래 걸리면 치명상을 입을 수도 있다. 더구나 눈앞엔 7, 80도나 돼 보이는 장대한 빙벽이 가로막고 있다. 올려다뵈는 느낌으로도 수백 미터 이상으로 보인다. 오로지 아이젠 앞발톱에 의지해야 하는 프런트 포인팅*, 혹은 두 개의 피켈에 의존해야 하는 더

---

* 프런트 포인팅(front pointing): 아이젠의 앞니만 써서 등반하는 기술. 더블

블 액스* 등반 기술이 요구되는 콤비네이션 구간으로서 체력이
관건이다.

"여기선 내가 리드를 잡을게, 형."

"그러자, 그럼."

나는 머리를 끄덕거린다.

감춰진 크레바스 따위는 없을 것 같은 구간이다. 빙질을 판별
하고 돌출한 암벽과 빙벽의 접점을 세심히 살펴야 하지만, 그보
다 더 필요한 것은 체력이다. 찍고 차고, 찍고 차고 올라야 한다.
나보다 체력이 나은 영교에게 선등을 맡기는 것이 보다 효율적
인 전략일 수도 있다. 어차피 오늘 안으로 정상에 오르는 건 불
가능하다고 나는 생각한다. 이제 두 시간여만 지나면 땅거미가
내릴 것이기 때문이다. 빙벽 경사는 여전하다. 불끈불끈 솟아오
른 암봉들이 오른쪽 능성이에서부터 가파르게 쏠려내려온 벽
이다. 프랑스 팀이 반대쪽 측릉을 쫓아 오른 이유를 알 것 같다.
여러 피치를 숨가쁘게 올라왔는데도 벽의 상단은 아직 까마득

액스와 더불어 경사면이 급한 빙벽 등반에 활용하는데 어설픈 경사에서는 비효
율적일 수 있다.

● 더블 액스(double axe): 두 개의 피켈 또는 피켈과 아이스해머, 아이스바일
을 가지고 경사면이 급한 빙설면을 오르는 기술. 피켈과 아이스해머의 피크를 내
리찍고 몸을 지탱하면서 아이젠 앞니로 찍어 차는 방법이다. 이 기술 덕에 수직
빙벽도 빠르게 오를 수 있게 되었다.

해 보인다.

"낙석!"

앞서 가는 영교가 다급하게 소리친다.

돌과 얼음 들이 폭풍처럼 떨어져내린다. 영교보다 더 높은 곳에서부터 떨어지는 돌이다. 영교가 빙벽에 찰싹 달라붙었다고 생각한 순간, 헬멧보다 큰 돌이 아슬아슬 내 머리 뒤로 떨어진다. 빙하층의 균열 때문인지 상단의 어느 한쪽이 균형을 잃은 모양이다. 온몸이 찌릿찌릿하다. 분설의 낙하가 계속된다. 나는 헬멧을 빙벽에 딱 붙이고 눈을 감는다. 규모는 작지만 눈사태의 일종이다. 눈바람이 쏟아져내려온다. 사면의 어느 한 지점에서 발생한 가루눈 사태라 그나마 다행이다. 차가운 분설들이 가로세로로 어지럽게 날리면서 얼굴에 척척 달라붙는다. 숨을 제대로 쉴 수가 없다.

두 시간이 또 삽시간에 지나간다.

하늘은 아직도 구름이 벗겨지지 않고 있고, 올라가야 할 빙벽의 끄트머리는 이미 흐릿해서 원근이 느껴지지 않는다. 좌우 어디를 둘러봐도 벽으로부터 탈출할 수 있는 길이 없다. 이제 곧 어두워지기 시작할 터, 어둡기 전에 비박 준비를 마쳐야 한다.

"어떡하지?"

영교의 눈빛이 우물처럼 가라앉는다.

"더…… 갈 순 없다. 여기서 잘 수밖에."

"여기서?"

영교의 목소리가 툭 솟는다. 엉덩이를 걸칠 자리도 없는 빙벽으로, 해발 5800미터가 조금 넘는 지점이다. 수직으로 치면 온종일 겨우 300여 미터를 더 올라온 셈이다. 내일 정상을 넘어갈 수 있을까. 계획보다 시간이 두 배나 늘어지고 있다. 체력은 세 배쯤 소모된다. 체력을 너무 소모해, 피켈로 찍고 아이스바일 해머로 두들겨도 암벽의 맨살은 쉽게 속을 드러내지 않는다. 한 뼘이나마 엉덩이를 걸칠 면적을 확보하려고 최선을 다해 얼음을 깎아낸다.

"벌써…… 어……어두워져."

영교가 숨을 헐떡이며 부르짖는다.

간이의자만큼 평면을 깎아내고 나자 벌써 어둡다. 70도가 넘는 경사면이다. 머리 위엔 하켄을 박아 로프로 몸을 확보한 뒤, 아이스스크루를 박아 간신히 디딤 자리를 만든다. 폭 20센티미터 정도의 얼음 선반 위에 매트를 대고 엉덩이를 걸친다. 언 고깃덩어리를 매달아놓은 것과 하나도 다르지 않다.

어젯밤 잔 곳은 호화 침대였다고 할 수 있다. 우리를 보고 있을 정선배를 향해 무전기를 켠다.

"그러고 잔다고?"

정선배가 먼저 소리친다.

"망원경 속의 우리, 어때요?"

"말도 마. 아찔해. 그런 식의 비박은 보지도 듣지도 못했어."

"엉덩이를 걸칠 얼음 선반을 깎았어요, 형님. 이보다 훨씬 높은 고도에서 엉덩이조차 내려놓지 못하고 오직 로프에 매달려 밤을 보낸 알피니스트들도 많아요. 예지 쿠쿠츠카는 산소 없이 로체에 오를 때, 안전벨트를 벗고 우모복을 벗고 내의와 팬티를 내린 다음 발 디디기도 어려운 벼랑 꼭대기에서 볼일을 본 적도 있었대요. 엄청난 눈폭풍이 밀어닥칠 때요. 폭풍 속의 고도 8000미터짜리, 간신히 발만 디딘 변기 생각을 해봐요. 이 정도는 약과지요. 참, 미안하지만 한 시간 정도 텐트 앞에 불을 좀 켜놔요. 우리 잠들 때까지요."

"더 오래 켜둘게……"

정선배의 말끝이 잡음으로 잘 들리지 않는다.

영교가 아이젠을 해체하려고 허리를 숙인다. 나는 그의 어깨를 두드리고 테이프 슬링*을 꺼낸다. 테이프 슬링으로 먼저 아이

 • 테이프 슬링(tape sling): 암벽등반용 슬링으로 쓰이는 나일론 끈으로, 로프에

젠을 묶고 발에서 풀어내는 것이 그래도 안전하기 때문이다. 만약 아이젠을 풀다가 떨어뜨리기라도 한다면 어떻게 되겠는가. 빙벽등반에서 아이젠은 생명줄이다. 장갑을 떨어뜨리면 손가락만을 절단하고 살아날 수도 있겠지만 아이젠이 없으면 올라갈 수도 내려갈 수도 없다. 실제로 예지 쿠쿠츠카와 동행, K2에 올랐던 타테우츠라는 사람은 하산길에 아이젠이 벗겨져 결국 추락사한 바 있다. 빙벽등반 때의 손놀림은 둔하고 뻣뻣하다. 아무리 주의를 해도 그런 식의 결정적 실수는 얼마든지 일어난다.

"아이젠 떨어뜨려 죽은 사람 많거든."

"내 것 떨어뜨리면 형 것을 줄 테지."

"천만에. 나, 죽으라고? 산에선 철저히 제 명줄만 책임지는 게 모럴이야. 내가 위험하면 로프에 친구가 매달려 있어도 그 줄을 끊어. 수없이 생겼던 일이지. 조 심슨이라는 사람 얘기, 안 읽어봤니? 남미 안데스산맥의 준봉, 시울라 그란데 서벽 초등할 때, 함께 갔던 친구가 사이먼 예이츠라던가, 암튼 그 친구가 말이야, 조 심슨이 추락해 절벽에 매달린 상태였는데, 결국 로프를 끊어. 자신이 살기 위해선 그 길밖에 없으니까. 조 심슨은 구사일생으

비해 강도가 약하지만 중간 지점, 촉과의 연결, 현수하강 지점 등 중요한 지점에 많이 쓰인다. 최근에는 강도가 세고 특성이 다양한 테이프 슬링이 많이 쓰인다.

로 살아 돌아오긴 하지만."

"내가 추락하면 형도 로프를 끊겠네?"

"글쎄, 아마도……"

"그럼 아주 우리 서로 약정을 해둡시다. 형이 추락하든 내가
추락하든, 끌어올릴 수 없다고 판단되면 지체 없이 로프를 자른
다. 난…… 그럴게. 형도 그렇게 해."

"버너를 꺼내봐라."

머리 위의 하켄에 배낭이 매달려 있다.

종일 흐린 날씨여서 눈이 많이 내릴까봐 걱정했는데 날이 저
물자 구름이 빠르게 걷힌다. 날씨가 이만한 게 큰 행운이다. 별
들이 솟고, 달이 뜬다. 눈썹 같은 초승달이다. 마지막 남은 비스
킷을 나눠 먹고 따뜻한 차를 마신다. 열량 높은 파워바는 얼어
있다. 비스킷 반 봉지를 먹는 것도 힘들다.

"벌써 이틀인데, 오줌 한 방울 안 나오네."

영교가 혼잣소리하듯 중얼거린다.

문제가 생긴 건 그 직후의 일이다. 영교가 버너를 정리하다가
그만 떨어뜨리고 만 것이다. 낭패가 아닐 수 없다. 빙벽과 암벽
에 부딪치며 버너가 떨어지는 소리가 어두운 북벽을 오래 울린
다. 그것은 이제부터 물 한 모금 마실 수 없다는 촐라체 북벽의

준열한 꾸짖음이다.

"왜 암 말도 안 해?"

"무슨 말을……"

한참 만에 영교가 묻고, 내가 반문한다.

내가 한 시간만 더 켜놓으라고 정선배에게 부탁한 베이스캠프 불빛이 너무도 가깝게 보인다. 점프해 내리면 텐트 앞에 단번에 내려설 것 같다. 속옷만 입고 들어가 누워도 사타구니에 땀이 밸 만큼 질 좋은 침낭이 그곳에 있다. 돼지고기가 남아 있던가. 버너 위의 압력밥솥에서 내뿜는 수증기 소리가 들리는 듯하다. 하얀 쌀밥 위에 고추장을 버무려 구운 삼겹살을 척척 올려놓아 먹고 싶다. 소주 한잔을 곁들이고, 디저트로는 포도 캔이 좋을 것 같다.

"소주팩, 남아 있었던가."

나는 불현듯 혼잣소리처럼 묻는다.

"딴 다리 긁지 마, 형. 차라리 화를 내. 난 형, 그런 태도, 정말 짜증나거든."

"버너 말이냐?"

"파워바랑 얼어서 못 먹어. 내가 버너를 떨어뜨렸으니 차 한 잔도 다 끝난 거잖아. 며칠이 걸릴지 모르지만, 우린 물 한 모금 마시지 못하면서 여길 빠져나가야 해. 속으로 지금 화를 내고 있잖아? 멍청한 놈, 하고 소리치는 게 오히려 낫다고!"

"멍청한 놈! 됐냐, 이제?"

"씨팔……"

"또 씨팔이래, 이 자식이. 말버릇 좀 고쳐라, 산신령님 듣는다. 억울하고 속상하면 내려가서 버너를 찾아오든지."

"형의 그 성격, 늘 짜증이 나."

"나는 감정대로 저 하고 싶은 말 다 내뱉고 사는 네놈, 짜증이 난다. 뭐가 불만이냐?"

"누가 모를 줄 알아? 형은 내가 얼마나 멍청하고 형편없는 놈인가 확인시키려고 여기에 날 데려왔어. 넌 좆도 아닌 어린 새끼야. 그러니 까불지 마. 그 말 하려고. 벌벌 떨면서 꼬랑지 착 내리는 나를 보고 싶어서. 씨팔, 울 아버지가 형한테서 엄마를 빼앗아온 게 아니야. 그건 엄마의 인생이었고 선택이었어. 책임이 있다면 형의 아버지가 질 일이지……"

"산소가 지상의 반이다, 여기. 넌 아직도 기운이 남았냐."

"갈 데 없어서…… 갈 데 없어서 형한테 간 건 사실이지만, 꼬랑지 내리곤 못 살아, 나. 엄마 장례식 때도 형은 사흘 동안 말 한마디 안 했어. 볼이 뚱뚱 부어가지고…… 분위기 엿같이 만들고……"

"입 닫고, 그만 자라, 이 씹새야!"

욕을 하고 나니 마음의 명울이 풀어지는 듯, 환해진다. 영교라고 해서 할말을 다 하고 있는 건 아니다. 왜 그걸 모르겠는가. 이 벽과 정적과 어둠이 무섭겠지. 더구나 사람을 칼로 찌르고 필사적으로 도망쳐서 내게 온 놈이 아닌가. 나는 그것을 알고 있지만 계속 알은체하지 않는다. 자존심이 강한 놈이기 때문이다. 지금도 그렇다. 그는 무서워서 말을 많이 하고 무서워서 시비를 건다. 버너는 차선의 문제이다. 버너를 떨어뜨린 자신을 용서하지 못해 씩씩거리지만, 사고만 생기지 않는다면, 시간만 당길 수 있으면, 이 정도 규모의 벽에서 굶주림 때문에 죽진 않는다. 허기와 갈증보다 더 무서운 것들이 도처에 도사리고 있는 해발 5800여 미터의 빙벽이다. 그러나 그는 두려움에 가득차서 속으로 상상하고 있을 터이다. 따뜻한 차 한잔을 더이상 먹을 수 없기 때문에 죽을지도 모른다고.

침묵이 오고, 이윽고 그가 잠든다.

오후에 나보다 앞서 선등을 했기 때문에 그의 체력은 거의 소진된 모양이다. 그와 나는 불과 한 자 정도 떨어져 있다. 엉덩이를 걸쳤다고 하지만 실루엣으로 보이는 그는 벽의 로프에 전적으로 매달린 것처럼 보인다. 기온은 시시각각 급속히 떨어지는 중이다. 그의 고개가 내 쪽으로 기울어진다. 상반신 역시 비스듬하다.

나는 한참이나 그의 실루엣을 돌아다본다.

형, 하고 부르면서 금방이라도 내 어깨에 매달려올 듯한 기세이다. 나는 그의 머리라도 만지려고 무심결에 손을 내밀려다가 두 손이 침낭에 들어 있는 걸 깨닫고 멈칫한다. 꿈을 꾸는지 그가 뭐라고 웅얼거린다. 도망치고 있는 꿈일지 모른다. 이제 겨우 스물한 살이다. 내게 도망쳐왔지만 아무것도 가진 것 없는 내가 그에게 해줄 수 있는 것은 먹이고 재우는 것이 전부이다. 그의 고개가 더욱더 내 쪽으로 기울어져온다. 쓸쓸하고 불안한 그의 실루엣은 비정상적인 불구의 그것처럼 보인다.

갑자기, 콧날 중심선이 가파르게 울린다.

나는 얼른 시선을 어두운 하늘로 돌린다.

대학 입학시험을 보려고 서울로 올라왔을 때 처음 만난 어린 그의 모습이 아직도 생생하다. 나와 모든 게 또렷이 대비되는 모습이었다. 잘 빗어넘긴 머리, 깨끗하고 질 좋은 셔츠, 반짝이는 눈과 새하얀 피부가 떠오른다. 그 무렵이 아마 그의 인생에서 가장 행복한 시기였던 듯하다. 다감하고 아름다운 어머니와 돈 잘 버는 아버지 사랑을 홀로 누렸으니까. 어머니보다 두 살이 어렸던 그의 아버지는 지적으로 세련되고 사업 수완도 남달랐던 사람으로서, 특별히 탓할 것이 없던 분이었다고 기억된다. 어머니를 너무 깊이 사랑한 것이 그분의 유일한 결함이었을지 모른다.

"네 엄마가 내 젊은 날을 구해주었지."

앓아누워 있을 때 영교의 아버지가 한 말이다. 새로 사업을 시작했으나 동업자의 농간에 속은 것을 알고 하루하루 피를 말리면서 살고 있던 시절이다. 당신의 젊은 날을 구하려고 떠난 어머니 때문에 내 아버지 젊은 날과 나의 어린 시절은 엉망진창이 되었지요, 라고 대꾸하고 싶은 것을 그때의 나는 물론 참아 넘긴다. 그보다 앞서 죽은 어머니 몸 안에 암종이 처음 퍼지기 시작한 것은 내가 대학 1학년을 마칠 무렵이다. 나는 그것도 모르고, 어머니의 과분한 대접을 받아왔는데도, 1년 만에 어머니를 버리고 고집 부려, 그 집을 나온다. "이제 혼자 살 수 있어요, 어머니. 지난 1년 동안의 밥값은 나중에 갚을게요." 가방을 들고 나오면서 죄인 같은 얼굴로 등뒤에 서 있던 어머니에게 내가 마지막으로 내뱉은 말이다.

"가지 마, 형. 깜씨라고, 안 놀릴게."

어머니 등뒤에서 갑자기 뛰쳐나와 내 손가방을 붙잡던 영교가 떠오른다. 가방을 모질게 쥔 검고 우악스러운 내 손등 위에 덮인 희고 길쭉한 그의 손가락들이 보이는 것 같다. "냐, 인마. 너, 싫어!" 나는 소리친다. 정말 영교가 싫었을까. 제 아버지보다도 내

방에서 오히려 더 많은 시간을 보내고 싶어했던 그애가, 항상 싱싱하고 환하던 어린 날의 그애가 정말 싫었는지 어땠는지는 분명하지 않다.

아니, 왜 싫었겠는가.

오지게 그애의 손을 뿌리친 것은, 싫고 좋고 때문이 아니라, 그애의 흰 손과 나의 검은 손이 대비된 그 감각적 명암 때문이었을는지 모른다. 내가 뿌리친 힘을 견디지 못하고 넉장거리로 쓰러진 그와, 과장된 걸음걸이로 아파트 복도를 걸어나오던 오래전의 내 모습이 보인다. 흑백영화의 한 장면을 보는 느낌이다. 갈 데도 있을 데도 없었던 서울에서, 어머니의 호소에 따라 그 집에 들어가고 1년여 후의 일이다. "놔, 인마. 너, 싫어!" 나의 마지막 말에 얼굴을 일그러뜨리던 어머니의 표정은 잊을 수 없다. 어머니만 그런 게 아니다. 아내가 낳은 자식을 기꺼이 동숙자로 받아들여주었던 영교의 아버지나 나를 친형처럼 따랐던 영교도 그랬을 것이다. 그 충격 때문에 어머니의 병이 빠르게 깊어졌을 수도 있다. 영교의 아버지 사업 또한 수렁 속으로 가라앉기 시작한 게 그때부터였던 것도 생각하면 마음에 걸린다.

밤이 캄캄하다.

설산들의 실루엣조차 보이지 않는 걸로 보아, 구름이 두꺼운 모양이다. 바람도 거세다. 몸을 매달고 있는 로프가 이따금 바람에 떨리면서 낮은 휘파람 소리를 낸다. 이대로 잠들면 혹시 얼어 죽지 않을까, 겁이 난다. 영교를 깨울까, 하고 생각했다가, 아니야, 나도 잠들어야 해, 눈을 감았다가, 우두커니 나를 들여다보고 있는 사람들의 환영 때문에 나는 다시 번쩍 눈을 뜬다. 뼛골까지 시린 냉기가 얇은 간이침낭을 투과해 들어오고 있다. 흐릿해 보이는 베이스캠프의 불빛이 유일한 위로가 된다.

"고마워요, 형님."

나는 일부러 소리내어 말을 해본다.

한 시간이 훨씬 지났을 것 같은데 정선배는 베이스캠프 텐트 앞에 걸어둔 랜턴을 끄지 않는다. 오늘이 한 해의 마지막 날인 것을 알고 있는 눈치이다. 잠은 깊이 들지 못하지만 몸은 자꾸 지하의 어둡고 추운 세계로 흘러들어간다. 눈을 감으면 기다렸다는 듯 죽은 자의 환영들이 보인다. 열 살 때 이승을 떠난 아버지의 얼굴도 그 환영의 무리 속에 포함되어 있다. 마당귀, 팽나무 어두운 그늘에 서서 학교에서 돌아올 나를 기다리고 있는 할머니 얼굴은 그나마 환하다. 아이구우, 내 강아지…… 하면서 할머니의 마른 손이 엉덩이를 두드리고 있다.

영교가 또 뭐라고 웅얼거린다.

나는 꿈속에서 인수봉 직벽을 날렵하게 내려온다. "그런 위험한 짓을 왜 사서 해요?" 새소리처럼 맑은 음색으로 묻는 건 스무

살의 신혜이다. 스무 살의 신혜는 세계의 테두리 안을 환하게 불
밝히는 놀라운 재능을 가지고 있다. 나는 눈이 부셔 이마를 한껏
찡그리고, 그리고 입을 벌려 웃는다.

셋째 날

캠프지기

"놀랍네."

나는 나도 모르게 소리쳤다. 먼저 움직인 것은 상민 쪽이었다. 여명이 틀 때부터 나는 망원경을 들고 수직 빙벽에 매달린 그들을 보고 있었다.

"살았네. 둘 다 살았어!"

짜릿한 환호가 내 가슴을 관통하며 지나갔다.

잠시 암벽등반을 취미로 한 일은 있지만 빙벽등반의 경험은 거의 없다. 딱 한 번 설악산 토왕빙폭에 간 것이 내가 기억하는 빙벽등반 경험의 전부였다. 선배들을 따라갔었는데 빙벽과 인연이 없어 그랬는지, 가는 도중 발목을 삐끗하는 바람에, 그나마 피켈 한번 휘둘러보지 못하고 라면만 끓이다가 돌아오고 말았다.

작가가 되어야지.

나는 그 무렵 자나깨나 꿈꾸었다. 교수가 되어야겠다고 생각한 것도 그랬다. 작가로 먹고살기 어려우니 교수가 돼 고향 근처에서 작가 겸 교수로서 안정적인 삶을 살고 싶었기 때문이었다. 현우가 내게 온 것은 서른세 살 때로, 대학원 논문 학기가 막 시작될 무렵이었다. 나에게 거두절미 현우를 안기고 떠난 아이의 생모는 다시 오지 않았다. 청천벽력이었지만 품에 들어온 아이를 내칠 수는 없었다. 학업도 작가의 꿈도 등반도 다 접었다. 결혼도 하지 않은 몸으로 어린 아들을 키우는 일이야말로 학업이나 암벽등반보다 훨씬 고통스럽다고 늘 생각했다. 그러니 어찌 저런 등반을 상상이라도 해봤겠는가.

등반 사흘째, 상민과 하영교가 머문 비박 장소는 장대한 수직 빙벽의 한가운데쯤이었다. 망원경으로 올려다볼 때, 그들은 빙벽에 대롱대롱 매달려서 밤을 보냈다. 매달린 그대로 고드름이 될 것 같았다. 밤엔 바람이 불었고 싸락눈발이 날렸고 빙벽들이 갈라지는 것 같은 불길한 소리가 유난히 자주 났다. 꿈에 나타난 그들은 검푸르게 얼어붙은 죽은 자의 얼굴을 하고 있었다. 끔찍

한 꿈이었다. 퍼뜩 잠에서 깼을 땐 막 여명이 트고 있었다. 나는 망원경으로 그들을 올려다보았다. 나비가 허물을 벗고 나오듯 그들이 간이침낭의 배를 가르고 나오고 있는 중이었다. 탄성이 절로 나왔다. 곧 무전기를 켰다.

"자네들, 얼어죽는 줄 알았네!"

"출발해야겠어요."

내 목소리와 달리 상민의 목소리는 추위에 얼어붙어 잔뜩 쉰 저음이었다. 따뜻한 물 한 잔이라도 끓여 먹어야 되지 않겠느냐고 내가 말했고, 버너를 떨어뜨렸다고 상민이 대답했다. 버너를 떨어뜨리다니. 가슴이 철렁 내려앉았다. 그렇다면 이제부터 아무것도 먹을 수 없다는 뜻이었다.

"괜찮겠어?"

"오늘 정상까지 가보고요. 정상만…… 넘으면 아마 하루에…… 촐라패스까지 내려갈 수 있을 거예요. 우리가 정상을 넘어가는 것 보고 촐라패스로 오세요. 너무 걱정 마시고요. 그나저나 형님, 새해…… 복 많이 받으세요. 오늘…… 새해…… 첫날인데, 구름이 껴서 일출…… 못 볼 것 같네요."

"해피 뉴 이어. 다 잘될 거야."

"그럼…… 우리 출발합니다."

무전기가 꺼졌다. 나는 물을 끓여 코코아 한 잔을 만들어 마셨다. 먹을 것은 아직 많이 남아 있었다. 쌀도 충분했고, 서울에서부터 가져온 듯, 마른 미역도 있었다. 그들이 돌아오면 비록 쇠고기는 없어도 미역국을 끓여야겠다고 나는 생각했다. 식욕은 일지 않았다. 나는 등반 일지에 '1월 1일 06시 30분, 5800미터 빙벽에서 출발'이라고 썼다.

그들은 꾸준히 움직였다. 그들은 정상의 좌우 능선에서 커다랗게 호弧를 그리며 뻗어내린 두 개의 측릉 사이에 갇힌 가파른 Y자형 설사면을 올라가고 있었다. 더딘 진행이었다. 베이스캠프는 고요한데, 그들이 올라가는 빙사면은 자주 하얗게 설연이 날렸다. 올록볼록한 암벽 주름이나 레지에 쌓여 있는 눈이 제트기류를 따라 위로 날리는 것이 설연이었다. 망원경 속에서 그들의 뒷모습이 뽀얗게 지워지고 하는 걸 보면 사뭇 위협적인 눈보라일 터였다. 날씨도 좋지 않았다. 한낮에 잠깐 노루 꼬리만큼 햇빛이 비치는가 싶더니 이내 구름들이 다시 몰려들기 시작했다.

나는 종일 텐트 앞을 지켰다.

사람의 흔적은 물론이고 페리체 부근에서 마지막으로 보았던 야크조차 전혀 보이지 않았다. 가끔 새소리가 들렸고, 음식 쓰레기를 버리는 암벽 뒤에서 '들쥐'들이 재빨리 오가는 소리가 어쩌다 정적을 깼다. 겉이 암회색 털로 뒤덮인 들쥐 같은 녀석들이었다. 음식 쓰레기를 버리고 아침에 가보면 그 쓰레기들이 깨끗이 사라져서 나는 그들의 존재를 눈치챘다. 해발 5000여 미터의 눈밭에서 그들은 어떻게 살아남을까. 그것들을 유인해보려고 언소시지를 잘 흩뜨려놓기도 했다.

"괜찮아. 이리 와봐."

나는 소리내어 그들에게 말했다.

"괜찮대도 그러네. 친구 하자, 우리……"

가만히 있으면 말을 모조리 잊어버릴 것 같았다. 진공 지대의 적막이 아마 그럴 터였다. 망원경을 들여다보다가, 혹은 책을 읽다가, 어느 순간 나는 와락 정적이 무서워 짐짓 서성거리면서, 소리내어, 대답 없는 그 무엇엔가 말을 걸었다. 내 말을 듣는 것이 들쥐든, 새든, 아니면 히말라야 죽음의 지대에 산다는 비행거미든, 상관없었다. 이런 정적을, 그것도 하루종일 만나는 일은 평생 처음이었다. 밤이 되면 정적의 공포감은 배가 되었다. 뼛골 사이로 흐르는 바람 소리까지 들릴 것 같은 정적이었다.

"현우야."

"예, 아버지……"

내가 혼잣말로 부르고 내가 혼잣말로 대답하기도 했다.

"왜 하필 산속으로 가려는 게냐?"

"……그리워서요."

심지어 나는 그리워서요, 그리워서요, 그리워서요오오……
하고, 메아리 소리를 흉내내기도 했다. 미지의 누가 몰래 나를
보았으면 실성한 사람으로 여겼을지 몰랐다. 그래도 내 목소리
나마 들으면 덜 무서웠다. 무서운 것은 정적이었다. 얼굴도 잊어
버린 현우 생모의 모습이 꿈에 자주 나타났다. "당신의 아이예
요." 그 여자는 말했다. 현우를 내 품에 안겨주고 대학 정문 밖
으로 내달리던 여자의 뒷모습은 꿈속에서조차 아득하게 멀었다.
"왜 산악인들은 산에 오르는가." 책을 소리내어 읽기도 했다.
"생과 사의 갈림길에서 나 자신과 싸우며 언제나 새로운 '약'이
필요해서인가. 나는 산 없이는 못 산단 말인가." 라인홀트 메스
너가 쓴 『죽음의 지대』였다. 최초로 히말라야 8000미터급 14좌
를 완등한 라인홀트 메스너는 대단한 문장가였다.

　　1975년 여름……

1975년은 내가 스무 살도 채 되기 전이었다.

페터 하벨러와 같이 카라코람에 있는 해발 8080미터 히든 피크에 올라갔을 때, 우리는 서로 말을 하지 않았다. 말을 하지 못할 정도로 지쳐 있었다. 그러나 나는 페터가 하고자 하는 말을 다 알고 있었다. 앞으로 어떻게 될 것이냐고 물으려 할 때마다 얼굴을 보지 않고도 그의 생각을 알았다. 우리는 말없이, 서로 통했다. 나는 정상에서 일종의 '열반'을, 마음의 평안을 체험했다. 산을 내려왔을 때, 나는 인생을 달리 생각하게 되었다.

거기까지 읽고 나는 다시 망원경을 들었다. 선등하고 있는 것은 상민이 아니라 영교였다. 상민은 육안으로 보아 1피치쯤 떨어져 있었다. 떨어져 있을지라도 로프로 연결한 안자일렌 상태일 테니 한 줄에 두 목숨을 매달고 있는 셈이었다. 망원경 속에서 그들의 모습은 하나의 판타지로 보였다. 저들은 그럼 지금……하고, 나는 메스너의 문장들을 떠올리며 생각했다. 서로 "얼굴을 보지 않고도" 상대편의 생각을 알겠구나. "말없이, 서로 통"하고 있겠구나. "일종의 열반" 상태에서.

그 순간, 나는 뼛속까지 스며드는 고독을 느꼈다.

왜 그렇지 않겠는가. 메스너의 고백에 따르자면 그들은 함께 있을 뿐 아니라 서로 깊이 '통하여' 말이 필요 없는 상태이고, 나는 그들로부터 멀리 떨어진 채 혼자 있었다. 그들이 일부러 나만 베이스캠프에 버려두고 떠난 것 같은 기분이었다. 두 달 넘게 안나푸르나, 타라이 지방, 인도 대륙까지 혼자 떠돌 때조차 느껴보지 못한 고독감이었다. 심지어 나만 남겨두고 떠난 상민에게 섭섭한 마음이 들 정도였다. 베이스캠프를 비워두고 후여후여 산을 내려가고 싶기도 했다.

"내가 미쳤지. 이따위 뻥에 속다니."

나는 큰 소리로 말하고 메스너의 책을 탁 덮었다. 망원경 속에선 사면의 기울기를 실감나게 느낄 수 없었다. 아이젠 발톱만을 주로 이용하는 프런트 포인팅 자세로 오르는 걸 보면 설사면의 경사는 오전보다 완만해진 듯했다. 그들은 정상의 턱밑을 기어오르고 있는 중이었다. 어느덧 해가 질 시간이었다. 선등으로 먼저 올라가 있는 하영교의 등뒤는 블루 아이스로 청빙靑氷• 지대였다. 저 정도 푸른 얼음층은 빙하의 심층부로서 피켈이나 아이젠조차 잘 들어가지 않는다고 했다. 정상 턱밑이지만 어둡기 전에 그 청빙 지대를 통과할 수는 없을 것 같았다. 아니나 다를까. 무전기의 신호가 울렸다.

"여기서…… 비……박해야겠어요."

• 청빙(blue ice): 얼음의 질이 치밀하고 해수처럼 푸르게 보이는 상태로, 빙하의 심층부나 눈사태가 스쳐간 도랑 사이에 생긴다. 불안정한 빙폭과 달리 몹시 단단해 아이젠이나 피켈의 피크도 잘 들어가지 않는다.

상민의 헐떡이는 숨소리가 무전기 잡음과 함께 들렸다.

"컨디션은? 괜찮겠어?"

"산을 내려가…… 서울 가면…… 그놈…… 내가 잡아올게요……"

"뭔 소리야, 그게?"

"현우요…… 형님 아들이요…… 여기만 넘어가면 뭐…… 예티라도, 맨손으로 잡을 수 있을 것 같아요. 잘하면…… 날아다닐지도 모르고."

"농담이 나오냐, 지금?"

"영교가 특급 호텔 방을 하나 잡아놨어요. 어제 비박한 것과 비교하면……"

"정말이야? 어떤데?"

"별 다섯 개 호텔이요……"

대략 해발 6300미터쯤 된다고 했다. 나는 비로소 버너에 불을 켜고 라면을 하나 끓였다. 따뜻한 물 한 모금 마시지 못할 그들을 생각하면 미안한 일이지만 나로서도 오늘 처음 하는 식사였다. 따뜻한 차 몇 잔만 마시면서 하루를 견딘 셈이었다. 어둠이 촐라체 북벽에서부터 급격히 번져나왔다. 마할랑구 히말의 설봉들은 아직 환한데 촐라체 북벽은 이미 어두웠다. 북벽의 검은 신이 거대한 물레를 돌려 어둠의 실을 수없이 뽑아내고 있는 듯했다. 다행히 한낮에 비해 구름은 많이 걷혀 있었다.

"오늘은 정월 초하루, 설날이야."

그들에게 들으라는 듯 나는 큰 소리로 말했다.

헤드랜턴은 여러 개 남아 있었다. 나는 후룩후룩 일부러 소리 내며 라면을 먹고 나서, 텐트 지붕 위에 세 개의 헤드랜턴을 건 다음 불을 켰다. 이제 산 위의 저들은 '특급 호텔'을 만난 행복감과 더불어 이 불빛들을 보게 될 터였다. 내가 그들과 나눌 수 있는 최고의 세리머니가 아닐 수 없었다. 무전기가 켜졌다.

"불빛, 멋진데요. 고마워요, 형님."

"하나는 자네, 하나는 영교, 하나는 나의 불빛이야!"

정상 턱밑에서 상민의 헤드랜턴이 깜빡거리다가 곧 꺼졌다. 나는 그 불빛만으로 상민의 인사말을 충분히 알아들을 수 있었다. 수줍음 때문에 그렇지, 하영교 또한 똑같은 인사말을 내게 보내고 있다는 느낌이 들었다. "새해 큰 복 받아라……" 나는 말했다. 메스너가 꼭 '뻥'을 친 것만은 아니라고, 나는 고쳐 생각했다.

어둠이 깊으면 불빛과 불빛이 서로 이어지듯이, 정적이 깊으면 얼굴이 보이지 않아도 서로 통하는 모양이었다. 구름 사이로 달이 흐르고 있었다. 비록 예정보다 늦어지긴 했지만 이제 이틀

후면 우리 세 사람이 함께 축배를 들게 될 것이었다. 그럼, 그렇고말고. 나는 고개를 끄덕거렸다. 어둠 속에서도 멀리 있는 그들과 통한다고 생각하니, 행복했다.

넷째 날

하영교

어두운 크레바스 구멍에서 손 하나가 쓰윽 올라와 내 발목을 잡는다. 나는 몸부림친다. 뼈만 남은 손이다. 사슬처럼 단단히 발목에 감긴 손이 크레바스 속으로 나를 사정없이 잡아당긴다. 피켈 피크로 뼈만 앙상한 손들을 사정없이 찍는다. 그래도 손은 꿈쩍하지 않는다. 몸이 크레바스 속으로 난폭하게 끌려들어간다. 꿈이다. 소스라쳐 눈을 뜨는데 시커먼 짐승이 바로 눈앞에서 나를 내려다보고 있다. 다시 소스라친다. 상민 형이다. 아마도 내가 악몽으로 몸부림치니까 잠을 깨울까 말까 망설이고 있었던 듯하다.

"뭐야, 지금. 깜짝, 놀랐네!"

나는 침낭의 지퍼를 열고 나온다.

온몸이 얼어서 잔뜩 오그라져 있기 때문에 말소리도 제대로 나오지 않고 지퍼도 뜻대로 내려지지 않는다. 침낭 안쪽은 물론이고, 보온을 위한 우모복 겉에도 성에가 하얗게 끼어 있다. 동이 트고 있는 모양이다. 나는 몸을 움직여 팔과 어깨를 풀고 손가락을 폈다 오므렸다 한다. 그래도 이만큼 안락한 비박지를 찾아낸 건 행운이 아닐 수 없다. 해발 6300여 미터, 거대한 암릉과 암릉이 겹친 곳이다. 빙벽에 대롱대롱 매달려 밤을 보낸 두번째 비박지에 비하면 형의 말처럼 특급 호텔이라 할 만하다.

"한나절이면 정상을 돌파할 거야."

"정상에…… 뭐가 있는데?"

나는 심술을 부리듯이 묻는다.

형은 아무 대답 없이 배낭을 챙긴다. 차랑고의 머리가 얼핏 보인다. 형이 차랑고로 연주할 수 있는 것은 딱 한 곡뿐이다. 형의 오피스텔에서 차랑고를 봤을 때만 해도 나는 자주 감미롭고도 열정이 가득찬 남미 음악의 연주를 들을 줄 알았는데, 악기를 다루는 재능에서 형은 내 수준 정도에 불과하다. 겨우 연주할 수 있는 곡은, 엄마가 섬 그늘에……뿐이다. "엄마가 섬 그늘에 굴 따러 가면, 아기가 혼자 남아 집을 보다가, 바다가 불러주는 자

장노래에, 팔 베고 스르르르 잠이 듭니다." 다른 몇몇 곡을 더듬거려 연주할 수는 있었으나 엄마가……처럼 완벽하게 연주할 수 있는 곡은 없다. 그러고 보면 비몽사몽간에 차랑고 소리를 들었던 것 같기도 하다. 언제나 그렇듯이 간밤에도 형은 침낭 안쪽으로 차랑고를 끌어들여 안고 잔 눈치다. 형의 말처럼 그것은 형에게 사랑의 징표이자 생의 부적 같은 것이므로.

"밤에…… 차랑고를 켰었어?"

"미쳤냐, 해발 6000 고도에서…… 차랑고라니."

"안고 자는 거, 알아. 변태 같아. 연주도 잘할 줄 모르면서 자나깨나…… 끌어안고 자는 거. 난요, 여자하고 땡치고 나면, 한 달도 안 돼 그 여자, 이름까지 잊어버려. 뭐, 크레바스 속으로 확 밀어넣어버리는 거지. 형도 이 기회에 차랑고…… 묻어버려."

"기운이 남아 있나보구나……"

웃는 듯 우는 듯, 형의 얼굴에 주름이 많이 잡힌다.

베이스캠프를 출발하던 때에 비해 적어도 10년은 더 늙어 보인다. 기운이 남기는커녕 말을 조금만 해도 숨이 턱까지 차는 건 나도 마찬가지다. 장비들을 점검하고 배낭을 멘다. 정상의 턱밑에 있으니 길게 잡아도 이제 1박 2일이면 충분할 것이다.

"준비됐어!"

나는 침낭으로부터 겨우 벗어난다.

배낭을 메는 형의 몸짓이 굼뜨다. 슬로비디오 화면을 보는 것 같다. 몸이 얼어서가 아니라 형수를 생각하고 있기 때문이다. 이상하게, 형의 머릿속이 컴퓨터 모니터의 화면처럼 환히 들여다보이는 느낌이다. 내가 형수를 본 것은 몇 번에 불과하다. 체구가 작고 눈이 크고 입술선이 만들어 붙인 듯 분명하며 이마가 희고 환하다. 서른 살이 다 됐는데도 가끔 고교생이나 대학생이 쫓아올 만큼 소녀처럼 보인다. 착한 요정 같은 스타일인데 특히 느낌이 환하고 고요해서, 어떤 순간엔 작은 등불처럼 보이는 것도 형수의 장점이다. 한마디로 말하자면, 형수 자신이 차랑고다. 형은 형수를 배낭에 짊어지고 온 셈이라고 할 수 있다.

일출의 시간이다.

에베레스트와 로체가 붉은 아우라를 두르고 있다. 1피치 정도 높은 곳에 큰 바위 얼굴처럼 툭 튀어나온 오버행이 보인다. 거대한 눈처마를 이고 있는 우람한 암릉이다. 밑에서 올려다볼 때 그 오버행만 지나면 정상까지는 금방 닿을 것 같은 느낌이 든다.
"자, 시작해."
나는 뒤를 돌아보지 않고 말한다.

베이스캠프와 무전 교신을 나눈 형의 손이 등뒤에서 내 어깨를 잡는다. 왜? 나는 고개만 돌리고 눈빛으로 묻는다. 형이 머리를 젓는다. 옳거니. 예상대로 자신이 선등을 하겠다는 눈치이다. 나는 갑자기 짜증이 난다. 어제 오후부터 줄곧 내가 선등으로 리드를 잡았고 아무 사고도 없었으니, 당연히 오늘도 선등을 하는 게 옳다고 나는 생각한다. 그런데 내 어깨를 잡은 형의 손이 나를 뒤로 끌어당기고 있다.

　"정상을 먼저 밟으시겠다?"

　"그, 그게 아니라 저기…… 오버행……"

　"오버행, 선등으로 넘으려면 체력이 관건이라고 말한 건 형이었어. 핑계 대지 마. 저 정도 치고 넘는 거, 나도 할 수 있다고. 어제 봤잖아. 내가 저 밑 오버행…… 돌파하는 거."

　"……"

　"차라리, 정상을 먼저 밟고 싶다, 그렇게 말을 해. 형님 먼저, 아우 먼저…… 그런 분위기, 짜증나니까!"

　"알았다."

　형이 비로소 내 어깨를 놓아준다.

　나는 형이 확보 자세를 취하기도 전에 피켈을 휘둘러 설면에 탁 박는다. 정상에 무엇이 있겠는가. 모든 정상은 허공을 이길 수 없다던 형의 말이 머릿속을 가로지른다. 무엇이 있든 상관없다. 게임이라 할 수는 없겠지만, 그러나 저 우울한 화상을 뒤에 매달아 끌고, 나도 그놈의 정상을 보란듯이 한번, 앞장서 밟아보고 싶다.

1피치를 오르고 나니 다시 오버행이다.

손이 얼어서 손가락들이 잘 펴지지 않는다. 눈앞을 가로막은 오버행 상단에 붙어 있던 고드름 하나가 뚝 떨어진다. 아침부터 돌풍이다. 나는 고드름을 아슬아슬 피하면서 "낙빙"이라고 소리친다. 고드름이 뒤쫓아 올라오는 형의 왼쪽 빙설면에 부딪치며 부서지고 있다.

"왼쪽으로…… 트래버스 해야……"

1피치를 다 오른 형이 헐떡이며 말한다. 오버행의 왼쪽은 흘러내린 빙하로 채워진 바위와 바위 사이의 폭이 좁은 틈새 길이다. 일종의 빙폭이 형성된 구간으로 경사가 70도쯤 되어 보인다. 형이 리드를 바꾸는 게 좋지 않겠느냐는 눈빛을 하지만 나는 모르는 체한다.

"아이젠 발톱이…… 잘 박힐지 모르겠다만."

"알았어. 빌레이…… 좀 봐줘."

고산의 급사면에서 흔히 나타나는 청빙은 멀리서 볼 때 푸르른 에메랄드 빛깔로서 아름답고 환상적으로 보인다. 밀도가 워낙 촘촘해서 아이젠이나 피켈 피크가 잘 들어가지 않는다. 다루기 힘든 위험 구간이다. 블루 아이스란 말답게 그 벽을 타고 오르는 사람의 얼굴까지 새파랗게 변하도록 만드는 지점이라 할 수 있다.

청빙의 빙폭은 2피치가 넘는다.

1피치쯤 올라가고 나서, 방향이 오른편으로 휘어지며 경사도가 낮아진 것이 그나마 다행이다. 나는 이를 악물고 피켈을 휘두른다. 피켈 피크의 제동력이 완전한 것 같지 않을 땐 다시 피켈을 박아줘야 하는데, 피크가 잘 빠져나오지 않아 애를 먹는다. 아이젠도 마찬가지다. 열받지 마, 하영교. 나는 숨을 고르면서 중얼거린다. 감정이 흔들리면 피켈 피크와 아이젠 앞발톱도 흔들릴 수밖에 없다. 암릉과 빙하가 부딪치는 곳에 형성된 틈이나 구멍도 조심해야 한다. 타박상을 입은데다 얼어버려 제대로 펴지지 않는 손가락도 문제이다. 때때로 돌풍이 불어 설연이 날리면, 눈앞이 온통 뽀얗게 되는 화이트아웃* 상태도 좋지 않다. 원근감이 사라지고 빙벽과 허공의 경계도 사라지기 때문이다.

---

* 화이트아웃(white out): 일명 시야 상실 또는 백시. 가스나 상설(霜雪)로 인해 시계가 하얘지고 원근감이 없어지는 상태로 악천후에 잘 일어난다. 이때는 설면과 공간과의 경계를 판별하기 어렵고 행동에 장애를 입게 된다. 그래서 루트를 잃어버리거나 눈처마를 잘못 밟아 사고를 당하기도 한다.

"머리 위를 봐!"

뒤에서 형이 소리친다.

빙폭의 상단에 삿갓 테두리처럼 뛰쳐나온 눈처마가 나를 내려다보고 있다. 만약 저놈이 악력을 잃고 무너져내려온다면 나는 물론 뒤에 있는 형까지 1000여 미터 아래로 휩쓸고 내려갈 것이다. 눈처마의 규모로 봐서 조심하고 말고 할 것도 없다. 무너져온다면 그대로 끝장이다. 머릿속이 하얗다. 지형을 살필 수도, 전략적인 다른 길을 탐색해볼 여유도 없다. 빙폭으로 형성된 틈새 길을 간신히 넘어가자 또 오버행이다. 눈처마까지 형성되어 있어 타고 넘는 것이 거의 불가능해 보이지만 트래버스 할 만한 다른 루트는 보이지 않는다. 차라리 형에게 선등을 맡길까. 그렇지만 이번 오버행만 치고 넘으면 정상이 틀림없다.

"뭐…… 못 봤냐?"

뒤쫓아 올라온 형이 묻는다.

"뭐를?"

"저쪽 능선에서 사람인지…… 짐승인지, 나이프 에지*를 타고 넘는 걸 봤어. 아주 재빠른 동작……"

• 나이프 에지(knife edge): 암릉이나 암각이 칼의 날처럼 날카롭게 깎여 있는 곳. 또는 겨울 산의 날카로운 설릉.

"환각을 본 거야. 정신 차려, 형."

나는 일부러 측은한 표정을 짓는다. 그가 가리킨 곳은 눈조차 쌓이지 못하는 피뢰침같이 뾰족한 첨봉이다. 차마 선등을 하라는 말이 나오지 않는다. 내 머릿속이 하얗게 탈색된 화이트아웃 상태가 된 것과 달리, 형은 그 정도를 넘어 아예 헛것을 보고 있다.

이제 오버행만 통과하면 된다.

80도는 돼 보이는 경사가 곧 90도 가깝게 곤두선다. 오버행의 마지막에 붙어 있는 눈처마를 치고 넘는 일이 북벽의 최종적인 시험일 듯하다. 두렵지만 두려움을 이겨야 한다고 나는 다짐한다. 임종까지, 생애의 마지막 구간에서 소주병을 달고 살았던 아버지가 떠오른다. 멍청한, 이라고 나는 중얼거린다. 밉거나 원망스럽진 않다. 한번 기울어지고 나자 아버지 인생은 내리닫이로 가파른 하강길로 이어졌다. 점진적 자살이나 다름없었다. 소주는 맑아서 좋아, 라고 아버지는 말했다. 아버지 영혼은 소주와 달랐다. 소주는 독을 품고 맑은데, 아버지는 물처럼 맑은 사람이었다. 그것은 약하다는 뜻이었고, 약한 것은 명백히 유죄였다. 나 같았으면 소주에 의지한 굴욕적인 자살보다 차라리 의지적인 확고한 자살을 선택했을 것이다.

멍청한……이라는 말이 내게 힘을 준다.

미울 것도 원망할 것도 없으나, 나는 아버지를 향해 격렬히 모멸을 퍼붓는다. 그것이 인정사정없는 이 빙하에서 살아 나갈 수 있는 유일한 방법이다. 죽고 싶진 않다. 삶이 아름답고 희망이 넘쳐서가 아니라, 그 무엇엔가, 앙갚음해야 할 것이 폭발 직전의 비구름처럼 가슴속에 꽉 들어차 있기 때문이다.

오버행 밑에서 아이스스크루를 박는다.

얼음의 질은 양호하다. 눈처마 밑까지 3, 4미터 되는 빙벽을 피켈과 아이젠에 의지해 필사적으로 오른다. 얼음의 질이 양호하므로 아이스스크루는 믿어도 좋다. 미끄러져 7, 8미터쯤 추락한다고 해도 아이스스크루만 버텨준다면 재시등할 수 있다. 이제 눈처마 밑이다. 나는 다시 아이스스크루를 박아 확보를 한다. 손이 너무 굳어서 아이스스크루를 돌려서 박는 일이 쉽지 않다. 얼음의 질이 단단한 것도, 확보엔 좋지만 스크루를 넣는 덴 문제가 된다. 시간이 걸리고 돌풍이 분다. 나는 벽에 찰싹 달라붙는다. 피켈 피크가 얼음에서 빠져나올까봐 두려운 것이 아니라 피켈 손잡이에서 손이 빠져나올까봐 두렵다. 나는 죽어라 피켈 샤프트를 잡고 돌풍이 지나가길 기다린다.

"피켈…… 최대한…… 눈처마 너머로 찍어!"

형이 밑에서 소리치고 있다.

나는 호흡을 고른다. 잠시 그쳤지만 바람이 끝난 것은 아니다.

바람과 바람 사이의 좁은 틈새를 놓치지 말아야 한다. 나는 심호흡을 하고, 크게 피켈을 휘둘러 보이지 않는 눈처마 위의 한 지점을 내려찍는다. 피켈 샤프트를 쥔 손끝이 얼음에 부딪혀 끊어질 듯 아프다. 아, 하고 비명을 지르는 것처럼 입을 벌렸지만, 기분은 짜릿하다. 힘껏 잡아당겨도 빠지지 않을 만큼 단단히 박혀준 피켈 피크가 고마울 뿐이다. 이제 아이젠을 박차고 그 반동을 이용해 허공으로 날아야 한다. 임종 직전의 아버지 모습이 또 눈앞을 스친다.

당신처럼 굴복하고 싶지 않아. 쪽팔려서 싫어.

발을 최대한 안쪽으로 옮긴다. 몸을 비스듬히 기울여야 반동을 이용해 다리 하나를 눈처마 위에 올릴 수 있다. 다시 바람이 거세진다. 휘몰아치는 분설 때문에 눈앞이 하얗다. 나는 숨을 죽이고 엎드려 있다가 바람의 틈을 이용해 마침내 빙벽을 찬다. 몸이 허공을 가르며 떠오르는 순간, 나는 힘껏 발을 뻗어 아이젠 뒷발톱을 눈처마 상단에 박는다.

오케이!

짧지만 짜릿한 쾌감이 느껴진다.

단 한 번만으로 오른발 아이젠 뒷발톱이 눈처마 위로 걸렸기 때문이다. 손과 발에 힘을 주어 몸을 끌어올리는 순서가 나를 기다리고 있다. 눈처마 위는 너른 테라스다. 나는 필사적으로 몸을 끌어올린다. 드디어 평평한 테라스 지대. 나는 한동안 테라스에 누운 채 일어서지 못한다. 뭐하고 있어? 아래쪽 형이 로프를 당기며 신호를 보내온다. 바람이 매섭게 불고 있다. 분설 때문에 설산과 하늘이 한덩어리다. 나는 정신을 차리려고 고개를 세차게 흔들면서 고글에 묻은 얼음 파편들을 손바닥으로 닦는다. 눈이 내리고 있다. 나는 돌풍이 지나기를 기다렸다가 간신히 일어나 피켈을 박고 형이 올라올 수 있도록 확보를 한다.

그곳에서부터 30분 정도 걷고 나니 정상이다. 아무리 둘러봐도 더 올라갈 곳이 없다. 정상이다! 형이 더듬더듬, 내 어깨를 잡아당긴다. 헬멧과 헬멧이 부딪친다. 구름장이 두꺼운데다가 눈이 내리고 있으니 시야가 트일 리 없다. 겨우 에베레스트, 로체 쪽의 스카이라인이 어슴푸레한 윤곽으로 보일 뿐이다. 베이스캠프의 천막도 물론 보이지 않는다.

"수고했다, 영교야……"

형이 어깨를 두드린다. 형과 나는 한참이나 스모 선수들처럼 상반신만 껴안은 채 가만히 있다. 콧날이 울리지만 입술을 깨물고 눈물을 참는다. 형에게 눈물을 보일 수는 없다. 형이 배낭에서 카메라를 꺼내들고, 언 손으로 셔터를 누르고 있다. 영하 수십 도에서도 작동에 이상이 없다고 자랑하던 라이카 CL 카메라다.

"사진은 찍어서 뭐해!"

나는 털썩 주저앉으며 소리친다.

환호는 조금도 없다. 정상에 오르면, 누가 말했던 것처럼 '정상은 모든 길이 시작되는 곳이고 모든 선이 모여드는 곳'이므로 엔돌핀이 분출할 줄 알았는데, 기쁘기는커녕 오히려 허망하고 슬픈 느낌이다. 정상엔 분설로 가득찬 허공뿐이다. 이것이 뭐라고, 목숨을 걸고 올라왔단 말인가. 눈바람 때문에 세계는 화이트 아웃, 사라지고 없다. 100미터 전방도 보이지 않는다. 눈 내린 평범한 민둥산 꼭대기 한쪽에 와 있는 느낌이다.

"씨, 씨팔……"

미간에 잔뜩 힘을 주고 나는 씹어뱉는다.

날씨까지 어쩌면 이렇게 '싸가지'가 없단 말인가. 형에게 하는 욕인지, 아버지에게 하는 욕인지, 촐라체에게 하는 욕인지 모르겠다. 촐라체는 어디 있는가. 목숨 걸고 촐라체에 올라왔는데, 촐라체가 없다! 평생 나를 찾아 헤매다가 죽을 때 내가 없다는 걸 마침내 확인한 느낌이 이럴까. 임종 직전의 아버지도 이런 '싸가지' 없는 느낌을 만났을지 모른다. "넌…… 누구냐……"라고, 아버지가 묻고 있다. 혼절한 상태로 누워 있던 아버지가 갑자기 눈뜨고 상반신을 일으킨 뒤 내게 던진 말이다. 아버지의 낯설고 막막했던 눈빛이 선연하다. 아버지가 살아서 한 마지막 말이 그

128

것이다. "넌…… 누구냐……" 나는 아버지가 되어 내게 소리내어 물어본다. 아니다. 나는 다시 중얼중얼 묻는다.

"촐라체, 넌, 누구냐! 넌 어디 있느냐!"

시간이 없다고, 가야 된다고, 형이 나를 재촉하고 있다.

박상민

바람이 거세다. 하강길, 짧은 빙벽 구간을 내려서자마자 등뒤에서 갑자기 바람이 내리꽂힌다. 1월 2일 15시다. "엎드려!" 나는 본능적으로 소리친다. 미친 돌풍이다. 이런 폭풍설은 서서 견딜 재간이 없다. 영교의 대답은 들리지 않는다. 나는 피켈을 단단히 박고 엎드려 있다. 피켈 샤프트가 늑골과 늑골 사이로 파고든다. 앞이 보이지 않는다. 쌓였던 눈이 바람에 날리는 이른바 블리자드*이다. 영교는 몸을 제대로 확보하고 있는가. 그러나 돌아볼 수도, 더 소리칠 수도 없다. 안자일렌을 한 로프에 변화가 없다는 걸로 그의 안전을 믿을 뿐이다.

---

* 블리자드(blizzard): 쌓인 눈이 강풍에 날려 일어나는 눈보라. 블리자드가 일면 맹렬한 강풍에 흙먼지와 모래들이 섞여 시야를 확보하기가 어렵다.

만약 영교가 바람에 휩쓸린다면?

함께 죽고 싶지 않다. 함께 죽어야 할 만큼 가치 있는 놈인가. 정상을 1피치 앞두고 굳이 선등을 하겠다고 악을 쓰던 놈의 핏발 선 눈빛이 떠오른다. 그처럼 이기적인 놈은 아직 본 적이 없다. 이제 해발 5800미터, 하강길이다. 정상을 넘고 두 시간쯤 지난 시각이니 오후 3시쯤 됐을 텐데, 사위는 침침한 구름떼로 뒤덮여 있다. 예정대로라면 베이스캠프에 귀환했을 시간이다. 촐라체 북벽을 너무 만만히 본 것이 탈이다. 하룻밤의 비박으로 정상에 이를 수 있다는 그릇된 확신은 대체 어디서부터 비롯됐던가. "1박 2일이면 뭐 충분하겠네." 영교의 목소리가 들린다. 베이스캠프에 도착한 첫날, 텐트 두 동을 치고 나서 나란히 앉아 있다가 혼잣말하듯 내던진 영교의 말이다. 그릇된 확신의 시작은 그것이다.

그러나 오늘은 입산하고 벌써 나흘째.

가파른 빙벽에 대롱대롱 매달리다시피 해서 밤을 보낸 지난 며칠 동안의 일들이 휙휙 눈앞을 스친다. 버너를 떨어뜨린 것은 75도 가까운 경사의 빙벽을 깎아 겨우 엉덩이만 걸친 채 잠들어야 했던 두번째 밤이고, 마지막 식량 파워바와 파워젤이 너무 얼어서 버린 것은 정상의 턱밑에서 비박한 세번째 밤이다. 무전기도 먹통이고, 물을 마셔본 것도 벌써 이틀 전의 일이다. 자식이 버너만 떨어뜨리지 않았어도…… 바보 같은 새끼! 나는 중얼거린다.

"야, 영교야!"

나는 발작하듯 다시 소리지른다.

소용없다는 걸 알면서 하는 짓이다. 피켈 샤프트에 눌린 가슴이 답답하다. 나는 필사적으로 상반신을 조금 들어올린다. 허리가 아프다. 앞은 여전히 보이지 않는다. 완만한 설사면이 시작되는 지점이지만 이런 돌풍 속에서 빙하층 위를 걷는다는 건 미친 짓이다. 그렇다고 하루 더 비박하는 건 상상할 수 없다. 이런 빙판 위에선 걷는 것도 설동雪洞을 파는 것도 불가능하다. 살아남으려면 이 거친 눈폭풍의 서미트를 일단 넘어서거나 관통해야 한다. 살아 돌아갈 방법은 그뿐이다.

그때, 스르륵 하고 로프가 움직인다.

온몸에 전율이 지나간다. 로프가 빠져나간다는 것은 함께 이어 묶여 있는 영교가 나로부터 멀어진다는 뜻이다. 바람을 거슬러 그가 뒷걸음질할 이유는 전혀 없다. 로프가 당겨지는 건 오직 하나의 이유, 영교의 추락뿐이다. 나는 얼음에 박힌 피켈 위로 더욱 납작 엎드린다. 피켈 애즈*가 쇄골 사이를 뚫고 들어온다.

• 피켈 애즈(pickel adze): 피켈 머리의 납작한 부분.

옭매듭*을 만들어 잠금 카라비너를 통과시켰으니, 피켈이 빠지지 않도록 하는 게 제동 확보의 관건이다. 추락이라면 로프는 금방 가속도로 딸려나갈 터이다. 그러나 로프는 더이상 움직이지 않는다.

"뭐야, 형!"

영교의 목소리가 가깝게 들린다. 나는 상반신을 일으키려고 무릎을 가슴 쪽으로 끌어당긴다. 쐐기처럼 몸을 오그린 내 눈앞으로 철컥, 쇠발톱이 다가와 박힌다. 아이젠 발톱이다. 어떻게 된 것인가. 나는 한차례 몸을 부르르 떨고 고개를 들어 곁에 와 선 영교를 올려다본다. 눈보라 때문인지 코앞에 다가와 있는 그의 얼굴조차 제대로 보이지 않는다.

"이래 가지고 뭐, 뭐가 보이겠어?"

영교의 손이 내 고글로 다가온다. 바람은 어느새 한풀 꺾여 있다. 잠잠하다. 지레 겁을 먹고 돌풍이 계속 불고 있다고 내가 착각했던 모양이다. 고글에 달라붙은 설편들이 닦이고 나자 시선이 확 트인다. 완만한 설사면은 언제 폭풍설이 불고 갔느냐는 듯 시

---

* 옭매듭(overhand knot): 마구 옭아맨 매듭. 막매듭 또는 오버핸드 매듭이라고도 불리며, 간단한 고리를 만들거나 다른 매듭을 한 후 풀리지 않도록 끝처리를 하는 매듭으로 많이 사용한다. 등산시 로프의 끝매듭으로 쓰거나 로프를 잡을 때 미끄러지지 않도록 손잡이로 이용하기도 한다.

치미를 뚝 떼고 있다. 고요할 뿐 아니라 포근해 보이기까지 한다.

"어떻게 된 거냐?"

심하게 갈라진 쉰 소리로 내가 묻는다.

"씨팔, 내가 묻고 싶은 걸 묻고 있네. 계속 소리쳐 불렀는데, 형은 아까부터 이러고 있었어. 피켈만 죽어라 껴안고. 이게 뭐 하는 퍼포먼스야!"

"돌풍이 불어왔잖아!"

"환장하겠네. 돌풍은요, 훌륭하신 클라이머님, 한순간뿐이었다고. 아시겠어? 금방 지나갔는데 납작 엎드려서 계속 벌벌 떨고…… 고소를 먹은 거야, 형은. 머리통이 어떻게 된 거라고. 제발 정신 좀 차려. 형이 미치면, 나 혼자 내려가버릴지도 몰라."

"……"

나는 대답하지 않는다. 콧구멍에서 연신 풀무질 소리가 난다. 섬유질 같은 것이 가슴과 머릿속에 꽉 끼어 있는 느낌이다. 이틀을 완전히 굶은데다 체력을 많이 소모했으므로 미상불 그의 말대로 고소 장애를 일으켰을 수도 있다. 폐나 뇌에 이미 물이 차고 있는지도 모른다. 그럼 죽음이다. 고소 장애가 오면 판단 착오는 물론이고 환각과 환청을 일으키는 것도 비일비재하다.

"그럼…… 나를 믿지 마!"

이윽고 내가 낮게 부르짖는다.

에베레스트와 로체는 구름에 싸여 보이지 않는다. 그러나 초오유 봉으로부터 고쿄 피크(Gokyo Peak, 5357m)로 이어지는 만년설의 스카이라인은 투명하고 생생하다. 남단엔 구름바다 위로 탐세르쿠 봉이 우뚝 솟아 있다. 구름이 잔뜩 끼어 있는데도 저마다 우뚝한 설봉들은 제 높이에 맞추어 구름을 힘 있게 뚫고 나온다. 서쪽의 그것들은 연접해 있지만 남쪽의 그것들은 구름바다에 싸여 단독자로서 하나같이 드높다. 마치 첨봉으로 이루어진 섬들 같다. 그것들은 세상이라는 이름 속에 편입되지 않는다. 시간과 공간을 뛰어넘는다. 어디로 가든 세상으로 이어지는 길이 없을 것이라는 느낌이 든다. 목젖이 뜨겁다.

나는 화가 난 것처럼 발걸음을 떼어놓는다. 벌써 15시를 넘기고 있다. 두 시간만 지나도 땅거미가 내리기 시작할 것이다. 이렇게 휑하니 뚫린 곳이라면 바람이 불든지 불지 않든지 간에, 밤이 되면 영하 20여 도 이하의 혹한으로 곤두박질칠 게 확실하다. 어둡기 전에 최소한 몸을 은신하고 비박할 곳을 찾아야 한다.

"그래도 앞장설 거야?"

등뒤에서 영교가 비웃고 있다.

대답할 기운이 없다. 겉으로 보아선 편안한 슬래브*의 사면처럼 보이지만, 서북쪽의 긴 걸리로 이어지는 병목 구간이기 때문에 풍설이 녹고 쌓이면서 바스러지기 쉬운 빙설로 층을 이룬 설사면이다. 눈사태가 생길 수도 있고, 스노브리지*들이 크레바스나 규모가 더 큰 베르크슈룬트*를 교묘하게 덮고 있을 수도 있다. 천방지축으로 제 힘만 믿고 날뛰는 영교를 앞세웠다간, 안자일렌 상태니까, 한순간 추락하는 놈의 무게에 끌려 언제 나까지 크레바스의 캄캄한 아가리로 끌려들어갈지 모른다. 비록 고소장애를 조금 느낀다고 하더라도 경험 없는 그보다는 내가 리드를 하는 게 차라리 낫다.

과연 설사면은 위험한 주름투성이다.

• 슬래브(slab): 표면에 요철이 없이 매끄러운 경사를 이룬 넓은 바위. 슬래브에서는 홀드를 얻기 힘들어 등산화 바닥, 손바닥, 손가락의 마찰을 이용하는 등의 어려운 기술이 요구된다.

• 스노브리지(snow bridge): 크레바스나 베르크슈룬트 위에 다리처럼 눈이 얼어 있는 것. 빙하나 폭설 지대 혹은 여름까지 눈이 녹지 않고 남아 있는 곳에 생성된다. 스노브리지 가운데로 갈수록 눈의 두께가 얇아지고, 무너지기 쉬우므로 조심해서 건너가야 한다.

• 베르크슈룬트(Bergschrund): 광대한 면적을 차지하는 얼음 또는 만년설인 빙원과 다른 빙원 사이에 생긴 얼음의 거대한 균열. 빙하가 흐르기 시작하는 곳에서 흐르는 방향과 수직으로 크게 발달하고 겨울에는 새로 내리는 눈에 덮여 있다가 여름이면 드러난다.

밑바닥을 이룬 암릉의 구조에 의해 생긴 주름일 수도 있고 크레바스를 교묘히 숨긴 긴 눈다리일 수도 있다. 아가리가 넓지 않은 크레바스는 입구 전체가 분설이나 썩은 눈으로 덮여 있는 경우가 허다하다. 지금 밟고 서 있는 곳이 크레바스 위일 수도 있다. 나는 조금이라도 굴곡이 있는 곳은 일일이 피켈 샤프트 끝으로 여러 번 찍어보며 걷는다.

아니나 다를까, 샤프트가 쑥 들어간다.

완만한 설사면을 반쯤 통과한 지점이다. 눈으로 살짝 가려진 크레바스가 틀림없다. 피켈 샤프트에 찍혀 부서진 눈덩이들이 크레바스 안으로 떨어지는 소리가 오래 울린다. 단층은 북쪽과 서쪽을 향해 길게 쪼개져 있다. 사다리가 없으니 다른 길을 찾거나 옆으로 돌아 멀리 트래버스를 할 수밖에 없을 것 같다. 멀지 않아 뚝 떨어지는 빙벽으로 이어져 있는 북쪽과 첨봉들로 이어져 있는 서쪽 방향을 나는 번갈아 본다. 서쪽의 그 첨봉군## 너머는 아마도 페리체 마을로 통하는 남쪽 루트일 것이다. 나는 잠시 멈춰 선 채 호흡을 고른다.

눈발이 다시 날리기 시작한다.

초오유에서 고쿄 피크로 이어지는 스카이라인도 이미 보이지 않는다. 구름 위로 솟아 있는 봉우리들은 남쪽의 설봉들뿐이다. 탐세르쿠 봉 앞쪽으로 캉테가 봉이 고개를 당당히 쳐들고 있다.

남쪽의 구름떼가 우리 진행 방향인 북서부로 몰려들고 있는 게 확실하다. 폭설로 바뀐다면 삽시간에 눈에 갇혀버릴 가능성이 높다. 눈사태의 위험이 커지는 것은 물론이고, 무릎까지만 쌓인다고 해도, 체력이 바닥났으니 눈을 헤치고 나갈 수가 없다.

"뭐가 있어요?"

20여 미터 후방에 멈춰 선 영교가 묻는다.

"크레바스. 음흉하고 깊은 놈이야. 조심해라."

나는 크레바스에서 1미터 이상 거리를 두고 남쪽 편의 뾰족한 첨봉들을 겨냥하고 에둘러 걷는다. 첨봉까진 7, 80미터가 채 되지 않기 때문에, 그곳까지 트래버스 한다고 해도 불과 100여 미터를 돌아가는 셈이 된다. 남쪽의 첨봉에서부터 서북 방향으로 이어 뻗어내려간 암릉은 크레바스만 건너면 지척이다. 그곳에선 하룻밤 바람을 피할 특급 호텔 같은 비박 장소를 찾아낼 수 있을 것 같다.

크레바스는 아가리가 넓어지다가 금방 좁아진다.

곧 굴곡 없는 빙사면이 나타난다. 크레바스가 끝난 것인지, 밟으면 꺼져내릴 스노브리지인지는 확실하지 않다. 나는 여러 번 피켈 샤프트로 표면을 찔러본다. 시멘트 다리처럼 단단한 바닥 층이 샤프트 끝에 찍힌다. 이 정도면 안심하고 건너도 될 듯하다. 나는 뒤를 돌아다보며 영교에게 눈짓을 보낸다. 만약의 사태에 대비해 내가 추락해도 제동을 걸 수 있게 확보 준비를 해달라는 눈짓이다. 영교가 피켈을 깊이 박고 엎드려 확보 자세를 취하는 걸 확인하고서야 걸음 너비를 최대한 벌려 아이젠의 앞발톱을 사면에 박아넣는다. 오케이! 설사면은 암벽처럼 단단하다. 나는 내처 몇 걸음 더 서북 방향으로 내려서서 고개를 돌려 영교를 돌아다본다. 입을 벌리고 있는 크레바스 너머에서 그가 확보를 위해 박아넣었던 피켈을 힘주어 뽑아내고 있다.

"생각보다 형, 겁이 많아요."

끝내 참지 못하고 그가 심술을 부린다.

나는 급한 설사면을 몇 걸음 더 내려간다. 저 자식의 입을 꿰매고 싶다. 정상을 치고 오르는 마지막 피치부터 지금까지 한 번도 듣기 좋은 말을 해보지 않은 입이다. 이제 뒤를 돌아보고 싶지도 않다. 서로를 연결하고 있는 로프를 풀어버리고 싶다. 인내의 한계 상황을 넘었으니 녀석도 지금 죽고 싶을 만큼 고통스러울 게 틀림없다. 죽음의 아가리를 넘나드는 그 고통을 왜 모르겠는가. 그런데도 녀석은 한사코 내게 제 힘을 과시하려 한다. 단 하나, 내게 지고 싶지 않은 승부욕, 또는 맹목적인 증오심 때문이다.

"어, 어억!"

순간 낮고 짧은 비명이 등뒤에서 들린다.

크레바스를 시계 방향으로 우회한 다음 그와 비스듬히 마주보는 형세로 설사면을 내려오는 중이어서, 크레바스 아가리를 사이에 두고 불과 7, 8미터, 동서를 꿰뚫는 수직선상의 가장 근접한 거리에 그와 내가 서 있을 때이다. 짐승의 울음소리인가. 나는 전광석화, 영교에게 무슨 일이 일어났다는 걸 알아차린다. 짐승 같은 감각이다. 휘이익 하는 휘파람 소리 같은 게 귓구멍 속으로 날아와 박히고 있다. 늘어져 있던 로프가 얼어붙은 풍설의 표면을 기어나가는 소리다.

"형, 혀엉!"

이번엔 비명이다. 제동을 걸어야 해! 로프는 벨트에 걸린 카라비너를 통과하여 가슴을 비스듬히 휘감고 오른쪽 어깨 위로 빠져나가 있다. 로프를 잡아채며 피켈을 찍고 엎드려야 한다는 명령이 머릿속에서 스파크를 일으킨다. 그러나 그보다 더 빨리, 로프가 내 몸을 잡아채 단숨에 쓰러뜨린다. 영교의 추락이 확실하다. 어깨와 머리가 호되게 빙판에 부딪친다. 본능적으로 피켈을 찍긴 했으나 로프에 감긴 내 몸이 벌써 사면 쪽으로 급속히 끌리고 있다. 거칠고 악마적인 힘이다. 안 돼! 하늘, 첨봉들, 설사면이 한덩어리가 되어 바람개비처럼 돌아간다. 어머니가 보였던가. 차가운 신혜의 눈빛을 본 것도 같고, 술에 취한 채 내 오피스텔 철제문 밖에 서 있던 영교를 본 것도 같다. 형태는 이지러지고 이미지는 교합된 요지경 속 그림이다. 몸이 무덤 속으로 끌려가는 느낌이다. 모든 게 하얗다.

찰나적으로 내가 실신했던 모양이다.

점액질이 눈가로 고여들어 끈적해지고 있다. 나는 간신히 눈가를 닦는다. 피다. 눈두덩이나 이마가 찢어진 게 확실하다. 정신을 차려야 해. 정신 차려, 박상민! 나는 소리 없이 소리친다. 숨을 쉴 수 없다. 영교의 무게에 끌려간 로프가 몸통을 결박한 후 목젖을 사정없이 압박하고 있기 때문이다. 눈앞이 가물가물하다. 나는 로프로부터 벗어나기 위해 두 손에 필사적인 힘을 준다. 왼쪽 옆구리에 극심한 통증이 느껴진다.

"으흐…… 으흐흐!"

갈비뼈들이 주저앉은 게 확실하다.

죽음의 캄캄한 아가리가 크레바스의 그것처럼 떠올랐다가 연거푸 꺼진다. 어디로 날아갔는지 안경도 없다. 시야는 눈보라에 갇혀 있다. 눈이 오는지, 질식사 과정에서 보는 환상인지 모르겠다. 누가 이 로프 좀 어떻게 해주세요! 나는 캑캑거린다. 필사적으로 로프를 당긴다. 우선 이것으로부터 빠져나와야 한다. 목젖이 겨우 로프로부터 빠져나온다. 그다음은 몸통이다. 로프는 여전히 악마적인 힘으로 몸통을 조르고 있다. 나는 비명을 어금니 사이로 사리물고, 이번엔 갈빗대를 옥죄고 있는 로프를 죽어라 잡아당긴다.

"혀어……엉……!"

영교의 비명소리가 계속 나를 후려치고 있다.

옆구리에서 빼낸 로프가 삽시간에 악마적인 힘으로 끌려나가 팽팽해진 것과 거의 동시에 크레바스 구멍 속에서 솟구쳐나오는 비명이다. 저승에서 들려오는 소리 같다. 비명소리와 함께 내 몸이 크레바스 쪽으로 다시 끌려올라간다. 로프의 반대쪽 끝에 영교가 매달려 있다는 걸 새삼 깨닫는다. 로프를 풀어낸 만큼 영교가 더 추락한 모양이다. 뒤따라오던 영교의 추락을 그나마 제동할 수 있었던 것은 아래로 기울어진 하강길이기 때문이다. 크레바스 아가리까진 나로부터 불과 2미터가 채 되지 않아 보인다. 조금만 더 끌려갔으면 나 역시 추락했을 터이다.

"기……기다려!"

나는 겨우 소리친다. 안경이 없으면 내 시력은 0.5 이하로 떨어진다. 영교는 배낭과 옷과 이중화 아이젠을 합쳐 85킬로그램은 될 것이고 나는 장비를 다 합쳐도 75킬로그램 미만이다. 이틀 동안 물 한 모금 마시지 못한 탈진 상태의 내가 85킬로그램 이상의 그를 끌어당긴다는 건 불가능하다. 로프에 의해 늑골이 몇 개 부러진 것 같다. 게다가 산소가 반으로 줄어 가만히 앉아 있어도 숨조차 쉬기 어려운 극한 지대이니 영교의 몸무게를 견디는 것만도 참을 수 없는 고통이 아닐 수 없다. 이 상태로는 30분조차 견디지 못할 게 뻔하다.

"야, 영교야! 하영교!"

"혀엉……"

5밀리미터짜리 로프 50미터를 반으로 접어 서로 연결하고 왔으니까 그는 어림잡아 크레바스 입구로부터 20여 미터 아래에 대롱대롱 매달려 있다는 결론이 나온다. 말소리조차 또렷이 들릴 리 만무하다. 크레바스 중간 벽에 투구처럼 튀어나온 오버행이 있을 수도 있다. 빙하의 각도가 벌어지면서 아래위의 밀도 차이와 압력 등으로 얼음벽이 갈라져서 생기는 크레바스는 매우 역동적이기 때문에 그 벽 또한 균일한 것이 아니다. 영교가 빠진 크레바스가 지그재그 형태의 동혈洞穴일는지도 모른다.

"발 디딜…… 테라스 같은 거…… 없냐?"

나는 혼신의 힘을 다해 소리친다.

"발목…… 발목이…… 부러진 것 같아!"

거대한 빙탑이 무너지는 것 같은 소리가 난다. 환청인가. 나는 이미 감각이 없는 주먹으로 바닥을 친다. 절망이다. 발목이 부러지다니. 발목이 부러졌다는 건 수직의 빙벽을 제 힘으로 기어올라오는 게 불가능하다는 뜻이다. 외피가 이미 많이 벗겨진 5밀리미터짜리 로프도 마음에 걸린다. 돌출된 암벽에 닿아 상하로 끌린다면 로프가 곧 끊어질 수도 있다. 게다가 곧 어둠이 덮쳐오지 않겠는가. 이대로 시간을 끌면 속수무책으로 맞닥뜨릴 것은, 두 사람의 죽음뿐이다.

죽는다? 이대로 죽는다?

죽고 싶었던 날도 아주 많았다고 나는 생각한다. "당신 같은 비극 지향의 남자는 첨 봤어. 자학증 때문에 언젠가 당신, 죽고 말지도 몰라." 신혜의 목소리가 들린다. 삶을 신명나게 하는 원천적 힘이 존재한다고 믿었던 적은 거의 없다. 나는 무엇을 찾아 이 얼어붙은 히말라야로 왔던가. 그러나 살고 싶다. 살고 싶다고, 살아야 한다고, 머리가 아니라 내 온몸의 세포들이 아우성치고 있다. 빅뱅처럼 터져나오는 비명으로서의 욕망이다. 나는 곧 숨을 흐흡, 하고 멈춘다. 형광등의 스타트 전구처럼 깜박이다가 한순간 불이 확 켜지고 만 어떤 결론에 나 자신이 먼저 놀랐기 때문이다.

살려면…… 로프를 끊어야 한다……

하영교

정신 차렷! 나는 소리 없이 소리친다. 크레바스에 추락하면서 돌출된 빙벽에 부딪힐 때 정신을 잃지 않은 게 다행이다. 로프에 대롱대롱 매달린 상태에서 정신마저 놓으면 모든 게 끝장이 아닐 수 없다.

침착해야 돼. 주위를 봐, 영교.

나는 눈을 부릅뜬다. 크레바스 입구에서 내가 매달려 있는 곳까지 대략 20여 미터, 올려다보이는 크레바스 주둥이는 희부옇다. 돌출된 암벽이 보인다. 그 맞은편 하단에도 버섯같이 생긴 머시룸*이 대못처럼 수평으로 박혀 있다. 미끄러져 떨어질 때 내 몸은 돌출 암벽을 쓰다듬고 내려와 저 머시룸에 충돌한 뒤 낙하한 모양이다. 머시룸에 부딪칠 때 발목을 다친 것 같다. 추락을 멈추기 위해 필사적으로 피켈을 휘둘렀던 기억이 난다.

"발 디딜…… 테라스 같은 거…… 없냐?"

형이 소리치는 게 간신히 들린다.

발아래는 그냥 캄캄한 구멍이다. 오싹해진다. 얼마나 깊은 구멍인지 상상이 되지 않는다. 어떤 크레바스는 깊이가 수백 미터에 이른다는 말을 들은 기억이 난다. 일단 헤드랜턴의 불을 켠다. 안정적으로 디디고 설 만한 테라스는 없으나 왼쪽 벽은 울퉁불퉁한 블록으로 형성된 크러스트*로서, 매끄럽게 휘어져내려간

- 머시룸(mushroom): 버섯 모양으로 생긴 눈이나 얼음.
- 크러스트(crust): 눈 표면이 바람이나 태양 광선의 영향으로 단단하게 얼어붙은 상태. 건조한 눈이 강한 바람에 굳어지는 윈드크러스트(wind crust), 태양열에 녹아 습윤화된 다음에 다시 언 선크러스트(sun crust), 비가 온 끝에 얼어붙

오른편 벽보다 붙잡기가 좀 수월해 보인다.

나는 그쪽으로 가려고 시계추처럼 몸을 흔든다.

왼쪽 빙벽까지 어림잡아 2미터쯤 된다. 올라올 때 여러 번 반복 사용해온 것이라 로프의 외피가 군데군데 벗겨졌던 게 마음에 걸린다. 로프가 끊어질 수도 있다. 그래도 일단 벽에 붙어야 한다. 7밀리미터 로프가 내 배낭에 들어 있으니까 벽을 붙잡기만 한다면 배낭 속 로프를 꺼내 5밀리미터 로프에 묶어 형에게 올려보내면 된다. 7밀리미터 로프를 겹으로 확보해준다면 로프가 끊어져 추락하는 불상사는 막을 수 있을 터이다. 나는 좀더 힘주어 몸을 앞으로 밀어낸다. 몸이 4시 방향으로 떠올라 빙벽에 붙을 때 피켈과 아이젠을 동시에 얼음 속으로 박아넣을 생각이다.

지금이야!

감각의 안테나가 가파르게 솟구친다.

빙벽이 순식간에 다가든다. 피켈을 치켜든 손에 힘이 들어간다. 먼저 피켈을, 그리고 이어 아이젠 발톱을, 거의 한순간 짝 맞춰 빙벽에 박아넣어야만 진자운동의 관성을 멈추고 벽에 붙을 수 있다. 스파이더맨처럼 들러붙어야 한다. 그러나 "아앗!" 나는

은 레인크러스트(rain crust)가 있다. 특히 레인크러스트는 아이젠도 박히지 않을 정도로 표면이 몹시 단단하다.

한순간 비명을 지른다. 피켈을 찍고 아이젠 앞발톱을 벽에 박을 때, 발이 홱 하고 돌아가는 느낌과 함께 뼈를 쪼개는 듯한 통증이 느껴졌기 때문이다. 통증은 발목에서 시작되어 전신으로 작열하며 퍼져나간다. 설상가상으로 벽에 깊숙이 박힌 피켈 샤프트에서 손바닥이 쑥 하고 빠진다.

이런, 젠장할!

미칠 것 같다. 피켈은 빙벽에 박았으나 아이젠은 박지 못해서 진자운동의 관성을 이기지 못한 채 피켈을 놓친 몸이 다시 제자리로 돌아오고 만다. 주인을 놓친 피켈이 저 혼자 빙벽에 박혀 있다. 게다가 발목이 부러진 모양이다. 벽에 달라붙으려고 아이젠을 탁 찍을 때 발목이 180도 돌아간 게 확실하다.

"발목…… 발목이…… 부러진 것 같아!"

나는 헐떡거리며 절망적으로 소리친다.

내 목소리가 빙벽에 부딪쳐 우렁우렁 울린다. 형은 대답이 없다. 씨팔, 도대체 뭐하는 거야. 형이 힘으로 나를 끌어올리는 건 불가능하다. 그건 뻔한 결론이다. 살려면 빙벽을 나 스스로 오르는 수밖에 없다. 어떻게 오르겠는가. 발목이 부러졌다면 피켈을 휘두르고 아이젠을 찍으면서 올라가는 빙벽등반의 방법으로 오르는 건 불가능하다. 그래도 놓친 피켈은 기필코 회수해야 한다. 피켈이 없으면 이 크레바스를 탈출한다 해도 하산 자체를 할 수 없기 때문이다.

그때, 머릿속에 반짝 불이 켜진다.

형 몰래 배낭에 넣어온 등강기가 있지 않은가.

그러고 보면 등강기를 배낭에 슬쩍 넣을 때 불길한 예감이 있었는지도 모를 일이다. 나는 간신히 등강기를 꺼내어 일단 로프에 건다. 안정적인 손잡이가 달린 등강기는 로프에 걸면 절대 밑으로 빠져내리지 않게 설계된 장비이다. 위로 밀어올릴 수는 있으나 밑으로 흘러내리진 않는다. 좋아! 등강기 손잡이를 잡으니 사뭇 안정적이다. 이제 다시 시계추처럼 몸을 저어 빙벽에 저 혼자 박혀 있는 피켈을 잡을 차례다. 그런 다음 7밀리미터 로프를 형에게 올려보내 확실히 확보를 받은 다음 등강기를 이용, 올라갈 요량이다. 테이프 슬링으로 프루직 매듭*을 만들면, 부러지지 않은 한쪽 발로도 몸을 밀어올릴 수 있을 터이다.

"형!"

나는 다시 소리친다.

"테라스 없지만, 벽에…… 붙어볼게!"

---

* 프루직 매듭(prusik knot): 수직으로 늘어진 로프에 가는 슬링을 이중, 삼중으로 감은 매듭. 이를 밑으로 잡아당기면 감긴 매듭이 수직 로프에 꽉 물려서 흘러내리지 않고, 힘을 빼면 매듭이 느슨해져서 감긴 슬링을 위아래로 이동시킬 수 있다. 추락시 탈출이나 무거운 짐을 나를 때 사용한다.

"……"

"그리고…… 7밀리 로프…… 올려보낼 거야! 혀엉!"

"발목…… 어……어떤데?"

"몰라!"

나는 물어뜯듯이 외친다.

형이 내 발목에만 신경쓰는 것 같아 야속하다. 혹시…… 하다가, 나는 숨을 막는다. 정상을 넘고 불과 두 시간 만에 만난 추락이다. 피켈을 다시 찾아 올라간다 해도 발목이 부러진 상태로는 가파른 빙벽을 내려갈 수 있을지 의문이다. 무릎으로 기거나 로프를 이용해 전진한다고 해도 그만큼 속도가 더딜 것이다. 며칠이 걸릴지 모른다. 벌써 이틀째 물 한 모금 넘기지 못한 상태가 아닌가. 속도를 낼 수 없다면 둘 다 굶어 죽거나 얼어죽을 가능성이 많다. 경험이 많은 형이 그것을 모를 리 만무하다. 그렇다면, 형은 지금 무슨 생각을 하고 있겠는가.

아, 형의 입장에서 보면…… 로프를 잘라야 한다!

클라이머들에겐 그것이 모럴이라고 하지 않았던가. 이런 상황이 생기면 내가 먼저 로프를 끊을 거라고 말했던 것도 생각난다. 살려줘, 형. 제발…… 로프를 끊지 마. 그런 말이 입속에서 미끄럼을 탄다. 소리는 물론 터져나오지 않는다. 조금만 기다려줘. 어떻게든 올라갈 거고, 어떻게든 내려갈 거야. 여기서 올라갈 때까지만 기다려주면…… 형이 혼자 먼저 떠나도 원망하지 않을게.
울음 밑이 터지려고 한다. 나는 공포에 질려서 등강기 손잡이를
잡은 손에 필사적으로 힘을 주고 몸을 흔든다. 형을 믿을 수 없
다. 일단 벽에 붙어줘야 한다. 뭐라고 외치는 형의 목소리가 들린
다. 무슨 말인지 알 수 없다. 나는 난폭하게 몸을 앞뒤로 민다. 벽
에 박힌 피켈이 다가왔다 멀어졌다 하고 있다. 조금만 더, 라고
소리친다. 피켈이 확 다가들고 나는 순간 손을 힘껏 뻗는다.

　몸이 출렁하는 느낌이 온 게 바로 그 순간이다.

　그넷줄이 끊긴 느낌이다. 잡힐 듯 다가온 피켈 손잡이를 손가
락 끝이 허망하게 스친다. 형이 로프를 잘랐다는 생각이 머리를
친다. "개새끼!" 나는 부르짖는다. 어머니가 떠오르는가. 분통
같이 뽀얀 젊은 어머니의 젖가슴을 본 것도 같고 요람을 밀어주
는 아버지의 손놀림을 본 것도 같다. 따뜻하고 부드러운 명주바
람이 귓가를 스치고 지난다. 어머니 아버지의 발랄한 웃음소리
가 들리고 어린 나를 드높이 무등 태운 형이 어디일까, 라일락꽃
그늘 속을 바람보다 빨리 달리고 있다. 얼음벽에 몸이 부딪친다.
기어코 추락이다.

　그런데도 이상할 정도로 고통이 없다.

　고통스럽기는커녕 양팔을 펴들면 어린 새처럼 부드럽게 허공
으로 떠오를 것만 같다. 이렇게 죽는구나. 희고 투명한, 그러나

눈부시지 않은 어떤 광채를 나는 느끼고 본다. 크레바스의 깊이가 수백 미터에 이를지도 모른다. 까꿍, 까르르르, 하고 어린 나를 어르는 어머니, 영교야, 하고 부르는 아버지의 목소리, 행복했던 시절의 수많은 그림들이 요지경 속처럼 빠르게 흐르고 맴돌고 있다. 어, 엄마…… 어머니 품속으로 달려가는 어린 나의 모습이 보이는 듯하다.

박상민

내가 할 수 있는 것은 견디는 일뿐이다. 해발 6000미터가 넘는 산정 빙하 위의 크레바스 코앞이다. 발목이 부러지다니. 천신만고로 녀석이 크레바스 속을 기어오른다고 해도 한쪽 발목이 부러진 상태로 산을 내려가는 건 거의 불가능한 일이다. 나는 무의식적으로 배낭에서 나이프를 꺼낸다. 나라도 살아 돌아가려면 로프를 끊어야 한다. 선택의 여지가 없다.

영교가 뭐라고 소리치고 있다.

무슨 말인지 알아들을 수가 없다. 나는 계속 숨을 몰아쉰다. 움직일 때마다 가슴이 두 동강이 나는 것처럼 아픈 걸 보면 갈비뼈가 부러진 게 확실한데, 대체 몇 개나 부러졌는지 모르겠다.

안경은 어디 있을까. 팔을 뻗을 수 있는 데까지 뻗어 휘둘러보지만 안경은 손에 잡히지 않는다. 한기 때문에 칼이 손안에 쩍 들러붙는 느낌이다. 칼날을 펴서 로프에 대면 모든 게 끝난다. 이런 상황에서 로프를 끊는 것은 당연한 선택이고 당연한 권리다.

"너희 엄마, 미워하지 마라!"

불현듯 아버지의 목소리가 들린다.

왜 하필 이럴 때 아버지의 목소리가 들리는가. 어머니가 나를 낳은 것은 당신의 나이 불과 열여덟 살 때의 일이다. 트럭 운전사였던 아버지는 대전으로 가는 국도 2차선 도로에서 저물녘 어머니를 처음 만난다. "학생인 모양인데 어디 가는 거야?"라고 아버지는 묻고, "서울 가려고요" 여고 2학년에 가출한 어머니는 대답한다. 아버지는 금산에서 수삼 박스를 가득 싣고 천안으로 가던 중이다. 호출받고 나가 일당 계산받으면서 트럭을 몰던 서른두 살짜리 노총각인 아버지로선 웬 횡재냐 했을 법하다. 아버지는 키가 6척이나 되는 우람한 체구로서 풍찬노숙의 바람 속을 살아왔고, 어머니는 비록 가난한 집에 주정뱅이 아버지를 두긴 했지만 서울조차 한 번도 구경한 적 없는 유순하고 웃음 많은 열일곱 소녀이다. 천안까지 가는 도중 순대국밥도 사먹고 커피도 함께 마셨을 것이다.

"너희 엄마, 풍선껌 좋아하거든."

아버지는 물론 풍선껌도 사준다. 꽈리처럼 풍선껌을 부풀린 천진한 어머니와 사람 좋게 너털웃음을 웃고 있는 아버지의 모습이 선연히 떠오른다. 수삼을 천안에 부리고 곧 감자 자루들이 실린다. 짐이 실리면 짐 가는 대로 가는 것이 뜨내기 트럭 운전 사의 운명이다. 감자 자루는 천안에서 포천으로 가고, 포천에서 실린 과일 상자들은 횡성으로 가고, 횡성에서 실린 철물이 다시 또 평창으로 간다. 그 떠도는 길의 바람 속에서 어머니 젊은 자 궁에 내가 착근着根된다. 길은 길로 이어져 끝없이 흐르니까 어머 니는 어지럼병이 생겨 그 길 밖으로 내리지 못했을지 모른다.

그러나 당신들의 인연은 길지 않다.

대둔산 밑자락 아버지의 고향으로 돌아와 자리잡고 산 지 몇 년. 꽃과 같은 젊은 어머니로선 가난하고 전망이 없었던 아버지 의 삶을 견딜 수 없었을 게 뻔하다. 젊은 어머니는 결국 도망친 다. "처음엔 잡으면 찢어 죽인다 했다만 소용없는 짓이여." 흐르 는 길 끝의 어디쯤에서 당신이 결국 이승을 등지고 떠날 걸 알았 던지, 사고 나기 전날 밤, 도망친 어머니를 두고 술에 취한 아버 지가 한 말이다. "사람 인연이라는 것, 그거 다 스쳐지나가는 것 이여." 어머니를 찾는다면서 차주 몰래 트럭을 몰고 나간 아버지 가 고속도로 가드레일을 받고 전복된 트럭 속에서 눈감은 채 발 견된 게 그다음 날이다. 보내지 않고 붙잡으려다가 더 깊은 상처를 만든다는 걸 아버지는 그래도 죽기 전 깨달았던 모양이다.

어머니를 영교 아버지가 처음 만난 일도 그러하다.

어머니가 대둔산 아래 밥집에서 일하고 있을 때이다. 무슨 조화가 있었던지, 혼자 대둔산을 찾아온 영교의 아버지는 국밥 한 그릇을 먹으려고 밥집에 들렀다가 단번에 어머니에게 이끌린다. 어머니도 그랬을 것이다. 그게 카르마의 매듭이다. 어머니는 곧 단봇짐을 싼다. 영교의 아버지가 어머니에게 반해 세번째 국밥집에 들른 날의 일이다. 아버지의 트럭에서 영교 아버지의 승용차로 옮겨 탄 셈이다. 길은 그렇게 흐른다. 인연의 카르마를 끝내 팽개칠 수는 없다. 니 아버지, 몸냄새가 어찌나 고약한지, 끌어안으면 도망가고 싶은 마음밖에 안 나더라……라고, 어머니가 말한 적이 있다. 젊은 어머니에겐 당연지사 늙은 트럭 운전사가 내는 풍상에 찌든 냄새가 끔찍했음직하다. 하지만 영원히 머무는 인연은 아무것도 없다. 아버지가 말한바, '다 스쳐지나가는 것……'이 인연 아니던가.

뜨거운 것이 울컥 목울대를 타고 넘어온다.

어머니를 원망하진 않는다. 아버지도, 신혜도 그렇다. 유랑의 카르마는 고유한 내 것이다. 그렇다고 죽고 싶다는 것은 아니다. 태생이 그러하니, 길에서 죽도록 운명 지워져 있을는지 모르지만, 지금은 살아 돌아가고 싶다. 살고 싶고 살아 돌아가야 한다.

내가 죽어서 영교를 살릴 수 있는 것도 아니다. 길은 딱 두 가지다. 나 혼자 살아 돌아가는 것과 영교와 함께 이 빙하 위에서 죽는 것. 그렇다면, 로프를 자르는 것을 어머니나 영교의 아버지도 충분히 이해할 것이다. 아무렴. 너 혼자라도 살아야지. 어머니의 말이 환청으로 들린다.

바로 그때, 어떤 불길이 내 안에서 확 솟구친다.

살고 싶다는 것보다 훨씬 더 준열한 또다른 욕망이다. 나는 입술을 피가 배어나오게 깨문다. 생살을 찢고 나오는 듯한 그 욕망은, 강력한 반역의 섬광을 띠고 있다. '다 스쳐지나가는 것'이라는 아버지의 마지막 말에 대한 반역이다. 모든 게 스쳐지나가고 만다면, 나 혼자 살아 돌아가는 것이 과연 무슨 의미가 있단 말인가. 아버지는 비겁했어요! 나는 부르짖는다. 어머니도 비겁했어요! 당신들이 나에게 물려준 그것 때문에 여태껏 나의 삶이 의미 없는 유랑의 길에 놓여 있었다는 자각이 뒤통수를 치고 달려든다. 목숨의 한 조각, 사랑의 한 스푼도 지켜낼 수 없다면, 대체 무엇 때문에 내가 얼음보다 차가운 이 지상에 혼자 남을 것인가. 다 스쳐지나가는 게 아니에요, 아버지! 내 안에서 솟구쳐나오는 불길은 그것이다. 굴복하고 싶지 않다. 지옥으로 함께 갈망정, 붙잡아서, 머물 수 있을 때까지, 상처를 나누어 곪아 썩어문드러질 때까지, 누군가와 함께 있고 싶다. 아버지의 말은 틀렸어요! 나는 부르짖는다. 영교가 죽고 내가 사는 것이야말로 '스쳐 지나가는 것'이며, 비겁하다. 그 선택이야말로 나를 명백히 버리는 짓이다. 나는 부르르르 몸을 떤다.

나는 한순간 팔을 힘껏 휘두른다.

내 손을 떠난 칼이 멀리 빙사면으로 날아간다. 참았던 숨이 한꺼번에 터져나온다. 칼을 멀리 내던졌으니, 로프를 끊으려 해도 이제 끊을 수 없게 된 셈이다. "영교와 함께 살아 돌아갈 거야!" 나는 중얼거린다. 눈앞이 비로소 환해진다. 몸을 옥죄고 있는 오랜 사슬에서 풀려나온 것 같다.

팽팽했던 로프가 헐렁해진 게 그 순간이다.

"영교야!"

나는 반사적으로 소리친다. 칼을 내던진 것과 거의 동시에 공교롭게도 로프가 끊어졌다는 걸 나는 알아차린다. 영교의 비명소리가 들린 것도 같고 들리지 않은 것도 같다. 눈바람이 다시 몰아치기 시작하고 있다. 나는 상반신을 불끈 들어올리고, 미친 듯이 로프를 잡아당긴다. 옆구리 통증조차 느껴지지 않는다.

"영교…… 영교야아……"

아무런 무게감도 없이 로프의 끝이 금방 올라온다.

올이 풀린 실밥들이 매운 눈바람에 밀려 이편을 조롱하듯 휘날리고 있다. 믿을 수 없다. 군데군데 벗겨져 있긴 했지만 이렇게 허망하게 로프가 끊어지다니. 나는 발작하듯이 크레바스 앞으로 기어서 바싹 다가든다. 크레바스 속이 보이지 않는다. 붕하고 바람 소리만이 어두운 크레바스를 울리고 나온다.

"영교야…… 이 씨발놈아아!"

나는 헬멧을 쓴 머리로 빙벽을 마구 두들긴다.

아무리 악을 써도 크레바스 안에선 대답이 없다. 눈물과 콧물이 솟구쳐나온다. 슬픔 때문이 아니라 격렬한 분노 때문이다. 이런 싸가지 없는, 개 같은 경우가 어디 있단 말인가. 나는 분노와 절망의 구덩이에 빠져 한참 동안 움직이지 않는다.

손끝조차 움직일 수 없다.

삶에 대한 열망의 한 끝이 남아서 이곳까지 온 것은 아니다. "자학증 때문에 언젠가 당신, 죽고 말지도 몰라." 신혜의 또랑한 목소리가 이명으로 울리고 있다. 김형주 선배가 없었다면 흐르다가 죽었을 것이 틀림없다. 그러나 단 하나, 김형주 선배를 넘어서고 있어 여기 오지 않았던가. 거기에 더해, 이제 아버지를 넘어서야 한다는 자각과도 만난바, 영교를 구하지 못한다면 살아서 돌아간들 아무 의미가 없다. 죽어야 한다면, 내가 죽어야 옳다. 못다 한 열망으로 가득찬 스물한 살의 영교가 아니라, 의미 없는 유랑으로 이제까지 인생을 낭비해온 내가 죽는 게 백번 천만 번 지당하다.

어느새 땅거미가 내리기 시작하고 있다.

나는 하늘을 본다. 눈발이 아까보다 굵어지고 있는 중이다. 수만 마리 나비떼가 군무를 추며 날고 있는 듯한 강설이다. 눈물과 콧물이 뒤죽박죽되어 얼어붙은 얼굴은 감각이 전혀 없다. 이대로 밤을 맞으면 나 또한 얼어죽을 게 뻔하다. 죽어야지. 나는 생각한다. 하기야 눈 덮인 어느 골짜기에 조용히 누워 잠들기를 바랐던 적이 얼마나 많았던가.

눈꺼풀이 맷돌처럼 무겁다.

나는 빙판 위에 엎드린 그대로 눈을 감는다. 머리숱이 많고 콧날이 곧고 볼이 작약처럼 붉은 누가 어린 내게 간지럼을 태운다. 스무 살을 갓 넘긴 어머니다. 아니 혹 신혜일까. 나는 키득 키득, 몸을 꼬면서 웃는다. 풍진 세상을 뚫고 돌아오는 아버지의 트럭 엔진 소리가 들리는 것도 같다. 어머니의 눈매가 옆으로 쭉하고 찢어진다. 어머니가 아닌지도 모른다. 어머니는 온데간데없고, 그 대신 키가 9척은 되는 다른 누가 다짜고짜 멱살을 잡는다. 누구인지 모르겠다. 예티인가.

나는 소스라치면서 몸을 필사적으로 일으킨다.

여전히 희부연 설원이다. 잠깐 잠이 들었었는지 실신했었는지 모르겠다. 옆구리가 찢어지는 것 같다. 땅거미가 짙어지고 있다. 나는 본능적으로 배낭을 추스른다. 베이스캠프를 지키고 있을 정선배가 불현듯 떠오른다. 그러나 배터리가 방전된 무전기는 먹통이다. 헤드랜턴의 목을 비튼다. 불이 켜지는 순간 반짝 하고 빛나는 것이 있어 더듬었더니 옆 고리가 떨어진 고글과 안경이 잡혀든다. 나는 고글을 배낭 옆 주머니에 넣고 안경을 쓴다. 손가락이 뻣뻣해 뜻대로 되지 않는다. 크레바스 남쪽을 막고 솟은 첨봉들과 그것으로부터 흘러내린 크고 작은 암릉들의 똬리가 어렴풋한 윤곽으로 보인다. 첨봉들과 암릉의 어떤 모서리는 경사가 워낙 다급한데다가 눈조차 붙지 못해 시커멓다. 저런 구조로 밀집된 암릉 지대라면 몸을 구겨넣을 만한 빈틈이 있을지 모른다고, 나는 무의식적으로 생각한다. 어림잡아 100여 미터쯤 떨어진 곳이다.

비틀거리면서 걷는다.

하영교

꿈인지 생시인지 모를 일이다. 살아 있다, 라고 나는 외친다. 나는, 살아 있다. 몸이 움직여진다. 무릎과 다리가 움직일 때마다 참을 수 없을 만큼 아프다. 그러나 그 통증이 오히려 내가 살아 있다는 것을 확신시켜준다.

"형! 혀엉!"

나는 악을 쓰고 불러본다.

아무런 대답 소리도 들려오지 않는다. 혼자 살자고 로프를 끊은 사람이 남아 있을 리가 없다. 이곳은 어디이고 나는 어떻게 살아 있는가. 비로소 헤드랜턴을 돌려 사방을 살펴본다. 꽤 너른 얼음굴이다. 얼마나 오래 정신을 잃고 쓰러져 있었을까. 죽지 않은 것으로 보아, 첫번째 추락으로 매달려 있던 곳에서 이곳 크레바스 바닥까진 깊이가 얼마 되지 않았던 모양이다. 깊었다면, 다시 추락하면서 사지가 부러지고 찢어져 목숨을 구하기는커녕 몸의 형체도 온전했을 리 없다.

피켈을 회수하지 못했었지.

첫번째로 추락해 항아리 속 같은 공간에 매달려 있을 때, 빙벽에 달라붙기 위해 시계추처럼 몸을 흔들다가 빙벽에 꽂힌 피켈을 그만 놓치고 만 일에 생각이 미친다. 나는 헤드랜턴 불빛을 캄캄한 빙벽 상단으로 이리저리 비춰본다. 있다. 왼쪽 빙벽에서 번쩍하고 랜턴 불빛을 튕겨내는 저것은 틀림없이 피켈이다. 어림잡아 4, 5미터쯤 돼 보인다. 그렇다면 로프가 끊어져 내가 추락한 거리는 겨우 3미터 정도에 불과하다. 아니, 들쭉날쭉하지만 거의 수직 벽이니 밑에서 랜턴 불빛에 의지해 거리를 측정하는 건 무리한 일일지 모른다. 어쨌든 피켈을 회수하는 건 불가능하다.

밤이 됐는지 크레바스 입구는 캄캄하다.

나는 헤드랜턴을 꺼본다. 사방 어디에도 빛이 없다. 포악스러운 어둠이다. 다시 헤드랜턴의 목을 비튼다. 비로소 울음 밑이 속수무책 터져나온다. 곧 죽겠지. 나는 생각한다. 추락해서 죽는 게 아니라 냉동되어 죽는다. 얼음으로 둘러싸인 항아리의 맨 밑바닥에 추락해 있는데다가, 희끗희끗 분설까지 흩날리는 걸 보면 크레바스 바깥엔 눈이 내리고 있는 게 확실하다. 눈물까지 볼을 타고 흘러내리다가 금방 얼어붙을 정도의 강추위다. 게다가 피켈을 하나 잃었으며 한쪽 무릎과 한쪽 발목도 성하지 않다. 형은 이미 떠났을 것이다. 어떻게 하든 이 얼음 항아리 바닥을 탈출하는 건 불가능하다는 걸 나는 새삼 깨닫는다.

얼마나 살 수 있을까. 한 시간? 30분?

나의 시신은 아주 오래 썩지 않겠지. 빙하층이 역동적으로 움직인다고 해도, 수십수백 미터 두께를 이룬 나의 얼음 무덤이 빙점을 넘어서는 저 아래까지 흘러가려면 최소한 100년, 또는 수백 년이 걸릴지 모른다. 먼 훗날, 어떤 낯선 클라이머가 촐라체

발치에서 빙하에 묻혀 떠내려온 내 시신을 발견하고 놀라는 삽화가 환영처럼 떠오르다가 꺼진다. 사람들은 내 배낭을 뒤져볼 것이다. 썩지 않은 머리칼을 잘라볼지도 모르고, 입고 있는 윈드재킷이나 내복의 상표를 추적해볼 수도 있다. 그러나, 신분이 밝혀진다고 해도 100여 년 후에 누가 있어 나의 시신을 인수해 갈 것인가.

그때, 누가 떠오른다.

형의 얼굴이다. 산에선, 내가 위험하면 로프에 친구가 매달려 있어도 그 줄을 끊어, 라고 그가 말하고 있다. 남미 안데스 어느 산을 등반하다가 추락한 친구가 매달린 로프를 자른 어느 산악인의 이야기를 한 것 같다. 내가 추락하면 형도 로프를 끊겠네, 라고 내가 묻고, 아마도……라며, 모호하게 말끝을 흐리던 형이다. 모호한 것은 말뿐이다. 자신이 살기 위해 내가 매달린 로프를 자르고 있는 형의 칼끝은 전혀 모호하지 않다. 로프에 닿고 있는 칼날의 섬광이 눈을 찌르고 달려들어온다.

나는 상반신을 곧추세우고 앉는다.

그가 살아 있는 동안에 나의 주검을 그에게 보여주고 싶다. 100년 후라니, 말도 되지 않는다. 죽어도, 그가 죽기 전 나는 그에게 돌아가야 한다. 죽지 마. 오래 살아, 형. 내 주검을 볼 때까지 살아 있다면 형을 용서할지도 몰라. 나는 중얼거린다. 사면이 캄캄한 얼음벽인데 가슴속에선 불길이 솟구치고 있다. 살고 싶은, 그런 불길이 아니다. 나를 죽음의 크레바스에 버리고 떠난 형은 얼마나 더 살까. 30년? 50년? 그래, 평균수명을 어림잡아 80여 세로 보면 형은 앞으로 50년 남짓 더 살겠지. 50년 안에 주검이 돼서라도 살아 있는 그에게 돌아가야 해. 내 주검을 확인한 형이 어떤 표정을 지을지 죽어서일망정 꼭 보고 싶다.

몸이 저절로 미끄러진다.

나는 잃어버린 피켈 대신 아이스바일 피크로 미끄러지는 방향의 반대편 바닥을 찍는다. 아이스바일은 헤드가 망치처럼 되어 있을 뿐 피켈과 구조가 같다. 크레바스 바닥이 경사면을 이루고 있다는 사실을 그제야 깨닫는다. 생각을 해, 생각을. 나는 내 머리를 쥐어박는다. 죽는 건 확실한 결론이지만, 앉아서 죽을 것인지 움직이다가 죽을 것인지도 결정해야 한다. 크레바스 바닥이 이처럼 경사를 이루고 있다면 아이스바일 하나만으로도 한참 동안 미끄럼 타듯 흘러내려가는 건 가능할 터이다. 흘러내려간 끝에 외부로 뚫린 얼음벽이 기다리고 있을 수도 있다. 300미터, 500미터, 운이 좋아 1000미터의 빙벽이 크레바스 밑구멍과 이어져 있다면 나는 단번에 1000미터를 낙하할 것이다. 까마득히 낙하하는 내 모습이 눈앞을 스친다. 만약 그렇다면, 그만큼 살아 있는 형에게 가까이 가는 것이 된다. 나는 아이스바일을 뽑아든다.

갑자기 머릿속에 확, 불이 들어온 게 그때다.

경사를 따라 밑으로 미끄러져갈 일이 아니다. 가로지른 크레바스를 넘기 위해서 앞선 형이 종縱으로 크레바스를 좇아 남쪽 첨봉 밑까지 우회했던 일이 생각난다. 사고가 일어난 것은, 크레바스가 첨봉의 아랫단과 만나 갑자기 좁아져 크레셴도(crescendo, ◁═══)처럼 봉합된 지점을 형이 우회하고 나서, 뒤를 좇아가는 나와 비스듬히 마주보고 걷다가 수평을 이룬 순간이다. 그렇다면, 바닥으로 재추락할 때 경사를 따라 미끄러졌다고 해도, 크레바스가 첨봉의 밑뿌리에 막혀 봉합된 곳, 크레셴도의 꼭짓점까지는 대략 10여 미터 이내라는 계산이 나온다. 첨봉쪽으로 바닥이 들려 있는 걸 보건대, 크레바스 봉합 지점에선 의외로 빙벽이 그리 깊지 않을 수 있다.

나는 잠시 숨을 가다듬고 호흡을 고른다.

상상에 따른 크레바스 구조의 도면이 눈앞에 펼쳐져 있다. 30도가 채 되지 않는 바닥의 사면은 아이스바일 한 개와 한쪽 무릎으로도 전진할 수 있을 것 같다. 추락 깊이를 25미터쯤으로 볼 때 30도 경사의 사면을 10여 미터 기어오른 뒤 만날 빙벽 깊이는 대략 얼마쯤 될까. 아니, 크레바스 바닥의 경사도가 계속 30도쯤을 유지한다고 장담할 수 없으니, 이런 계산은 쓸데없는 짓이다.

일단 크레바스가 봉합된 부분까지 기어올라가보는 수밖에 없다. 크레바스 끝까지 가서 오를 수 없는 벽이면 그때 뒤돌아서 죽음의 미끄럼을 타도 늦지 않다.

형을 죽이고 죽는다면 더 좋겠지요, 엄마.

환영으로 스치고 지나는 어머니에게 나는 말한다. 아이스바일 피크를 사면의 상단에 힘껏 찍는다. 오른쪽 무릎과 발목은 이미 내 것이 아니다. 움직일 때마다 끊어지는 듯한 통증이 오고, 통증이 느껴질 때마다 나는 참지 않고 아아악, 비명을 지른다. 나의 비명소리가 나에게 오히려 살아 있다는 사실을 확인시켜준다. 두 손으로 아이스바일을 잡고 끌어당기면서 왼쪽 무릎으로 밀어올리는 방법이다. 자벌레가 기어가는 방식이다. 분설과 얼음이 뒤섞여 사면이 울퉁불퉁한 게 그나마 도움이 된다. 그 대신 경사면에 닿는 무릎과 앞가슴은 매번 떨어져나가는 것 같다.

"아악…… 씨팔, 좆같이…… 아악!"

정적이 무서워, 나는 나오는 대로 소리지른다.

단 한 번도 사람의 발길이 닿지 않은 빙하의 캄캄한 얼음굴 속이다. 나의 비명소리가 내 귓구멍을 울릴 때마다 그 소리가 반갑고 고마워서 자꾸 울음 밑이 터지려고 한다. 죽어도 크레바스를 벗어난 후 죽는다면 나의 주검은 그만큼 쉽게 발견될 게 확실하다. 크레바스 아가리에서 소용돌이치는 바람 소리가 들린다. 손

가락이 얼어서 굽혀지지가 않는다. 한 걸음을 기어오르고, 한참
씩 사타구니에 손을 넣는다.

"형을…… 죽일 거야!"

멈춰 있을 때도 소리내어 말하기를 멈추지 않는다.

"어……어떻게 죽여줄까, 형. 빙벽에서 밀어뜨려? 피켈 피크
로 목젖을 찍는 건 어때? 아, 아냐, 형. 형은 로프를 끊을 수밖에
없었겠지. 이해할 수 있어. 나는…… 좆도 아닌 인간이야. 죽어
도…… 죽어도 싸. 이미…… 우리…… 이런 경우, 누가 됐든 로
프를 끊자고 내가 먼저 제안했었는걸. 이해해. 그, 그렇지만……
그렇지만 형이 정말 로프를…… 끊을 줄은 몰랐어…… 그러니
기다려. 내려가다가 혼자, 제발 혼자 죽지 마. 나하고 함께 죽어
야 해. 나 안 보는 데서 형 혼자 죽어버리면…… 죽일 거야, 진짜
로……"

이윽고 크레바스가 한 사람 지날 만큼 좁아진다.

더이상 갈 데가 없다. 나는 크레바스가 봉합된 부분을 자세히
보려고 헤드랜턴을 매단 머리를 들어올린다. 꼭대기는 눈으로
덮여 있다. 스노브리지다. 4, 5미터쯤 될까. 상상했던 것보다 훨
씬 가깝다. 환희가 터져나온다. 그러나 아, 피켈이 없다. 피켈만
있다면 비록 발목이 부러졌다고 하더라도 이만한 높이쯤 어떡하
든 올라갈 것 같은데 피켈이 없으니 절망적이다. 피켈이 없고서

어떻게 단 1미터라도 빙벽을 오른단 말인가. 게다가 밤이고 몸은 완전 탈진 상태이다. 얼마나 시간이 지났는지도 알 수 없다.

나는 절망하여 고개를 떨군다.

그 순간, 고갯짓에 따라 헤드랜턴 불빛이 쓱 바닥으로 내려올 때, 나는 온몸의 세포가 곤두서는 것 같은 난폭한 공포와 만난다. 얼음벽 하단 바닥에 사람인지 예티인지, 누가 앉아 있는 것 같은 형상을 보았기 때문이다. 헛것을 본 것일까. 나는 고개를 세차게 흔들고 불빛을 조준한다. 분설이 여기저기 덮여 있지만 분명히 사람이 앉아 있는 듯한 형상이니 놀랍다. 숨이 턱 막힌다. 잠든 예티라면 차라리 좋겠다고 나는 생각한다. 어차피 코앞에서 죽음이 다가오고 있는데 무엇을 만난들 내가 왜 무서워 떨어야 한단 말인가. 나는 좀더 다가가 그것을 뚫어져라 본다.

놀랍게도, 그것은 사람이다.

나는 흠칫 하다가 떨리는 손으로 죽은 자의 어깨에 쌓인 분설을 털어낸다. 반가부좌 자세로 빙벽에 기대앉은 자세인데, 오래전에 죽은 듯, 하반신의 일부는 단단한 얼음에 박혀 있다. 귀와 눈썹과 볼과 입술의 요철 부분에 덮인 눈을 꼼꼼히 닦는다. 뜻밖에 동양인의 모습이다. 크레바스 주둥이가 스노브리지를 이루고 있어 눈도 많이 쌓여 있지 않다. 우모복이 어깨에 걸쳐져 있는 것도 또렷이 보인다. 크레바스에 추락한 그도 나처럼 여기까지 크레바스 바닥을 기어온 뒤, 탈진해 죽음을 맞이한 모양이다. 마지막으로, 배낭에서 우모복을 꺼냈다가 팔에 꿰어넣을 힘이 없으니까 어깨에 그냥 걸친 것 같다.

혹시 한국 사람?

형이 말해준 한국 산악인의 촐라체 원정 기록은 대구·경북 학생산악연맹의 2002년 1월의 기록뿐이다. 남서쪽 루트를 따라 정상을 정복한 그들이 사고를 만났다는 얘기는 들은 바가 없다. 그렇다면, 그는 일본인이거나 중국인일 가능성이 많다. 죽음의 길에서 만난 자가 피부색이 같은 동양인이라는 게 묘한 안도감을 준다. 피부가 변색했지만 눈만 뜨면 한숨 잘 잤다는 표정으로 금방이라도 눈과 얼음을 털고 일어날 것만 같은 표정이다. 신기할 만큼 편안하고 또 아름다워 보인다.

그의 무릎 위에 올려진 피켈이 비로소 눈에 띈다.

목젖이 다시 뜨거워진다. 피켈이다. 살길을 찾은 느낌이 든다. 나는 떨리는 손으로 죽은 자의 피켈을 잡는다. 여러 보고에 따르면 추락하는 자들의 대부분은 고통을 느끼지 않는다. 떨어지면서 암벽에 부딪쳐 다리가 부러지거나 머리통이 깨질 때에도 육체적인 고통을 느끼지 못한다는 것이다. 고통은커녕 오히려 황홀감을 느꼈다는 보고도 있다. 내가 추락할 때도 고통은 느끼지 못했던 것 같다. 지나온 기억의 편린들이 한순간 수없이 스쳐지났을 뿐이다. 얼어붙은 피켈은 그의 무릎에서 쉽게 떨어지지 않는다.

"부탁이에요. 아……저씨……"

나는 쉰 목소리로 잠든 그에게 말한다.

살아 돌아가면 더이상 시간을 낭비하지 않고…… 내 인생을 찾아 살게요……라고도 말하고 싶은데, 울음이 솟아나와 말이 뱉어지지 않는다. 죽은 그는 고요한 꽃길을 걷고 있는 듯한 표정인데 나는 자꾸 눈물이 난다. 아이스바일로 여러 번 얼음을 파내고 나서야 피켈이 죽은 자의 무릎에서 떨어져나온다.

"고맙습니다……"

나는 울면서 그에게 머리를 숙인다. 몸은 사실 손끝 하나 움직일 힘이 남아 있지 않다. 크레바스 밖으로 나가기보다 죽은 자의 곁에 앉아서 죽음을 맞이하고 싶기도 하다.

잠들면 고통 없이 죽음에 이르겠지.

길동무도 얻었으니 외롭지도 않을 거라고 생각해본다. 형의 모습이 뒤통수를 치고 떠오른다. 어두워졌으니 형은 얼마 가지 못했을 게 틀림없다. "죽어도…… 당신 보는 데서…… 죽을 테야!" 나는 중얼거린다. 형의 얼굴을 살아서 잠시라도 보고 싶다.

앞에 앉은 피켈의 주인이 빙그레 하고 웃으며 머리를 끄덕여주는 것 같다. 나는 다시 비명을 지르면서 간신히 몸을 일으킨다. 빙벽 상단에 얼음 선반 같은 것이 하나 얹혀 있다. 그것을 피하려면 비스듬히 올라가야 한다. 다행히 튀어나온 블록이 많은 빙벽이라 아이젠 발톱들에 조금만 의지해도 몸을 지탱하기 쉬울 듯하다.

나는 피켈을 빙벽에 박는다.

"할 수 있어!"

나는 소리친다. 피켈에 의지해 블록과 블록 사이를 뛰어오르는 자세이다. 부러진 다리의 아이젠이 빙벽에 끌릴 때마다 절로 비명이 터져나온다. 어머니와 아버지의 얼굴도 보인다. "당신들처럼 죽지 않을 거야. 두고봐." 눈으로 올려다보기에 5미터쯤 돼 보이지만 사실은 그보다 더 높은지 낮은지 알 수 없다. 피켈과 아이스바일을 잡은 팔뚝의 힘이 관건이다. 마치 꿈의 한가운데를 슬로비디오로 관통하는 듯하다. 남은 아이스스크루가 있으나 확보를 해야 한다는 생각조차 하지 못한다. 다시 미끄러져 추락한다면, 그것으로 끝이다.

그러나, 보아라, 나는 아직 살아 있다!

동물 같은 감각으로 오로지 찍고, 찍고, 또 찍는다. "네가 산에 대해 뭘 알아! 너는 애송이에 불과해!" 형의 말이 고막을 쾅 쾅 울린다. 너무 고통스러워 피켈 움켜쥔 손을 차라리 놔버리고 싶어질 때마다 들리는 형의 목소리다. "씨팔, 좆같아!" 나는 형의 미간에 대고 피켈을 탁 박는다. 살아서 당신을 보고 싶다. 로프를 자를 때, 내 목숨을 자를 때, 어떤 생각이 머리를 스쳤느냐고 물어봐야 한다. 바람 소리도 들리지 않는다. 불과 몇 미터에 불과한 벽이 천당과 지옥처럼 멀다. 세계는 완전히 지워지고 없다. 오직 얼음에 박힌 피켈 피크가 헤드랜턴 불빛을 반사시키는 게 보일 뿐이다. 그것이 세계의 전부이다.

박상민

저것이 무엇이지?

설사면의 남쪽, 그러니까 영교가 빠진 크레바스가 있으리라 짐작되는 한 지점에서 홀연히 불빛 하나가 반짝 빛난다. 마치 얼어붙은 빙사면의 어느 구멍으로부터 발광체가 툭 하고 솟아올라온 느낌이다. 헛것을 보는 거야. 아니 꿈인지도 몰라. 나는 중얼거리면서 눈을 꿈적거려본다. 깜박깜박 졸면서, 그사이로 온갖 악몽을 꾸어왔기 때문에, 솟아난 불빛 또한 다른 악몽이 시작되는 하나의 신호인지 모른다고 나는 생각한다. 영교의 아버지나

170

어머니의 혼백일 수도 있다. 동생을 버린 형이라면서 나를 단죄하기 위해 오는 것인지도 모른다. 그래요. 내 잘못이에요. 날 죽여서 영교가 떠난 저승길의 길동무가 되게 하세요.

솟아나온 불빛은 한참 동안 움직이지 않는다.

눈은 그쳤으나 어둡기 때문에 빙사면은 잘 보이지 않는다. 오직 그 불빛만 보일 뿐이다. 그러지 말고, 날 차라리 빨리 데려가세요. 불빛의 주인이 영교 아버지의 혼백이든, 추락사한 영교가 보낸 저승사자든, 무섭진 않다. 침낭을 뒤집어쓴 채 바싹 웅크리고 앉은 이곳은 영교를 얼음 구덩이에 묻은 크레바스에서 불과 7, 80미터 떨어진 암벽과 암벽 사이의 비좁은 틈새이다. 헛것을 보는 모양이다.

나는 눈을 감는다.

기다렸다는 듯 검은 구멍이 나를 끌어당긴다. 나의 추락은 끝이 없다. 뛰쳐나온 블록에 부딪쳐 팔이 떨어져나가고, 다리가 찢어져나가고, 목이 부러져나가는 꿈을 꾼다. 나는 소스라쳐 또다시 눈을 뜬다. 그런데 불빛이 여전히 거기 있다. 이번에는 조금씩 이쪽으로 움직여오는 느낌이다. 헛것치고는 너무도 생생한 불빛이다. 나는 상반신을 간신히 들어올린다. 잠시 움직이는 듯했던 불빛이 다시 멈춘다. 이번에 멈춘 불빛은 정확히 내가 있는 방향을 조준하고 있다. 나는 황급히 침낭의 배를 가르고 나와 머리를 벽에 짓찧고 또 불빛을 본다. 여전하다. 헛것이 아니라면, 홀연히 빙사면 바닥에서 솟아오른 저 불빛은 대체 무엇이란 말인가.

혹시, 혹시 영교?

아, 하는 비명이 그제야 솟구쳐나온다. 본능적으로 몸을 일으킨다. 설령 헛것이라고 해도 저것이 영교의 혼백이라면 쫓아가야 한다고 생각한다. 나는 용수철처럼 어두운 빙사면으로 뛰쳐나간다. 15도 정도 되는 빙사면 위엔 분설이 살짝 덮여 있다. 열 걸음이나 걸었을까, 발이 미끄러지는 바람에 앞이마로 빙사면을 찧고 난 몸이 주르륵 뒤로 흐르고 만다. 뜨거운 것이 이마에서 흘러내리다가 뚝, 떨어진다. 피다. 불빛은 꼼짝하지 않고 있다.

"영, 영교야!"

소리가 제대로 터지지 않는다.

넘어지고 일어나고, 또 넘어진다. 불빛은 또렷하다. 그래도 나는 피켈을 든 채 필사적으로 불빛을 향해 앞으로 나아간다. "영교야! 영교, 영교야!" 비로소 소리가 터져나온다. 불꽃 같은 것이 와락 목젖을 넘어온다. 오, 하느님! 빙사면에 쓰러져 혼절해 있는 사람은 영교가 틀림없다. 나는 영교를, 영교의 헤드랜턴을 와락 부둥켜안는다. 어떻게 이런 기적이 가능하단 말인가. "영교야! 눈떠, 영교야!" 소리쳐 부르자 살아 있다는 걸 증명이라도 하려는 듯 영교가 잠깐 눈을 뜬다.

"씨팔, 되게…… 시끄럽네! 당신…… 죽이러 왔어!"

그가 잠시 몸부림친다.

"죽여, 이 새꺄! 날 크레바스에 처넣어! 너 살아왔으니……
그, 그래도…… 상관없어! 그러니까 정신 좀 차려봐, 이 새꺄!"

"……"

나는 소리치고 또 소리친다. 백번인들 못 죽겠는가. 나는 온힘
을 다해 품 안으로 그를 당겨 안는다. 그가 당장 나를 크레바스
로 밀어 처넣는다고 해도 상관없다. 목이 메어 말이 나오지 않는
다. 빙사면은 바람 한 점 없이 고요하다.

영교의 콧구멍에서 풀무질 소리가 쌔액쌔액 난다. 눈꺼풀이
저절로 닫히는지 한두 차례 눈을 감았다 떴다 하더니 그대로 또
다시 혼절한 상태가 된다. 나는 혼신의 힘을 다해 영교의 등 밑
에 매트를 비벼 넣는다. 아니 비벼 넣다 말고 멈칫 한다. 발이 이
상하다. 발목이 부러진 것 같다고 소리치던 영교가 생각난다. 오
른쪽 발이다. 위로 솟아 있어야 할 발끝이 반대쪽으로 홱 돌아가
있다. 나도 모르게 비명이 터져나오려는 내 입을 막는다. 이런
상태로 어떻게 크레바스를 기어나왔는지 알 수 없다.

일단 발을 돌려 뼈를 제자리에 맞추어야 한다.

그러나 어떻게 할 것인가. 뼈를 돌려 맞춘다고 해도 그렇다. 고정시킬 부목도 없고 묶을 압박붕대도 없다. 부목이라도 대고 묶지 않으면 아이스폴* 지대를 단 한 걸음도 나가지 못할 게 뻔하다. 기어갈 수도 없다. 최소한 부목이라도 대고 묶어 고정시켜야 한다. 아니다. 설령 부목을 대고 묶는다고 이 몸으로 빙사면이나 얼어붙은 벼랑을 어떻게 내려가겠는가. 기어서 내려간다 하더라도 시간이 많이 걸린다. 벌써 이틀이나 물 한 모금 먹지 못했고, 체력은 이미 바닥이다. 그러나, 나는 다음 순간 고개를 세차게 젓는다.

아니야! 우린, 살 수 있어. 살아야 돼!

아니, 살지 못한다고 하더라도 상관없다. 설사면의 어느 한 귀퉁이에서 탈진한 채 오도 가도 못하고 얼어죽어가더라도 이제 우리, 함께 있지 않는가. 함께 죽을 수만 있다면 살아서 짊어져온 허망한 유랑을 끝낼 수 있다고 나는 생각한다. 최소한 아버지처럼 죽는 것은 아니다. 바람 속을 흐르다 죽은 아버지의 얼굴이 두서없이 떠오르고, 어머니의 얼굴도 떠오른다. "당신, 그 자학증 때문에 결국 죽고 말걸." 신혜의 말소리도 들린다. 차

---

* 아이스폴(ice fall): 급경사 빙하 지대의 크레바스 밀집 지대로 빙폭이라고도 한다. 크레바스가 종횡으로 치닫고 세락이 난립해 있어 루트가 미로처럼 얽히기 쉽다.

랑고가 생각난 건 그 환청 때문이다. "그래. 차랑고!" 나는 부르
짖는다.

나는 차랑고를 꺼내놓고 피켈을 잡는다.

헤드랜턴 불빛을 튕겨내고 있는 차랑고 열 개의 현들이 금방
이라도 차랑, 차랑, 청량한 목소리로 울 것 같다. 차랑고를 배낭
에 넣을 때, 촐라체 정상의 만년설 어느 한구석에 그것을 아예
묻어버리자고, 찰나적으로 생각했던 것도 사실이다. 음악대학
학생이던 신혜의 눈빛이 또렷하다. 차랑고의 고음과 같이 빛나
던 눈빛이다. "당신 처음 만났던 그 인수봉 아래, 햇빛이 참 좋았
었는데……" 신혜는 말하고 있다.

나는 피켈로 먼저 현들을 끊는다.

내 서슬에 굴복해 줄이 끊어질 때마다 핑그르르 하고 차랑고
가 낮고 날카로운 신음 소리를 낸다. 신혜의 비명소리처럼 들
린다. 먼저 다섯 가닥의 줄을 끊고 한참이나 심호흡을 하고 나
서 나머지 다섯 가닥의 줄을 끊는다. 인연의 줄을 끊어내는 것보
다 차랑고의 줄을 끊어내는 것이 너무 쉬워서 화가 난다. "날 버
려!" 이혼 수속을 끝내고 나오던 법원 앞 돌층계에서 신혜가 하
던 말이 기억난다. "버리고 비워야, 당신 가슴에 새 물이 들어차
지." 그녀의 가슴속엔 지금쯤 새 물이 차오르고 있을까.

이윽고 마지막 줄이 무참히 끊어진다.

영교가 앓는 소리를 내고 있다. 다음 순서는 울림통인 아르마 딜로 가죽을 차랑고의 몸통으로부터 떼어내는 일이다. 아르마딜로라는 동물을 본 적은 없지만 뽀송한 털의 질감으로 보아 귀엽고 단단하고 민첩할 것 같다. 신혜처럼. 나는 그것 역시 그녀를 내게서 떼어내는 듯 단호히 몸통으로부터 떼어낸다. 한 뼘쯤 되는 목재 지지대를 두 조각으로 가르는 게 마지막 작업이다. 나이프가 있었으면 좋았을 테지만 영교가 추락했을 때 나이프를 내던지고 말았으니, 피켈 피크에 의존할 수밖에 없다. 다행히 목재 지지대가 단 한 번의 가격으로 짝 하고 소리내며 갈라진다.

"오케이! 고맙다, 나의 차랑고야!"

나는 갈라진 목재를 쓰다듬으며 중얼거린다.

부목으로서 제법 구실을 할 법하다. 내 젊은 날의 표상이자 돌이킬 수 없는 사랑의 부표浮漂를 조각내 영교를 살릴 수만 있다면 차랑고야말로 제 몫을 한 거라고 생각한다. 배낭에서 테이프 슬링을 꺼내고 나니 준비가 비로소 끝난다. 이제 영교의 발목을 제자리로 돌려놓을 순서다. 고통이 극심할 것이다. 순간적이지만 너무 심한 고통 때문에 발작할지 몰라 영교의 상반신을 테이프 슬링으로 엉성하게 묶어놓고 침낭을 씌운 다음 무릎 꿇고 앉아 두 손으로 발을 잡는다. 가급적 단번에, 발을 제 방향으로 돌려놓는 게 좋다.

"잠깐! 아플 거야. 참아!"

듣거나 말거나 소리내어 영교에게 말을 건 순간, 발을 홱 돌린다. 영교가 상반신을 벌떡 일으키며 비명을 지른다. 손을 묶어놓지 않았다면 피켈을 집어들고 내 면상을 후려쳤을지도 모른다. 나는 부러져 돌아간 뼈를 맞추는 것이라고, 이렇게 해야 기어서라도 갈 수 있다고, 악을 쓴다.

"날…… 죽이려면…… 곱게 죽여……"

"됐다. 발이 제자리로 왔어. 이제, 부목을 대고 묶으면 돼!"

"씨팔, 부, 부목이 어디 있다고……"

"니 형수가 보냈어, 부목!"

웃어야겠다고 생각하지만 웃음소리는 나오지 않는다. 둘로 쪼갠 차랑고 목재 지지대를 발목 양쪽에 대고 테이프 슬링으로 칭칭 감아 묶는다. 생각했던 것보다 훌륭하다. 비로소 아이젠을 벗기고 우모복을 입힌 다음 비박색 속으로 그를 집어넣는다.

"좆만이기타야? 내, 내…… 발목에 댄 게?"

"어차피…… 버릴 작정이었다."

"거짓말! 로프를 자를 땐 언제고, 이게 무, 무슨…… 개수작이야?"

"로프를 잘라?"

"안 잘랐어, 그럼?"

"네놈이라면 잘랐을 테지. 못 믿으면 낼 아침, 로프 잘린 데, 잘 봐. 칼로 자른 거하고, 저절로 끊어진 거하고 다를 테니까. 너 죽은 줄 알고…… 나도…… 죽고 싶었어. 암튼, 놀랍구나, 크레바스 구멍에서 기어나오다니."

"형을…… 죽이려고 오……올라왔어……"

체력이 다해 피차 말하는 게 너무도 고통스럽다.

암릉 사이의 비좁은 틈새라서 영교가 다리를 뻗고 있으니까 나는 발 뻗을 데가 없다. 그래도 한덩어리가 된 게 정말 좋다. 침낭의 지퍼를 올리고 영교와 포개지다시피 하고 눕자 눈꺼풀이 속수무책으로 내려온다. 영교와 포개져 있으니 훨씬 따뜻한 느낌이다. 녀석의 입에선 벌써 풀무질 소리가 나고 있다. 만년빙하층에서의 잠은 환상과 현실의 경계가 전혀 없다. 어디가 수면 속이고 어디가 수면 밖인지 구별되지 않는 어둠 속 터널이다.

꿈속에서, 영교는 계속 돌아오지 않는다.

천 길 크레바스 벼랑으로 추락하는 영교의 모습이 보인다. 아니, 처음엔 영교라고 생각했는데 곧 신혜가 되고, 신혜라고 생각하자마자 차랑고가 된다. 차랑, 차랑, 차랑 하면서, 신혜의 차랑고가 어두운 크레바스 구멍 속으로 떨어져내리고 있다. "형을…… 죽이려고 오……올라왔어……" 영교의 말소리가 아

득히 들린다. 그 역시 꿈속의 목소리인지 현실의 목소리인지 구
분되지 않는다. 영교는 내 꿈에서 아직도 크레바스 구멍 속에
있다.

다섯째 날

하영교

못 믿으면 낼 아침, 로프 잘린 데, 잘 봐……라던, 형의 말이 어렴풋이 생각난다. 혼절해 있었는지 잠을 자고 있었는지 확실하지 않다. 어둠 속 빙벽을 기어오르던 일, 크레바스에서 빠져나오고 나선 탈진하여 빙사면에 쓰러져 있던 일, 형이 내 몸을 이 암릉 틈새로 질질 끌고 오던 일이 생각난다. 차랑고를 부수어 발에 부목으로 대주었던 일은 흐릿하다.

어떻게 된 것일까.

형은 내 허리짬에 쪼그려앉은 채 자고 있다. 영하 20도가 훨씬 넘는 추위인데다가 체력을 거의 소진했으니까 형도 어쩌면 잠을 자는 게 아니라 실신해 있는지도 모른다. 나는 배낭에 아무렇게나 구겨넣었던 5밀리미터짜리 로프를 꺼내 잘린 단면을 본다. 올이 모조리 풀려 있다. 확실한 것은 아니지만 닳아서 풀린 올의 끝에 칼로 자른 듯한 생경한 단면은 보이지 않는다. 더구나 형은, 스스로 자르고 한사코 발뺌을 할 만한 사람은 아니다. 로프의 외피가 벗겨져 있었으니 크레바스 건너편 벽에 붙으려고 몸을 흔들 때 얼음층과의 마찰로 로프가 끊어진 게 틀림없다.

"어, 눈떴네, 애가……"

형이 상반신을 일으키고 비박색 지퍼를 연다.

새벽이다. 간밤의 모든 일은 꿈이었다는 듯 하늘엔 구름 한 점 없다. 형의 머리 뒤로 불그스름하게 물들기 시작한 푸모리 봉이 보인다. 고요하고 정결하다.

"어디, 발 좀 보자."

형의 목소리는 심하게 갈라져 나온다. 온몸에 찌르르 하고 전류가 지나가는 것 같은 느낌이 든 것과 상반신을 내 쪽으로 기울여 온 형의 목을 잡아챈 것은 거의 동시에 벌어진 일이다. 어, 디, 발, 좀, 보, 자……가 한 음절씩 흩어져 계속 머릿속을 울린다. 한국 말이다. 그놈의 한국말 때문이라고, 나는 생각한다. 한국말이…… 형이 살아 있고, 내가 살아 있다는 것을 생생히 느끼게 해준다.

"죽여……버릴 거야……"

깡마른 형의 상반신이 무방비로 내 팔 안에 잡혀들어온다.

나 스스로도 예상하지 않은 뜻밖의 행동이다. 맹렬히 솟아나오는 불길이 형을 향한 것인지, 촐라체를 향한 것인지, 이 불모의 빙하까지 나를 내쫓은 다른 무엇을 향한 것인지 알 수 없다. 분노의 불길이 아닐지도 모른다. 나는 정말 살아 있는가. 살아서 형을 만나 우리말로 이야기를 나누는 지금의 이 모든 상황이 도무지 믿기지 않는다.

"형, 형을…… 죽……이고…… 싶……어……"

형은 저항 없이 목을 조를 기세의 나를 본다.

튕겨져나올 듯한 충혈된 눈이다. 나의 시선이 형의 눈을 찌르고 들어가고 형의 시선이 나의 눈을 찢으며 들어와 덩어리로 불꽃을 이룬다. 그러나 바로 그때, 형의 눈빛보다 더 강렬한 무엇이 형의 어깨를 가로질러 내 두 눈에 찍힌다. 나는 본능적으로 눈을 감는다. 햇빛이다. 해는 장대한 마할랑구 히말의 스카이라인을 가볍게 넘어왔을 것이다. 히말라야 수천의 설봉들이 제 몫몫 황홀하게 솟아나는 모습이 파노라마처럼 떠오른다. 수만 봉우리의 합창 소리를 듣는 느낌이다.

"죽이고 싶으면…… 죽여……"

형이 기침을 쏟아내며 말하고 있다.

갑자기 눈물이 쏟아진다. 슬프다는 느낌도 들지 않았는데 슬품보다 빨리, 예고 없이 터져나오는 눈물이다. 가슴이 터질 것 같다. 형……이라고 소리쳐 불렀던가. 영교야……라고 부르는 형의 외침 소리가 마중 나와 접합된다. 영교는…… 그렇다, 살아 있는 나의 이름이다.

"영, 영교야……"

"혀……혀엉……"

나는 이윽고 형의 품으로 쓰러져 엉엉, 소리내어 운다.

크고 나서 이렇게 목놓아 우는 것은 처음이다. 아스라한 유년의 기억들이 두서없이 스쳐지나가기도 한다. 히말라야의 장엄한 일출이 내 눈물샘을 아예 찢어놓은 모양이다. "해가…… 떠, 형! 해가…… 해가…… 솟아……나오고 있다고!" 나는 외친다. 터진 눈물은 멈춰지지 않는다. 어머니…… 하면서 울고, 씨팔…… 하면서도 울고, 형…… 형…… 하면서, 운다. 내 울음소리 뒤를 형의 울음소리가 쫓아온다. 눈물로 범벅진 형의 볼이 역시 눈물로 범벅진 나의 볼에 뜨겁게 닿고 있다. 형제의, 눈물이다.

박상민

완만한 빙사면이 끝나자 경사가 돌연 기운다. 나는 어깨에 두른 영교의 팔을 빼내고 털썩 주저앉는다. 영교도 가쁜 숨을 토해내고 피켈로 빙사면을 찍는다. 얼음 조각들을 주워 입에 넣어보지만 혀와 입천장이 찢어졌는지 얼음 조각을 삼킬 수가 없다.

출발하고 두 시간째다.

동쪽 방향으로 새벽에 출발했던 지점이 빤히 올려다보인다. 두 시간 동안 영교를 부축해 걸어온 거리가 어림잡아 몇백 미터에 불과하다. 차랑고로 부목을 댔다곤 하지만 영교는 오른발을 디디지 못하고 있다. 때로는 눈썰매 타는 것처럼 내려오고, 때로는 어깨를 그의 겨드랑이에 밀어넣어 떠메다시피 하고 걸었으니 속력을 낼 수가 없다. 더구나 갈빗대가 나갔는지 그를 부축하는 게 너무나 고통스럽다. 그의 몸무게는 배낭과 합쳐 85킬로그램이 넘고, 나는 75킬로그램 남짓이다. 이대로 가다가는 필시 한두 시간 이내에 둘 다 탈진해 쓰러질 가능성이 높다.

"이대로는…… 둘 다 죽어, 형."

영교가 헐떡거리며 혼잣말처럼 내뱉는다.

나는 아무 대답도 하지 않는다. 입을 열 기운조차 없다. 더구나 이제부턴 빙하 가장자리로서, 여기저기 크레바스와 모우트가 엇갈리는 측릉의 초입이다. 모우트는 일종의 해자埃字 같은 것

184

으로 암벽과 빙하 사이에 생겨난 균열인데, 도랑을 건너듯 넘어가야 한다. 85킬로그램의 영교를 부축해 모우트를 넘을 수는 없다. 햇빛이 비쳐 덜 추운 게 그나마 다행이다. 하지만 그것도 역시 여기까지다. 북서면의 비탈로 접어들고 나면 차갑고 침침한 그늘 속으로 계속 가야 한다. 기온은 급강하할 게 뻔하다. 영교가 우물거리던 얼음 알갱이들을 거칠게 뱉는다. 얼음 알갱이들이 피에 젖어 있다. 나는 어찌할 바를 몰라 짐짓 먼 데를 본다.

"나 혼자, 눈썰매 타듯…… 내려가볼게."

영교가 설사면 쪽으로 먼저 접근한다.

이른바 글리세이딩* 하강 방법이다. 엉덩이나 이중화 바닥으로 미끄러져 내려가는 글리세이딩은 확실히 정지할 수 있는 지점이 가까운 설사면에서만 가능하다. 자기 확보를 하지 못해 통제력을 잃거나 돌출 부위에 걸려 몸이 뒤집히면 위험한 상황과 만나기 때문이다. 잘못해 눈에 앞발톱이 걸리면 몸이 저절로 구르게 되므로 아이젠도 벗어 배낭에 넣는 게 좋다. 나는 황급히 고개를 저으면서 영교의 벨트를 뒤에서 잡는다.

• 글리세이딩(glissading): 눈의 사면을 등산화 또는 피켈로 제동하며 미끄러져 내려가는 기술. 사면에 반듯하게 서서 피켈의 물미를 가볍게 설면에 대고 무릎으로 균형을 유지하면서 내려오는 기술인데 넘어졌을 때 즉시 피켈을 이용해 정지한다.

"안 돼. 위험해!"

"저기…… 테라스 있어, 형. 거기까진 괜찮아. 구, 구경이나 하고 있어."

"안 된다니까 그러네."

"씨팔, 왜 안 된다는 거야. 노인네같이……"

영교가 짜증스럽게 나를 뿌리치며 소리를 빽 지른다.

부러진 발은 팅팅 부어오르기 시작하고, 손은 얼어서 굳어 있다. 입술까지 꽈리처럼 부풀어올랐으니, 차라리 앉은 채 죽고 싶은 심정이다. 나는 말없이 그의 배낭에서 7밀리미터 로프를 꺼내 그의 안전벨트 카라비너에 밀어넣고 내 카라비너에 밀어넣는다. 뒤에서 내가 붙잡은 상태로 그를 조금씩 밑으로 내려보낼 생각이다. 어림잡아 6, 7피치, 대략 200여 미터는 그렇게 내려보낼 수 있을 것 같다. 그를 견뎌내는 힘이 필요한 일이지만, 피켈을 박아 확보를 하면 체력이 크게 소모되지 않을 것이다. 로프가 50미터뿐이니까 반으로 접어 한 번에 25미터 정도씩 내려보낼 요량이다.

문제는 내 시력과 갈비뼈다.

안경을 찾긴 했지만 유리창에 성에가 잔뜩 낀 것처럼 시야가 흐릿하다. 경사진 설사면을 위에서 내려다볼 땐 거리 측정, 설사면의 주름 사이로 숨겨진 히든크레바스 같은 걸 잘 구분해야 한다. 그러려면 영교가 내 눈이 돼주는 수밖에 없다. 게다가 충격이 가해질 때마다 절로 입이 벌어지는 옆구리 통증도 문제다.

"그럼…… 나…… 내려가……"

"앞을 잘 봐. 제동 준비를…… 하고……"

북서면 그늘 속으로 영교의 몸이 내려간다.

로프가 끝나는 25미터쯤 되는 지점이 1피치가 된다. 영교가 사면에 피켈을 박아 확보를 하면, 로프를 끌어올려 배낭 두 개를 내려보낸 뒤, 다시 내가 영교의 확보를 받아 내려가는 방식이다. 25미터 1피치를 세 사람이 내려가는 꼴이다. 겨우 몇 피치 내려가고 나자 구멍이 뚫린 좁은 크레바스들이 널린 세락 지대가 앞을 가로막는다. 그 너머는 60도 가까운 경사면의 골짜기다. 설상가상이다. 그렇지만 포기할 수는 없다. 여기서 주저앉으면 죽는 길밖에 없기 때문이다.

벌써 정오가 가까워지고 있다.

이번 빙사면은 여기저기에 크고 작은 암석들이 머리를 내밀고 있다. 빙하가 밀고 내려온 암석들이 쌓여 있는 이런 곳은 낙석의 위험이 크다. 어떤 암석들은 얼음 위에 살짝 얹힌 상태로 있어 조금만 압력이 가해져도 와그르르 무너진다. 낙석의 우박을 만나면 로프로 확보하고 있더라도 치명적인 상황을 만날 수 있다.

"내⋯⋯려갈 때, 돌 건드리지 마."

이번엔 영교 쪽에서 대답이 없다.

옆구리가 욱신욱신한다. 시야는 여전히 뿌옇다. 몇 미터 내려가다가 영교는 아예 사면에 박은 피켈 애즈를 잡고 쓰러진 채 미동도 하지 않는다. 나는 고글 속으로 손을 넣어 눈을 비벼본다. 시야는 그래도 속 시원하게 터질 기미가 없다.

혹시, 설맹?

와락 공포감이 엄습한다.

설맹은 설산에선 곧 죽음으로 이어진다. 촐라체 남서벽을 올랐던 산악인 박무택이 그후 에베레스트에 올랐다가 살아서 돌아오지 못한 것도 설맹 때문이라고 알려져 있다. 주범은 자외선이다. 만년빙하에서 반사돼 나오는 햇빛은 자외선이 많아 눈동자가 노출돼 있으면 심각한 염증을 일으킨다. 경미한 손상은 회복되지만 심각한 손상은 영원히 회복되지 않는다. 가령 1950년, 안나푸르나를 초등한 프랑스 원정 팀의 경우, 정상을 밟고 내려온 에르조그와 라슈날은 심한 동상, 테레이와 레뷔파는 설맹에 걸린다. 앞이 보이지 않게 된 테레이와 레뷔파는, 동상으로 나중에 손발을 잘라내야 했던 에르조그와 라슈날에게 의지해 간신히 산을 내려오지만 영원한 실명자가 된다. 초월적인 안나푸르나가 그들이 눈으로 본 마지막 풍경이 된 셈이다.

"혹시 낙석이 있을까봐…… 그런데…… 잘 보이질 않아서……"

"내가 잘 보……고 있을게, 형."

이번엔 내가 영교보다 앞서 내려가기 시작한다. 하늘이 온통 어둑하다. 산그늘도 삽시간에 짙어지고 있다. 나는 영교의 확보를 받고 1피치를 내려간 다음, 배낭을 내리고, 그다음 내 확보를 받아 영교가 내려온다. 빙사면의 밀도가 일정하지 않으니 단단한 빙벽을 찾아 아이젠 앞발톱을 정확히 박아넣는 게 관건이다. 얼음벽에 엉성하게 붙은 돌출된 암석이나 밀도가 낮은 썩은 눈을 건드리면 안 된다.

"오른쪽!"

영교가 위에서 계속 소리쳐 나를 안내한다.

"아, 아냐, 왼쪽 30센티! ……으응, 그다음…… 머시룸이 있어…… 오른쪽으로……" 이런 식이다. 겨우 1피치를 내려오고 나서 배낭을 내린다. 과연 제대로 길을 잡은 것인지에 대해서도 확신이 없다. 더 내려가서 도저히 넘을 수 없는 큰 빙벽이 가로막혀 있거나 하면, 내려온 길을 다시 올라와야 한다.

"조심해, 형!"

낙석이 아니라 눈사태다.

영교의 말소리가 귀청을 울리는 순간 우르르릉 하고 천둥 치는 소리가 나며 눈앞에 뽀얗게 분설이 날린다. 폭풍처럼 휘몰아쳐 오는 눈바람이다. 나는 반사적으로 피켈을 휘두르며 빙벽에 찰싹 달라붙는다. 이런 곳에서의 눈사태라면 당연히 크고 작은 돌들도 떠밀려 밀어닥칠 터이다. 다행히 눈사태는 골짜기의 상단을 내려오다가 멈춘다. 어제와 그제 간헐적으로 내린 신설이 사면에 쌓여 있다가 무게에 밀려 휩쓸려내려온 '표층表層 눈사태'인 모양이다. 얼어붙은 빙벽이 악력을 잃고 통째로 밀려내려오는 '판상板狀 눈사태'였다면 우리는 이미 이 세상 사람이 아닐 것이다. 그렇다고 꼭 표층 눈사태가 덜 위험하다는 것은 아니다. 규모가 큰 눈사태가 일어나면, 눈사태를 직접 맞지 않고 근처에 있다가 후폭풍에 휘말리기만 해도 천 길 벼랑 밑으로 낙엽처럼 날아가버릴 수 있다.

"위를 한번 살펴봐!"

"거기…… 블록 있어. 좀더 밑으로…… 30센티미터쯤 왼쪽……"

나는 다시 영교의 안내를 받으면서 빙사면을 내려간다.

눈앞이 어릿어릿하다. 빙벽인 줄 알고 피켈을 찍으면 얇은 얼음층으로 포장된 돌출 암벽이고, 돌출 암벽이라 생각해 피하고 보면 얼음 구덩이인 선컵*의 가장자리다. 먼 곳에서 또 눈사태가 일어났는지 우르르릉 하고 전차 굴러가는 소리가 간헐적으로 들린다. 5피치쯤 내려와서야 비로소 사면이 일시적으로 완만해진다. 썩은 눈 지대다. 이런 지형은 히든크레바스가 숨겨져 있을 가능성이 많다.

"더 이상…… 못, 못 가겠어……"

뒤쫓아 내려온 영교가 사면에 눕고 만다.

한쪽 발을 쓰지 못하기 때문에 그는 사실 기다시피 여기까지 온 셈이다. 발은 퉁퉁 부어올라 금방이라도 이중화를 찢고 터져 나올 것 같다. 얼마나 무릎으로 기었는지, 그의 바지 무릎 부분은 다 해져 내복이 드러나 있다. 동상도 문제이다.

"손가락들이 꺼, 꺼멓게 죽었어. 형도…… 그러네……"

나는 내 손가락을 피해 짐짓 딴 데를 본다.

동상에 의한 손상 속도가 예상보다 빠르다는 걸 알고 있다. 발가락도 그렇다. 발목이 부러져 피가 잘 통하지 않을 영교의 발은 사태가 훨씬 심각할 것이다. 장갑을 벗고 사타구니에 손을 넣어보았으나 감각이 전혀 없다. 오늘 내려가지 못하면 끝내 피켈을 쥘 수조차 없을지 모른다.

"도저히, 못, 못 가겠어, 형!"

• 선컵(sun cup): 여름에 만년설 표면에 얕게는 2, 3센티미터, 깊게는 6, 70센티미터 또는 그 이상으로 패어 있는 구덩이. 태양의 복사열로 인해 생긴다.

"애들처럼…… 투정 부리지 마!"

"나 때문에…… 형까지 죽을까봐 겁내는 거 알아. 그래, 씨팔. 다 나 때문이야. 버너를 빠뜨린 것도, 크레바스에 빠진 것도 나야. 형 얼굴에 그렇다고 쓰여 있어. 그러니…… 날 두고 혼자 가란 말이야!"

"자식아!"

나는 참지 못하고 소리친다.

"조금이라도 더 아래로 내려가야 살 수 있어. 눈사태 구역이야. 어서 일어나. 여기 있으면…… 죽어!"

"형……"

"일어나란 말이야!"

내가 악을 쓰고 영교가 마지못해 상반신을 일으킨다. 바람이 조금씩 불기 시작한다. 나는 억지로 영교의 팔을 잡아 어깨 위에 두르다가 비명을 지르고 주저앉는다. 부러진 갈비뼈들이 영교의 몸무게에 짓눌려 어긋난 것인지도 모르겠다. 설연이 날아오고 있다.

"길 거야. 기어가는 게 나아……"

정상에서 설연이 수직으로 날아오르는 게 보인다. 바람이 심하다는 뜻이다. 때맞추어 우리가 있는 곳에도 돌풍이 불어닥친다. 예고 없는 돌풍이다. 분설 때문에 시야가 뽀얗게 막힌다. 우리는 본능적으로 바람을 등지고 돌아앉는다. 히든크레바스가 은폐된 썩은 눈 지대를 이런 눈바람 속에서 걷는다는 건 죽음을 자초하는 것과 다름없다. 지독한 눈바람이다. 눈을 뜰 수도 서 있을 수도 없다. 영교의 몸이 바람에 떠밀려 옆구리로 쓸려들어온다. 나는 한쪽 팔로 영교의 어깨를 끌어당겨 가슴속으로 눕혀 안는다. 분설들이 뒤통수를 때리고, 어깨와 등을 때리고, 윈드재킷의 미세한 빈틈으로 파죽지세 파고들어온다. 이대로 얼음 기둥이 되고 말 것 같다. 나는 영교의 어깨 위로 가슴을 깊이 구부린다. 영교의 어깨가 들썩거리는 게 느껴진다. 그가 살아 있는 게 고맙다. 물론 그를 원망한 순간도 있다. 좀더 신중해서 크레바스에 추락하지 않았다면 지금쯤 하산을 끝냈을 것이다.

하지만 이미 시작된 죽음의 게임이다.

가방 하나 달랑 들고 불현듯 찾아와 오피스텔 문 앞에 서 있던 녀석의 모습이 눈앞을 스쳐지난다. "나야, 형!" 하고 말했었지. 아무 일도 없다는 듯, 싱긋 하고 고른 앞니를 하얗게 내보이면서, "너무 겁먹진 말아, 형. 오래 들러붙어 있진 않을 거야. 사정이 있으니 며칠만 재워줘!" 그가 내 삶 속에 끼어든 것은 바로 그날이다. 히말라야로 올 작정을 하고 내심 파트너를 찾고 있었을 때의 일이다. 녀석이 때맞추어 등장한 게 과연 다 우연이었을까.

나는 더욱 힘주어 영교를 끌어안는다.

멍청한 놈이라고 소리치고 싶은 것도 사실이지만, 그 어떤 운명적 프로그램에 굴복하고 싶지 않은 것도 사실이다. 두고봐. 나는 혼자 살아남지 않을 거야! 촐라체의 어두운 심지에 대고 소리쳐 말하고 싶다. 영교의 손이 무의식적으로 내 윈드재킷 속으로 파고든다. "괜찮아!" 나는 영교의 어깨를 안고 부르짖는다. 귓구멍을 폭발시킬 듯한 이명은 돌풍이 끝날 때까지 계속된다.

바람이 잠잠해졌다고 비로소 느낀 건 영교가 내 품에서 벗어나려고 버둥거렸기 때문이다. 언제 바람이 불었던가 할 정도로 사위가 고요하다. 너무 고요해서 진공 지대에 들어와 있는 기분이다. 분설이 영교의 등에 잔뜩 쌓여 있다.

"뇌. 비, 비켜!"

영교가 나를 떠밀고 일어난다.

지척에 있어야 할 눕체와 에베레스트 하반신이 구름 때문에 보이지 않는다. 빙하의 가장자리인 설계면雪溪面을 지나올 때만 해도 햇빛 속에 우뚝우뚝 서 있던 설봉들의 태반이 어느새 구름 속에 숨고 없다. 아무래도 또 눈이 올 눈치이다.

"가야 돼!"

영교가 피켈을 쥐고 한 발을 내딛는다.

고개를 돌릴 때 영교의 눈빛에 지나간 섬광이 내 마음에 남는다. 영교는 어느 틈에 우리가 함께 내려온 빙벽에다 피켈을 박아 넣고 있다. 그냥 놔두면 죽을 둥 살 둥 내려온 빙벽을 타고 다시 올라갈 기세이다. 나는 깜짝 놀라서 영교의 어깨를 뒤에서 잡아챈다.

"거긴, 내려온 곳이야!"

"놔! 이, 이쪽이야. 이쪽으로…… 가야 돼!"

"그쪽이 아니라고! 이리 와. 아직 널 부축할 수 있어!"

"수, 수작 부리지 마, 형. 나도 알아. 나를…… 더 어려운 코스로 데려가려는 거지? 분명히…… 이쪽이야. 여기만 넘어가면 마, 마을이 있어. 똑똑히 봤다고! 마을도 보고…… 야크도…… 들어봐, 형. 야크 방울 소리…… 안 들려? 저 너머에서 들리잖아!"

"정신 차렷!"

나는 영교의 헬멧을 피켈로 친다.

"헛것을 보는 거야! 거긴, 우리가 내려온 곳이라고!"

잠시 거칠게 밀고 당기고 하다 말고, 영교가 이윽고 털썩 다시 주저앉는다. 내 무릎에 쓰러져 엎드려 있다가 환상으로 마을을 보았던 눈치다. 따뜻한 아랫목, 굴뚝에서 솟아나는 연기, 데운 우유에 녹차를 듬뿍 탄 밀크티, 건초들을 핥고 있는 야크들을 보았을까. 나마스테, 하고 두 손 합장하여 인사를 건네오는 마을 사람들도 만났을지 모른다. 어디 환각뿐인가. 설산의 협곡에선 환각을 만나지 않더라도 한번 눈바람이 휩쓸고 가면 지형지물의 인상 자체가 전혀 달라 보인다. 골짜기는 솟아나고 길 없는 길은 가라앉아 숨기 마련이다. 게다가 환각까지 보태지면 지척에 목표 지점이 있더라도 길을 찾을 수가 없다.

"정신을 잃으면 끝장이야. 어서…… 일어나!"

사이를 두었다가 영교를 부축해 일으킨다.

옆구리의 통증을 참고 그의 겨드랑이에 어깨를 집어넣는다. 완만한 사면이어서 한동안은 어깨동무를 하고 걷는다. 은폐된 히든크레바스를 밟지 않으려면 눈이 좋아야 하는데 여전히 시야는 흐릿하다. 눈을 믿을 수 없으니까 피켈 잡은 손에 온 신경을 집중할 수밖에 없다. 한 걸음 한 걸음이 지옥의 수렁 속을 걷는 듯하다.

"형, 조심해!"

영교가 외치는 순간 몸이 앞으로 쓰윽 기운다.

완만했던 사면이 갑자기 기울어진 지점인데 눈이 흐릿해 그 경사도를 미처 확인하지 못했기 때문이다. 아이젠 앞발톱이 설사면의 썩은 눈에 푹 파묻혀들어가는 순간 어깨동무 자세의 영교와 내 몸이 홀랑 재주를 넘고 만다. 비명을 지를 새도 없다. 몸이 함부로 데굴데굴 굴러가기 시작한다. 영교야, 라고 소리치지만 소리는 나오지 않는다. 끝장이야! 나는 속으로 울부짖는다. 촐라체 상반신의 첨봉, 협곡의 쪼개진 그늘, 시커먼 구름떼가 덩어리로 획획 회전하고 있다. 나는 정신을 놓지 않으려고 눈을 한사코 부릅뜬다. 삶의 끝과 만난다고 해도 그 끝을 내 눈으로 똑바로 봐두고 싶다.

그리고 마침내 보인다.

나의 몸으로부터 미끈, 빠져나온 또다른 내가 설사면의 상단으로 올라가 나 자신을 내려다보는 느낌이다. 나와 영교가 40여도 경사의 설사면을 함부로 굴러가고 있다. 나는 그것을 허공에서 또렷하게 내려다본다. 필사적으로 피켈을 찍어 제동을 걸려고 하지만 굴러내리는 속도 때문에 허공을 찍으면서 허우적거릴 뿐이다. 엎치락뒤치락하고 굴러내려가던 영교와 내 몸이 좌우로 떨어져나가는 것도 보인다. 분설이 날리고 있다. 바람에 눈이 씻긴 설사면의 스카블러가 내 몸의 충돌을 받고 거칠게 무너지면서 분설을 날리고 있는 그림이다. 유체이탈의 경험이다. 놀랍다.

마침내 돌출된 바위에 내 몸이 사정없이 부딪친다.

한순간에 일어난 일이다. 붕 떠오른 내가 마지막으로 조감한 것은, 집채만한 바위다. 붙잡고 있던 영교를 놓쳤다고 느낀 순간부터 큐브같이 생긴 바위 밑으로 내 몸이 끼어들어가는 것까지 나는 세세히 본다. 바위와 설사면의 틈새에 부딪혀 내 몸이 간신히 멈춘다. 어느 방향에선지 영교의 비명소리가 날아오고 있다. 나는 허우적거리다가 간신히 몸의 중심을 잡는다. 굴러내리면서 피켈에 부딪혔는지 눈가에서 피가 솟고 있다. 나는 눈두덩이를 움켜쥔다.

"어디 있냐…… 영교야……"

"혀엉……"

나는 기어서 바위틈을 빠져나온다. 한쪽 눈을 뜰 수가 없다. 설사면에 계속 헛손질을 한다. 영교의 신음 소리가 들리지만 방향만 겨우 짐작할 뿐이다. 그를 잡으려고 휘젓는 손을 녀석이 이윽고 먼저 잡아온다.

"괜, 괜찮니? 어디…… 몸은 어떠냐……"

"살아…… 있어. 형, 살아 있는 것…… 같아……"

피차 사지를 움직여본다. 눈두덩이를 빼곤 괜찮다. 지혈을 시키려고 눈두덩이를 손바닥으로 꽉 누르고서 겨우 눈을 뜬다. 영교의 두 눈에 번질번질 물기가 묻어 있다.

"안 되겠다. 여기서…… 밤을 보낼 수밖에……"

우리는 바위틈새로 미끄러져 들어가 눕는다. 눈발이 희끗희끗 날린다. 젠장. 날씨도 도움이 되지 않는다. 나는 흐릿한 시선으로 하늘을 보다가 굴러내리는 내 몸을 받아준 바위를 본다. 상부에 얼음이 붙어 있으나 바위는 정육면체에 가깝다. 나의 영혼이

붕 하고 떠올라 내려다본 바위 그대로다. 희한한 경험이다. 내 몸이 바위틈으로 쏠려내려갈 때까지도 물론 쏠려내려가는 나는 바위를 사실적으로 본 순간이 없다. 삽시간에 굴러내려왔는데 전방의 바위를 어떻게 보겠는가. 그런데도 나는 분명히 바위를 위에서 조감했을 뿐 아니라, 그 형태까지 선연히 기억하고 있다. 허공에서 내려다본 나는 누구이고, 정신없이 굴러내려가던 나는 누구란 말인가.

"형, 내 발목…… 다시 돌아갔어."

"차랑고…… 부목, 풀어봐."

설사면을 구르며 어디에 부딪친 모양이다. 하늘을 향해 반듯이 누웠는데 그의 발가락들은 바닥에 닿아 있다. 나는 무릎으로 기어가 영교의 발을 두 손으로 잡는다. 다시 돌려서 새로 묶어야 한다. 통증은 더 심할 것이다.

"어금니 물어. 아플 거야!"

"그럴 필요……가 있을지…… 어차피 우리, 못 갈 것 같은데……"

"까불지 마. 우린 갈 거야!"

"차라리…… 형, 혼자…… 내려가. 형이라도 살아!"

"시끄러워! 어금니나 물라고!"

눈발이 다시 굵어지기 시작하고 있다. 겨우 정오를 넘긴 시각이지만, 이 상태로 눈 속을 계속 갈 수는 없다. 해발 5600미터쯤 될까. 겨우 200여 미터 내려왔을 뿐이다. 나는 잡은 발목을 홱 돌리고, 영교는 비명을 지른다. 차랑고 부목을 다시 대고 촘촘히 테이프 슬링으로 묶는다. 발목이 퉁퉁 부어 있을 뿐 아니라 동상에 걸렸는지 아예 시커멓다. 녀석의 말처럼, 이 상태로 계속 갈수 있을지는 알 수 없다. 다행히 바위 밑은 비박 장소로 치면 특급 호텔 격이다. 눈바람을 막을 수 있을 뿐 아니라 바닥도 너른 평면이다. 나는 영교를 침낭 안으로 밀어넣어주고 침낭 안으로 기어들어간다. "차라리…… 형, 혼자…… 내려가. 형이라도 살아!" 영교의 말이 이명으로 울리고 있다.

　방향은 잘 잡아 내려왔는가.

　방향만이라도 잘 맞추어 내려왔다면 종라(Dzonglha, 4830m) 마을이 멀지 않을 것이다. 고줌바 빙하가 흐르는 초입 동쪽 어귀에 종라 마을이 있다. 촐라체 정상에서부터 보면 북동 방향이다. 본래 계획은 정상에서 서북 방향으로 내려와 시계방향으로 촐라 패스를 거쳐 베이스캠프로 돌아가는 것이지만 이 상태로 베이스캠프까지 가는 건 불가능하다. 살아날 길은 종라 마을로 내려가 구조를 요청하는 것밖에 없다.

　아니, 그렇지 않다!

나는 생각하다 말고 흠칫 놀란다.

고소에 걸려 머릿속이 어떻게 된 모양이다. 고소증이 틀림없다. 지난번 하산 루트를 정찰하기 위해 들렀던 종라 마을이 떠오른다. 로지도, 집도 자물통이 잠긴 채 텅 비어 있지 않았던가. 겨울이면 적설로 인해 고쿄, 두글라 사이의 촐라패스가 막히기 때문에 종라 마을은 자연히 폐쇄된다. 사람들은 하산하고 집은 잠근다. 베이스캠프를 지키고 있는 정선배에게 촐라패스로 마중 나와달라고 말해두었던 것도 비로소 생각난다. 그렇다면 도움 줄 사람을 만나기 위해선 촐라패스 서쪽의 탕낙(Thangnak, 4678m) 마을 쪽으로 방향을 잡는 게 유리하다.

나는 끙, 하고 돌아눕는다.

머릿속이 여전히 뒤죽박죽이다. 내려온 길을 수없이 되감기해서 들여다봐도 방향이 모호하고 흐릿하다. 잘못 온 것인가. 서북 방향을 잡아 내려왔지만, 과연 서북 방향으로 전진해왔는지는 확신할 수 없다. 촐라체의 서북쪽 능선들은 촐라패스를 거쳐 니레카 피크(Nirekha Peak, 6069m)와 창그리(Changri) 빙하로 이어져 마할랑구 히말에 들러붙는다. 길을 잘못 잡으면 베이스캠프나 마을로부터 오히려 멀어져서 되돌아올 수 없는 산맥의 중심으로 갈 수도 있다. 설사면과 빙벽 사이의 협곡을 다람쥐 쳇바퀴 돌듯 제자리걸음으로 돌게 되는지도 모른다. 물 한 모금 제대로 먹지 못한 것이 벌써 나흘째, 이 상태로는 앞으로 하루 이상 버틸 수 없을 게 뻔하다.

탈진해 쓰러져 죽어가는 내가 보인다.

영교는 잠들었는지 조용하다. 쓰러져 죽을 때 영교와 같이 있으리라는 보장도 없다. 잘못 쓰러져 구르다보면 다시 만날 수조차 없이 멀어질 가능성도 얼마든지 있다. 가다가 탈진해 움직이지 못하면, 손발이 먼저 굳고 엉덩이와 어깨와 허리와 가슴이 차례로 굳을 것이다. 저체온증으로 미쳐버려 영교조차 알아보지 못하면서 죽을 가능성도 많다.

신혜……

나는 입속으로 불러본다.

그러나 여전히 보이는 것은 얼어붙은 나의 주검이다. 눈사람처럼 얼어붙은 나의 주검이 너무 선명히 보인다. 살은 쏙 빠지고 백랍 같은 피부에선 흩날려온 분설이 미끄럼을 탄다. 영원히 썩지 않을 나의 주검은 너무 작아 장난감 같아 보인다. 더이상 생로병사도 없고 정한도 없으며 유랑도 없을 주검이다. 아니, 지금 나는 이미 죽은 것인지도 모른다. 저승인지 이승인지 모르겠다. 나는 영교 쪽을 애써 돌아본다. 희끄무레할 뿐 잘 보이지 않는다.

"영교야, 자냐……"

나는 무의식적으로 가끔 묻는다.

"으음…… 으허……"

녀석의 의미 없는 신음 소리도 그렇게 반가울 수가 없다. 녀석이 살아 있다. 그가 살아 있다면 나도 살아 있는 것이 된다. 나는 눈을 감는다. 죽음의 손길이 나를 끌어당기고 있다.

누가 내 몸을 흔든다. 완전히 어둡지 않은 걸 보면 아직 밤이 되지 않은 모양이다. 영교가 내 눈에 피켈 샤프트를 들이대고 있다. 나는 비비적비비적 상반신을 들며 짜증스러운 목소리로 간신히 묻는다.

"……왜?"

"한국 사람이야, 형. 우리나라 사람이라고!"

"무슨…… 소리야?"

영교가 또 헛것을 본 모양이다.

"여길 좀 봐. 한글이…… 쓰여 있잖아!"

피켈 샤프트가 눈 안으로 들어온다. 땅거미가 내리고 있다. 나는 눈을 비비고 헤드랜턴을 켠다. 아까보다 눈이 밝아진 느낌이다. 크레바스에 빠졌을 때 크레바스 구멍 속에서 시신을 보았으며, 잃어버린 피켈 대신 죽은 자의 피켈을 사용해서 크레바스를 기어올라왔다는 영교의 말들이 어렴풋이 되살아난다. 그런데 그 피켈이 어쨌단 말인가. 나는 미간을 잔뜩 찌푸리고 영교가 들이

댄 피켈 샤프트를 본다.

H. J. 1996. 11. 5.

먼저 눈에 들어온 글씨는 그것이다. 피켈 샤프트의 상단에 송곳 같은 것으로 눌러쓴 글씨다. 비슷비슷한 피켈을 갖고 팀을 이뤄 빙벽등반을 할 때는 자기 피켈인지 잘 구별되지 않기 때문에 피켈 외피를 긁어내어 이렇게 표식을 하는 경우가 많다. 'H. J.'라면 이니셜이나 산악회 이니셜을 써넣은 것으로 상상할 수도 있지만, 일본 사람, 중국 사람, 서양 사람일 수도 있다.

"이게, 뭐?"

"아니, 그 아래…… 여기 좀 봐."

영교의 손가락 끝에 더 작은 글씨들이 보인다. 나는 그것을 자세히 보려고 눈을 부릅뜬다. 발아래 협곡을 지나는 바람 소리가 들린다. 다행인지 눈은 그쳐 있다. 밤새 폭설이 내린다면 아침에 제대로 길을 잡을 수 없을 텐데, 눈발이 그쳤으니 그것이나마 안도의 한숨이 나온다.

사랑해!!

초점을 맞춰 내가 간신히 읽은 첫 문장이다. 한글이다. 가슴이 철렁해져서 나는 영교를 바라본다. 원정 등반을 준비하면서 출라체 등반의 모든 기록들을 훑었음은 물론이다. 프랑스 팀의 등반 기록도 찾아 읽었고 대구·경북 학생산악연맹의 등반 일지도 꼼꼼히 챙겨 읽지 않았던가. 박무택 대장과 원영진 대원이 남서릉을 루트로 해서 출라체 정상을 정복한 것은 2002년 1월 7일의 일이다. 그 외에, 출라체에서의 등반이나 조난 기록에 대해선 들은 적도 없고 읽은 적도 없다. 그런데 이 피켈 샤프트의 한글은 무엇이란 말인가.

Seoul Korea. 98. 1. 29.
영우, 선우, 마야, 정순희.
미안ㅎ……

'H. J. 1996. 11. 5.'에 비해, 나머지 글자들은 아주 서툴게 긁어놓아, 삐뚤빼뚤한 받침들과 무시된 띄어쓰기를 차례로 조합해서 봐야 뜻이 전달된다. 이를테면 'Seoul Korea'에서 'Seo'까지는 '사랑해!!'를 쓴 면에 새겨져 있고 'ul Korea'는 그 반대쪽에 새겨져 있다. '영우, 선우, 마야, 정순희'도 피켈을 둥글리면서 조합해봐야 된다. '미안ㅎ'은 쓰다 만 모양이다. '미안해'를 쓰려

했는지 '미안하고……' '미안해서……' '미안하다……'를 쓰려 했는지 알 수 없다. 가장 또렷하게 큰 글씨로 비교적 힘차게 음 각된 것은 '사랑해!!'뿐이다.

"처음엔…… 얼음이 잔뜩 붙어 있었어."

"……"

"꿈을 꾸었는데, 꿈에 그 사람…… 크레바스 속에 앉아 있 던 사람이 내 곁에 와 있는 거야. 내 어깨를 다독거리면서…… 그 아저씨, 웃고 있더라고. 너무도 생생했어. 너무 꿈이 생생해 서…… 잠을 깨고 이 피켈을 다시 자세히 들여다본 거야. 한글이 쓰여 있는 게 보여 나도 깜짝 놀랐고…… 맞지, 한국 사람?"

"믿어지지 않는다……"

나는 다시 피켈 샤프트를 본다.

처음 피켈을 구입해서 얼마 되지 않아 'H. J. 1996. 11. 5.'라고 새겨넣은 게 틀림없다. 그 글씨는 또렷할 뿐 아니라 획이 비뚤어 진 데도 없다. 'Seoul Korea. 98. 1. 29.'는 그가 크레바스에 추 락해서 빠져나올 수 없다는 걸 확인하고, 죽을 자리를 찾아 앉아, 시시각각 죽어가는 절대 고독 속에서 나이프를 꺼내 새겼을 것이 다. '사랑해!!'를 제일 처음 쓴 것 같다. 획이 다른 글자보다 힘차 고 느낌표 두 개도 또렷하다. 사랑해, 사랑해……라고, 어두운 크레바스에 앉아서, 촐라체는 물론 히말라야의 눈 덮인 수천 킬로미터의 산맥이 울릴 만큼 눈물겹게 소리치고 있는 한 남자의 모습이 떠오른다. 1998년이면 언필칭 '아이엠에프(IMF)'가 덮쳐와 직장인들이 거리로 쫓겨나고 또 수많은 보통 사람들의 살림살이가 참혹하게 추락하던 시점이다. 알피니스트의 꿈을 접지는 않았으나 어디로 인생을 끌고 갈지 몰라 갈팡질팡하던 내 이십대 전반기의 혼란스럽던 나날이 떠오르고, 파산의 후유증을 견디지 못해 하루가 멀다 하고 자살하는 사람들의 기사가 실리던 신문 지면들이 떠오르고, 미국까지 쫓아가 머리 숙이던 늙은 김대중 대통령의 모습도 떠오른다. 수많은 사람들의 결딴난 꿈들이 쓰고 난 패드처럼 버려지던 바로 그때, 촐라체 남서쪽 캄캄한 얼음 감옥에서 한 남자가 죽어가며 사랑해, 사랑해, 사랑해……라고, 부르짖고 있었다는 뜻이 된다.

그는 촐라체에 혼자 왔단 말인가.

누가 됐든 설마, 이 불모의 촐라체 빙벽을 혼자 올라왔을 리 없다. 만약 팀이 왔다면, 팀 전체가 죽지 않는 한 기록에 남겨졌어야 옳다. 그렇다면 내가 미처 알지 못한 촐라체 원정 등반이 1998년 1월에도 있었다는 뜻이 된다. 공식 기록에 없는 걸로 보면 나와 영교처럼 단출하게 들어와 알파인 스타일로 단숨에 치고 올라왔었는지 모른다.

그들은 누구이고 어떤 루트로 올라왔단 말인가.

나는 벌린 입을 다물지 못한다. 그 크레바스는 정상부를 넘어선 곳에 있으니 꼭 북쪽 루트로 등산했다고 확신할 수는 없다. 그러나 루트가 어디든 기록조차 남기지 않은 등반이니 경이롭다. 그룹으로 왔다면 조난 사실이 알려지지 않았을 리 없을 터, 그가 분명 한국인이라면 단독 등정에 나섰다는 뜻이 된다. 라인홀트 메스너는 낭가파르바트와 에베레스트를 혼자 올랐고 예지 쿠쿠츠카는 악마 같은 마칼루를 혼자 오르지 않았던가. 절대 고독과 혹독한 실존의 벽을 온몸으로 느끼면서, 그렇지만 한 발 한 발, 도저하게 내닫는 자세로, 전인미답의 촐라체 북벽을 오르고 있는 한 남자의 실루엣이 별똥별처럼 떠올라 꺼지는 것이 보인다.

"그 사람…… 혼자 올랐을까?"

"글쎄, 한국인이라면 아마도……"

"우리보다 더 도……독종이 있었네."

나는 어두운 촐라체 상부 쪽을 일별한다.

어둠에 잡아먹혀 산의 상단은 벌써 보이지 않는다. 죽어가면서 필사적으로 글자를 새겨넣고 있는 남자의 모습만이 계속 어른거린다. '미안ㅎ'까지 쓰고 나서 칼을 떨어뜨렸을 수도 있다. 혹은 동상으로 손이 굳어 더이상 쓸 수 없었을 가능성도 있다.

그가 죽음의 얼음 구멍에서 마지막으로 본 영우, 선우, 마야, 그리고 정순희는 아들딸, 아내일 것이다. 주인공이 그다지 젊지 않은 사람일 수 있다는 표식이다.

"그 아저씨, 표정이…… 웃고 있는 것 같았는데……"

영교가 중얼거린다. 바로 그때, 하나의 이미지가 가슴속으로 와락 들어온다. 사람 좋게 웃고 있는 한 남자의 이미지다. 김형주 선배의 얼굴이 그 위에 오버랩된다. 나는 아연 긴장해 미간을 잔뜩 찌푸린다. 흩어져 있던 그림의 조각들이 짜맞추기 하듯 시시각각 하나의 화판 위로 모여든다. 아, 하고 나는 입을 벌린다. 수유리에서 등산용품 가게를 하던 김형주 선배의 친구 모습이 마침내 완성된다. 김선배와 대학 산악부 동아리를 함께했었다는 소개를 받은 것도 같다. 선배를 따라 두 번쯤 그 가게에 들렀었고, 한번은 막걸리를 함께 마신 적도 있다. 항상 웃는 빛에 머리가 M자로 벗겨진 사람이다. 가게를 망해먹은 뒤 갑자기 행방불명이 됐다는 김형주 선배의 말이 어렴풋이 살아난다.

설마……

나는 고개를 젓는다.

어딘가에서 빙벽이 갈라지는 듯한 비정한 쇳소리 같은 게 들린다. 이제 냉혹한 밤이 시작된다. 그러나, 무섭지 않다. 죽음의 지대에선 오히려 죽음이 무섭지 않다고, 나는 짐짓 생각해본다. 영교는 다시 잠든 모양이다. 나는 '미안ㅎ'이 새겨진 낯선 남자의 피켈을 안고 있다. 빙하가 갈라지는 소리가 어둠을 찢고 세차게 달려든다.

여섯째 날

하영교

너를 죽일 거야……라고 외치며 그가 내 목을 조르고 있다.
피 묻은 손이다. 버둥거리면서 그의 손을 밀어내보려 하지만 그
러면 그럴수록 목에 가해지는 압박이 심할 뿐이다. 아버지에
게 객식구처럼 얹혀살던 사람으로, 힘을 주면 나팔같이 생긴 귀
를 앞뒤로 펄럭여 뵈는 재주를 갖고 있던 나팔귀 아저씨다. "감
히…… 좆만한 새끼가 나를 찔러? 또 찔러봐, 새꺄!" 그가 계속
소리친다. 눈앞이 가물가물해진다. 이대로 죽는구나. 목을 조르
면서 다가온 나팔귀 아저씨의 두 눈이 악귀의 그것 같다.
　"으윽……"

낮은 비명소리와 함께 번쩍 눈을 뜬다. 또 그의 꿈이다. 꿈에서 벗어나려고 상반신을 일으키려는데 몸이 침낭 안에 끼어 있어 뜻대로 되지 않는다. 손가락들이 뻣뻣이 얼어서 침낭 지퍼를 내릴 수가 없다. 영락없이 자루 속에 채집돼 넣어진 상처 입은 들짐승이 버둥거리는 꼴이다. 여명이 막 트는 이른 새벽이다.

나는 형 쪽을 슬쩍 넘어다본다.

침낭 커버를 뒤집어쓰고 바위틈에 바짝 끼어 있는 형의 모습 역시 사람 같지 않다. 온몸이 동태처럼 얼어 있다. 그래도 살아서 새로운 새벽을 맞고 있다는 사실에 울컥해진다. 나는 뻣뻣해진 손가락을 주무른다. 크레바스로의 추락, 끊어진 로프, 피켈을 내게 준 낯선 남자의 주검, 형과의 재회, 구르는 빙사면, 그리고 죽은 남자의 피켈에서 발견한 '미안ㅎ'이 떠오른다. 그 모든 과정이 다 죽음 같은 시간이다.

그러나 크레바스는 히말라야에만 있는 게 아니다.

아버지가 죽고, 빚쟁이들이 떼로 쳐들어와 장례조차 치르지 못하고 아버지 시신 곁에서 혼자 뜬눈으로 밤을 밝힐 때, 그때의 나 역시 죽음의 크레바스에 빠져 있었다는 생각이 든다. 밤낮 없이 찾아와 돈을 내놓으라면서 행패를 부리던 나팔귀 아저씨의 기억은 크레바스 속 이상이다. 끔찍하다. 참지 못하고 그자의 허벅지에 칼을 박고서 형에게로 도망쳐오던 날 역시 돌아보면 죽음의 시간과 같다. 얼마나 죽고 싶었던가.

그렇지만 나는 여전히 살아 있다.

뜨거운 것이 똑 목젖을 막는다. 살아 있는 것보다 더 뜨거운 것이 있을까. 뼈가 으스러진 발목, 부풀어오른 무릎, 끓는 물에 넣은 것처럼 욱신거리는 어깨도 살아 있으니 고맙다. 살아 돌아갈 수만 있다면 다리를 절게 되더라도, 손가락을 다 잃게 되더라도 상관없을 것 같다. 손가락은 굴신屈伸하는 것조차 쉽지 않다. 제일 고통스러운 것은 추위다. 영하 30도는 될 듯하다. 한기는 바늘 끝이 되어 뼈마디를 쑤시고 들어온다. 잠이 들었다기보다 잠깐씩 실신한 상태로 밤을 보낸 모양이다.

형……

나는 다시 형 쪽을 본다.

형도 그럴 것이다. 다가가 형을 안고 싶다. 아니, 형의 품에 미치도록 안기고 싶다. 형이 대학 입학시험을 보러 서울로 올라왔을 때부터 1년여, 함께 살던 시절엔 얼마나 형을 좋아하고 따랐던가. 학교만 다녀오고 나면 잠이 들 때까지 한시도 곁을 떠나지 않고 형을 따라다녔던 기억들이 상기도 새롭다. 형 옆에서 자겠다고 밤마다 이통을 부린 날도 적지 않다. 장난감을 맞춰주고, 자전거를 태워주고, 남산이나 한강까지 데리고 다녔던 형의 모습들이 다투어 떠오른다. "형은 다 이길 수 있지? 천하장사도, 람보도 이길 수 있지?" 팔뚝에 매달려 외치던 일도 생각난다. 말수가 적고 살가운 성격도 아니지만, 돌이켜보면, 형은 참 품이 넓고 깊고 따뜻한 사람이다. 나의 우상이었던 형. 나의 스승이자 친구였던 형. 어린 나에게 넓은 바깥세상이 있다는 것을 안내해준 것도 형이고, 빨리 어른이 되고 싶다고 생각하게 만든 것도 형이고, 남자들의 세계가 따로 있으며 남자와 남자 사이의 특별한 우정이 따로 있다는 것을 일러준 것도 형이다.

그러나 지금 잠든 형은 예전의 그 형이 아니다.

크레바스 어두운 얼음굴에서 나를 건져낼 수도 없고, 이 죽음의 빙하 지대에서 다리가 부러진 나를 번쩍 들어올려 떠메고 갈수도 없다. 내가 그렇듯 형 또한 아무런 희망도 없이 죽어가는 짐승에 불과하다. 누가 이 거대한 촐라체 안에서 감히 '우상'으로 존재할 수 있으랴. 왜 안 그렇겠는가. 버너를 떨어뜨린 것도 나이고 크레바스에 추락한 것도 나다. 내가 버너를 떨어뜨리지만 않았다면 따뜻한 차라도 끓여 먹었을 것이고, 내가 추락하지만 않았다면 지금쯤 홧홧한 난로가 있는 어느 마을 집에 당도해 있을 것이다. 모든 건 나로부터 비롯된 비극이다. 형이라고 그걸 생각 안 할 리가 없다. 가까이 다가가고 싶은데도 내가 밤새 다가갈 수 없었던 것은 그 때문이고, 나로부터 저만큼 떨어진 곳에

214

형이 돌아누워 있는 것도 그 때문일 터이다. 형은 나의 말을 짐짓 거부하고 있고, 말하고 싶어도 말을 할 수 없다고, 나는 생각한다.

나는 소리 없이 배낭을 추스른다.

형은 미동도 하지 않는다. 나는 우모복을 입은 채 부러진 다리와 무릎을 테이프 슬링으로 휘감아 동여맨다. 어차피 나는 죽을 게 확실하다. 둘 중의 하나라도 살아 돌아가려면, 지금으로서는 시간이 관건이다. 기어가야 하는 내 속도로 내려가면 둘 다 죽는 길밖에 없다. 그러니 형을 떠나야 한다. 형을 살려야 할 책임은 전적으로 나의 몫이다. 나만 없다면 형은 빠른 속도로 하산, 살아 돌아갈 수 있다.

아직 햇무리는 보이지 않지만 사위가 어슴푸레 밝다. 나는 형보다 앞서 떠나기로 한다. 바람만 불지 않는다면 형은 내가 기어나간 자국을 볼지도 모른다. 형이 나를 뒤쫓아온다고 하더라도 내가 일찍 출발한 것만큼 시간을 단축할 수 있으니 이게 최상이다. 아니, 형이 나를 쫓아오지 말고 더 빠른 길로 하산하기를 나는 바란다. 생존 가능성이 그게 많기 때문이다.

형……

나는 형을 마지막으로 돌아보며 속으로 불러본다.

형의 뜻대로 해. 원망 안 할게.

형이 내 흔적을 보고도 못 본 척, 다른 길로 내려가는 광경이 떠오른다. 형의 성격으로 보아, 살아 있는 나를 놔두고 끝내 혼자 먼저 떠나진 못할 게 확실하다. 이제 선택은 형의 몫이다. 내가 곁에 없다면 형은 나를 버리지 않았다는 알리바이를 만들어 가질 수 있다. 가슴속이 울컥, 한다. 나는 짐짓 형을 외면하고 암벽 틈새를 소리 없이 빠져나온다. 얼음과 눈과 돌이 뒤섞인 완만한 모레인 지대가 시작된다. 피켈을 지팡이처럼 사용해 한 발을 내딛는데 입이 쩍 벌어진다. 참을 수 없는 통증이지만 형이 깰까봐 비명을 지르진 않는다.

에베레스트 뒤로 엷은 홍조가 번지고 있다.

한 발을 떼고, 통증이 가라앉기를 기다렸다가 또 한 발을 뗀다. 형이 깨기 전까지 거리를 최대한 벌려야 한다. 누가 곁에서 함께 걷고 있다는 느낌이 문득 든다. 환각 증상이 또 시작되는 모양이다. 내가 오른발을 떼어놓으면 곁의 누가 오른발을 떼어놓고, 내가 왼발을 떼어놓으면 또 미지의 그가 왼발을 떼어놓는다. 묘한 기분이다.

아, 아저씨……

나는 입속으로 중얼거린다. 크레바스 구덩이에서 만났던, 피켈의 주인이다. 그가 내 곁에서 나와 함께 걷고 있다고 나는 상상한다. 머리를 흔들어보아도 마찬가지다. 그가 나를 따라 함께 걸으니 무섭지 않다.

25도 정도쯤 기운 설원이 나온다.

빠르게 새벽 어스름이 걷히고 있다. 형은 아직도 비박색의 감옥에서 빠져나오지 못한 듯하다. 나는 힐끗, 형을 두고 떠나온 육면체 바위 쪽을 뒤돌아본다. 불과 100여 미터도 채 안 되는 거리인데, 반시간도 넘게 걸어온 셈이다. "형……" 나는 입속으로 불러본다. "모르는 체 나와 딴 길로 가. 둘이 죽을 건 없어." 피켈을 탁 찍는다. 얼음 알갱이들이 사방으로 튄다. 나는 엎드려 그것들을 긁어모아 입안에 쑤셔넣는다. 입안이 찢어지는 것 같다.

설사면을 내려가기 시작한다.

글리세이딩 자세이다. 분설이 덮여 있어 속도가 나진 않는다. 내려다볼 땐 균일하게 꺼져내려간 설원인 줄 알았는데, 흐르다 보니 군데군데 예상 못한 선컵들이 나온다. 선컵은 눈이 녹으면서 컵처럼 함몰된 부분이다. 다리 한쪽을 쓰지 못하니까 깊은 선컵에 빨려들어가면 기어나오는 일이 어렵다. 나는 연방 선컵을 지난다. 선컵을 간신히 기어나오면 다시 더 깊은 선컵이다. 형처럼 나도 시력이 어떻게 됐는지 모른다. 선컵의 깊이가 잘 구분되지 않는다. 경사가 갑자기 기운다. 나는 피켈을 찍어 제동을 건다. 급경사를 글리세이딩으로 미끄러져 내려가는 것은 위험천만한 일이 아닐 수 없다. 일단 제동을 걸고 나서 지형을 세심히 관찰해봐야 한다. 그러나 피켈로 간신히 제동을 건 순간, 나는 소스라친다. 온몸이 오그라들고 소름이 쫙 돋는다.

저것이 무엇인가.

불과 10여 미터밖에 떨어져 있지 않은 돌출된 버섯바위 옆에서 불꽃같은 두 눈이 나를 보고 있다. 새벽 어스름이 거의 걷혔는데도 그것의 눈빛은 화염처럼 타고 있다. 늑대인지 여우인지 호랑이인지 판별이 되지 않는다. 손끝 하나 움직일 수가 없다. 여기까지 와서 얼어죽지도 못하고 마침내 야수한테 잡아먹힐 모양이다. 천천히, 그것이 몸을 일으킨다. 늑대와 여우는 아니다. 나는 그것과 피차 눈싸움하듯이 시선을 똑바로 마주쳐 쏘아 보낸다. 어차피 도망갈 수도 없다. 몸을 일으킨 그것이, 기지개 켜는 것처럼 어깨를 한번 펴 보이고 혀를 꺼내 제 수염을 쓱 쓰다듬는다. 점박이, 눈표범이다. 남체바자르에서 만난 포터에게서 쿰부 지역의 설산에 사는 눈표범에 대해 들었던 기억이 난다.

해는 아직 뜨지 않는다.

이렇게든 저렇게든 죽을 결심으로 떠나온 길이다. 놈이 원한다면 할 수 없다. 나는 그래서 더욱 힘을 주고 끈질기게 놈의 시선을 물고 늘어진다. 놈이 천천히 아주 여유 있게 앞발을 설원으로 내딛는다. 서두르는 기색이 전혀 없는, 고요하고 오만한 몸놀림이다.

박상민

영교가 없다. 놀라진 않는다. 영교가 떠나는 것을 지켜본 것 같은 느낌이 든다. 먼저 떠날 테니 곧 뒤따라오라는 뜻인지, 떠난 사람 상관 말고 당신은 당신 살길을 찾아가라는 뜻인지 모를 일이다. 그가 떠날 때 나는 잠과 각성 사이, 어둠과 밝음 사이, 저승과 이승 사이에 있었던 게 확실하다. 한편에선 그가 먼저 떠나고 있다고 느끼면서 또 한편에선 어떤 낯선 남자에게 붙잡혀 있었으니까.

그 남자는 가면을 쓴 듯한 얼굴이다.

표정도 없고 말도 없다. 피부는 밀가루처럼 희고 얼굴 전체엔 수많은 주름이 그물망으로 덮여 있다. 밤새 자고 깨고 또 자고 깨고 하는 사이, 줄기차게 내 꿈속을 떠나지 않은 사람이다. 김형주 선배를 따라간 수유리 등산용품 가게에서 본 그 얼굴이다. IMF사태로 가게를 남에게 넘긴 후 홀연히 사라져 돌아오지 않는다는 말을 김선배에게서 들었던 게 이제 확실히 기억난다. 김형주 선배와 에베레스트 남서벽으로 떠나기 얼마 전의 일이다. "대학 산악부 때는 산을 잘 타던 친구였는데 장가들고 산을 버렸지. 그런데 이상해. 그 친구, 어쩐지 산으로 들어갔다는 느낌이 자꾸 들거든……" 김선배는 말하고 있다. 까마득히 잊고 있었던 기억이다.

나는 힐끗 동쪽을 본다.

에베레스트 남서벽의 위태로운 빙벽들이 보이는 듯하다. 김형주 선배가 내 눈앞에서 천 길 벼랑 아래로 날아간 벽이다. 세락지대를 지나 8000미터 부근의 빙벽을 김선배가 선등으로 오를 때의 일이다. 미리 깔아놓은 로프에서 김선배를 날려보낸 것은 회오리쳐 몰려온 광포한 돌풍이다. "추락이닷!" 외마디 비명소리가 들린 순간, 그의 몸은 그보다 아래쪽에 있던 내 눈앞을 광속의 빛처럼 흘러내려간다. 암벽과 빙벽 사이의 비좁은 테라스 틈새에 끼어 있던 내가 본능적으로 로프를 잡아채는 장면도 남의 일처럼 선연하다. 싹싹싹 하고 빠져나가는 로프 소리, 분설과 함께 지쳐 들어오는 돌풍, 쇠절굿공이 같은 무게로 떨어져내려오는 낙빙들, 그리고 다음 순간 허리와 다리를 감은 로프가 사정없이 몸을 조여오는 느낌……이 남아 있다. 김형주 선배의 몸무게가 내 온몸을 조여온 순간의 기억이다. 8000여 미터 빙벽에서 폭력적인 돌풍과 만나 추락할 때 김선배는 당연히 여기저기 빙벽에 함부로 부딪쳤을 것이다. 정강이가 부러졌을 수도 있고 팔이 빠지거나 쇄골이 내려앉았을 수도 있다. 그렇다면 제동 확보를 한들 그게 무슨 소용인가.

널 저승길까지 데려가진 않겠어.

만신창이로 매달린 김선배는 소리쳐 말했을까.

더구나 오른편에서 눈사태가 일어난 것은 그다음 순간이다. 허리와 허벅지로 파고드는 로프 때문에 헙, 숨을 막은 내 몸이 이내 악마 같은 힘에 끌린다. 김선배의 몸무게가 당기는 힘이 아니다. 어찌된 노릇인지 모르지만, 로프가 끊어지면서 생긴 순간의 반동과 빙벽에 박힌 피켈을 죽어라 잡은 내 손의 악력이 만나 나의 몸을 비좁은 테라스의 바위틈새로 착 달라붙게 만들었기 때문이다. 김선배 가는 길과 내 삶이 갈라지는 순간이다. 순식간에 벌어진 일이지만, 이제는 슬로비디오로 그 모든 걸 되돌아볼 수 있다. 김형주 선배는 내 가슴속에서 지금까지도 눈사태보다, 분설보다, 심지어 돌풍보다 더 빠르게 낙하하는 중이다. 빙벽이나 암벽 모서리에 부딪쳐 튕겨오르는 김선배의 몸이 휘날리는 눈바람 사이로 언뜻언뜻 보인다. 떨어진 팔은 오른쪽 골짜기로 날아가고, 정강이뼈는 왼쪽 골짜기로 날아가고, 머리는 크레바스의 어느 어두운 얼음굴로 날아가는 환영이다. 로프가 저절로 끊어지지 않았으면 꼼짝없이 나도 딸려가 죽었을 거라고 말들 하지만, 그것은 김형주 선배를 잘 모르고 하는 말이다. 김선배는 당신 스스로 로프를 어떤 순간 끊었을 것이다. 추락하면서 여기저기 부딪쳤다면 살아 돌아올 방법이 전무한 구간이다.

나는 이제 확실히 느낀다.

그 사고의 충격으로 산행을 하지 못했던 10여 년간, 김선배의 추락을 직접 목격한 공포감 때문에 구체적으로 상상하지 못했지만, 지금은 알고 있다. 김선배를 겨우 확보한 채 죽어라 피켈을 잡고 있는 내 손, 다리가 부러졌거나 한쪽 어깨가 빠진 상태로 수십 미터 아래 대롱대롱 매달린 김선배, 그리고 뒤를 이어 천둥같이 몰아쳐오는 눈폭풍 소리, 그 찰나, 오로지 산에서 살고 산에서 죽기를 바랐던 김형주 선배의 선택은 자명했을 것이다. "상민, 너라도 살아 가야 돼!" 김선배는 외쳤을까. 그것이야말로 김형주 선배의 참모습이다. 본능적으로 로프를 끊고 있는 김선배의 손이 보이는 듯하다. "널 저승길까지 데려가진 않겠어" 소리쳐 말하는 그의 목소리도 충분히 들을 수 있다.

나는 이윽고 피켈을 찾아든다.

영교를 따라잡으려면 서두르는 게 좋다. 동상이 더 진행됐는지 손끝이 갈라지는 것처럼 아프다. 나는 피켈을 놓쳤다가 다시 잡는다. 그러다 곧 움찔한다. 이것은…… 내 피켈이 아니다. 간밤에 영교가 보여주었던 그 피켈이다. 영교가 무심결에 피켈을 바꿔 간 모양이다. 그 피켈이 내 머리맡에 있었으니 탈진해 제정신이 아닌 상태에서 얼마든지 일어날 수 있는 착각이다. 나는 눈을 비비고 피켈 샤프트를 다시 본다.

사랑해!!

피켈 손잡이에 칼끝으로 긁어 새긴 세 글자를 소리내어 읽어본다. 전율이 지나간다. '98. 1. 29.'라는 글자도 제법 선연하다. 설맹으로 불편했던 시력이 정상으로 돌아온 느낌이다. 1998년 1월 29일이라면 김형주 선배가 에베레스트 남서벽에서 추락하기 불과 얼마 전이다. '영우, 선우, 마야, 정순희'라는 삐뚤빼뚤한 글씨들은 다시 보아도 눈물겹다.

'마야'는 네팔 말로 '사랑'이라는 뜻이다.

크레바스에 있다는 그 남자는 네팔을 오갔거나 적어도 네팔을 사랑했던 사람일 가능성이 많다. 김형주 선배와 함께 만났던 수유리 등산용품 가게의 그 남자가 다시 떠오른다. 그가 해외 고산등반 경험이 있었는지는 알 수 없다. 확실한 것은 에베레스트 남서벽 등반길 베이스캠프에서 김선배가 했던 말이다.

"그 친구, 가게 망해먹고 홀연히 사라졌는데 지금까지 돌아오질 않아. 가족을 두고 그럴 친구가 아닌데. 한두 달 배낭여행이나 하고 돌아와 새 출발을 하겠다고 떠난 친구가. 그런데 이상하지. 나는 자꾸 그 친구가 어디, 산으로 갔다는 느낌이 들거든."

나는 힐끗, 촐라체 정상 쪽을 본다.

촐라체 정상은 우뚝하고 단아하다. 시선을 동남쪽으로 치켜뜨면 곧 내가 영교와 함께 내려온 하산길이 보인다. 영교가 크레바스에 추락한 지점이 하마 저기쯤일까. 멀지는 않다. 길은 빙사면으로서 비교적 완만하다. 힘이 남아 있다면 어림잡아 한 시간 이내에 오를 수 있는 구간이다. 나는 출발하려던 걸 멈추고 내가 든 피켈을 다시 본다. '사랑해!!'라고 피켈이 말하고 있다. 나는 산을 보고, 피켈을 보고, 또 산을 본다. 가면을 쓴 것 같은 무표정한 얼굴로 밤새도록 내 꿈속을 흘러다닌 남자가 피켈의 주인이었던 것 같다. 맞아, 그 사람이었어. 그의 곁에 김형주 선배가 있다. 꿈속에서의 김선배 표정은 여전히 슬프다. 마음이 밝은 사람이어서, 살아생전, 꿈속에서처럼 김선배가 슬픈 표정을 지은 적은 거의 없다. 아니 꿈속만이 아니다. 지금 당장 내 눈에 떠오른 김선배는 계속 꿈속처럼, 슬픈 표정이다.

"어쩌라고요, 선배님?"

나는 소리내어 물어본다.

돌풍이 부는지 정상 쪽에서 설연이 피어오른다. 눈대중으로 보아 설연이 날리는 지점은 영교가 추락했던 크레바스 부근이다. 마치 김형주 선배와 크레바스 속 피켈의 주인이 작당을 해서 설연을 날리는 것도 같다. 나는 부르르 몸을 한차례 떤다. 저기에서 선배가 나를 부르고 있어……라고, 다음 순간 나는 생각한다. 에베레스트에서 허공으로 날아간 선배가 거기 있을 리 없건만, 그러나 나의 감각들은 이상하게 김선배를 가까이 불러들이고 있다. 하기야, 크레바스 속 남자가 선배의 친구라면 에베레스트가 지척이니 친구 찾아 미상불 마실을 나왔는지도 모른다.

"아냐. 안 돼요, 선배님!"

나는 머리를 가로젓는다.

영교를 따라잡으려면 출발해야 한다. 더구나 나는 거의 탈진 상태이다. 옆구리 통증 때문에 피켈을 휘두르기도 어렵다. 컨디션 좋다면 한 시간 거리라 해도 이 상태로 다시 오르는 건 미친 짓이다. 영교를 잃을 수도 있고 내 목숨도 장담할 수 없다. 또 올라간다 해도 크레바스에 내려가기도 어려울뿐더러 내려가 죽은 자를 확인한다 하더라도 그게 무슨 의미가 있겠는가. 하산길 방향이 크게 엇나간 것 같진 않다. 한두 시간이나 길게 잡아 한나절쯤만 내려가면 마을, 혹은 최소한 야크 카르카*를 만날 것이

---

* 야크 카르카(Yak Kharka): 해발고도 4000~6000미터에 이르는 고원에 사는 소목 솟과에 속하는 포유류 야크의 여름 방목장.

다. 5000여 미터 이상에서 방목하는 야크와 야크 몰이꾼을 위해 비상시 사용하는 야크 카르카만 만나도 살 수 있다. 야크의 목장주가 비상식량을 늘 비축해두는 곳이기 때문이다.

그러나, 몸을 움직일 수가 없다.

머릿속은 내려가라고 명령하고 있으나 촐라체 서면의 설연은 나를 간절하게 끌어당긴다. 나를 살리려고 스스로 로프를 자르고 죽어간 김형주 선배의 혼백이 위에서 나를 부르고 있다는 느낌이 여일하다. 올라와, 상민. 내 친구야. 죽은 자의 머리칼 한 올이라도 잘라서 그가 사랑했던 사람에게 돌려줘. 그의 주검은 나의 주검과 같아. 김선배가 그렇게 말하고 있는 것 같다. 따져보면, 김선배의 죽음을 극복하기 위해 떠나온 길이다. 이 등반에서도 김선배의 죽음을 극복하지 못하면 나는 아마 다시는 산을 찾지 못할 것이다. 그것은 나의 삶이 과거에 계속 매어 있다는 뜻이 된다. 어려울 것 없어. 갔다 왔다 해도 한나절감이야. 나는 생각한다. 방향을 잘 잡고 있으니 영교를 따라잡는 것도 불가능한 일은 아니다. 빙벽은 더 없을 테니 시간이 걸리겠지만 내려가는 길에 영교가 추락할 가능성도 없다.

나는 주먹을 힘껏 쥐어본다.

해발고도로 치면 불과 200여 미터밖에 되지 않는다. 빙벽도 없다. 어제 굴러내려온 곳도 다시 보니 40여 도 미만의 설사면이다. 피켈에 의지해 쉽게 올라갈 수 있는 길이다. 어제 걸은 건 돌이켜 따져보면 정오까지 네 시간 정도에 불과하다. 영교 없이 혼자 내려왔다면 한 시간 이내에 주파했을 것이다. 올라가는 데 두 시간, 내려오는 데 한 시간이나 30분쯤 잡으면 원위치 하기까지 넉넉잡아 세 시간을 넘지 않는다는 계산이 나온다. 영교가 겨우 1킬로미터나 갈까 말까 한 시간이다. 다행히 날씨는 맑고 설사면은 바람 한 점 없다.

"당신은…… 누구입니까."

나는 이러지도 저러지도 못하고 선 채 묻는다. 크레바스 속 남자에게 물었으나 먼저 떠오른 것은 김형주 선배의 얼굴이다. 그를 확인하는 것은 김선배의 시신을 찾아 모셔가는 것과 똑같은 일이라고, 나는 생각한다. 촐라체에게 반역하고도 싶다. "너에게 굴복하고 싶지 않아." 나는 촐라체 정상을 향해 씹어뱉는다. 정말 내가 끝내 미친 모양이다. 그러나 갑자기 두건을 벗은 듯 모든 게 명명백백해 보인다. 김형주 선배로부터 자유로워져야 한다. 살아 돌아가야 할 소명도 기실 거기 있다. 그렇다면 벼랑 끝 일망정 가지 않을 수 없다. 그래야 참되고 자유로운 새 길이 열릴 것이기 때문이다.

동편 하늘에 아침 햇빛의 홍조가 섞여들고 있다.

나는 배낭을 열고 7밀리미터 로프와 남은 하켄, 아이스스크루를 꺼내 주머니에 넣는다. 랜턴의 전지약은 얼마 남아 있지 않다. 해발고도가 높으면 그만큼 전지약이 빨리 소모된다. 남은 전지약을 다 챙긴다. 배낭은 놓고 가는 게 상책이다. 무게가 가볍다 해도 올라가는 데 부담이 될 게 뻔하다. 카메라를 만지작거려본다. 죽은 자의 얼굴을 사진에 담아오면 좋겠지만 배낭을 놓고 갈 바에야 카메라를 메고 갈 수도 없는 노릇이다. 나는 카메라를 비롯한 남은 것들을 배낭 속에 넣고 내가 비박했던 바위틈으로 밀어넣는다.

　"설산에선 어떤 때, 눈썹도 무거워."

　그 말을 한 것은 김형주 선배이다. 초오유를 올라갔을 때였던 것 같다. 슬링으로 묶어 허리에 찬 이태리제 아이스스크루나 주머니에 챙겨넣은 러시아제 하켄도 초오유 등반 때 김선배가 내게 선물한 물건이다. 산에 대한 어느 것 한 가지도 김선배가 주지 않은 것이 없다. 히말라야에 도전하는 클라이머에겐 적어도 세 가지 용기가 구비되어야 한다던 김선배의 말도 생각난다. 가정을 던져버릴 수 있는 용기, 죽음과 정면으로 맞닥뜨릴 용기, 세상으로 다시 복귀할 수 있는 용기이다. 김선배야말로 타오르는 향일성向日性의 긍정적인 의지를 가진 내가 아는 유일한 산인山人이다.

나는 피켈을 꽉 잡는다.

미지의 죽은 남자가 내게 보내준 피켈은 프랑스제 샤를레 모제 상품이다. 오랫동안 얼음굴 속에 처박혀 있었으나 피켈 피크는 새것처럼 가파르게 날이 서 있다. 어젯밤 사면을 굴러떨어진 직후보단 컨디션이 나은 게 다행이다.

캠프지기

더이상 기다릴 수가 없었다. 오늘로서 그들 형제가 베이스캠프를 떠나고 6일째가 됐다. 길어야 3박 4일이면 충분하다고 계획했던 등반인데 벌써 여섯째 날이 밝은 것이었다. 더구나 버너까지 잃어버렸다고 하지 않았던가. 크레바스에서 추락했거나 빙벽에서 굴러떨어졌을지 몰랐다. 무전기 연락이 끊긴 것만 해도 오늘 아침으로 사흘째였다.

나는 차 한 잔을 끓여 마시고 배낭을 맸다.

그제도 종라를 거쳐 촐라패스까지 갔지만 사람의 흔적은 어디에도 없었다. 계획했던 대로라면, 정상을 오르고 난 뒤 대강 여섯 시간 후 촐라패스에 도착하도록 예정되어 있었다. 내가 망원경으로 정상에 도착한 그들을 본 것은 출발하고 나흘째, 1월 2일

10시 30분쯤이었다. 정상에서 여섯 시간이면 촐라패스까지 내려올 수 있다는 단순한 산술을 내가 왜 모르겠는가. 나는 그래서 약속했던 대로 만일의 경우에 대비, 비박 준비까지 하고 촐라패스로 올라갔는데, 그들은 그날 밤이 돼도 돌아오지 않았다. 랜턴을 켜놓고 소리쳐 불러도 대답이 없었다. 종라의 로지들도 물론 굳게 잠겨 있었다.

암튼 더이상 베이스캠프를 지키고 있을 수만은 없었다.

만약 촐라패스 근처 어디에서 그들이 탈진해 쓰러져 있다면, 그래서 혹시라도 목숨이나마 부지하고 있다면, 구할 수 있는 가능성은 앞으로 고작 해야 하루가 그 한계일 터였다. 구조대가 절대적으로 필요한 시점이었다. 위성 전화가 있는 로부체나 페리체로 가는 게 옳을 것 같았다. 로부체로 올라가기보다는 페리체로 내려가는 것이 빠를 듯해서 나는 곧 길을 남쪽으로 잡았다.

로부체콜라 강을 쫓아 부지런히 걸었다. 위성 전화가 된다면 일단 카트만두의 빌라 에베레스트 사장에게 협조 요청을 하고 셰르파들을 동원할 수 있는 대로 동원해 고쿄 쪽 하산길과 눈 덮인 촐라패스 근처를 뒤져보는 수밖에 없었다. 박상민의 휴대전화를 찾아 입력된 전화번호를 점검해봤으나 산악회 관련 전화번호는 전무했다. 그가 스승처럼 모시던 선배를 에베레스트 남서벽에서 잃고 나서 한사코 산을 등지고 산 것은 나도 이미 알고 있는 사실이었다. 조난당했거나 사망했더라도 뒷감당해줄 동료나 선후배 하나 없다는 사실에 나는 사뭇 슬픔을 느꼈다. 세상에서뿐만 아니라 산악계에서조차 그는 이미 잊힌 사람이 된 것이었다. 마음이 급해서인지 발걸음이 나는 듯 앞으로 나갔다.

페리체에 도착한 건 10시쯤이었다.

페리체는 딩보체(Dingboche, 4530m)와 추쿵(Chukhung, 4730m)을 거쳐 아일랜드 피크에 이르는 동쪽 길과 로부체를 거쳐 에베레스트 베이스캠프에 이르는 북쪽 길이 갈라지는 곳으로서 남체바자르 위쪽 지역에선 제일 큰 마을이었다. 한겨울이라 마을은 기대와 달리 한적하게 비어 있었다. 로지조차 문을 열지 않은 곳이 많았다. 간신히 촌장이 한다는 로지를 찾아가자 로지 주인이 먼저 놀란 눈빛을 했다. 간간이 눈이 꽤 왔는데 어디에서 혼자 왔느냐는 것이었다.

"촐라체 북벽, 등반 팀에서 왔어요."

"오우, 촐라체? 북벽?"

내가 숨을 헐떡이며 더듬더듬 영어로 설명하자 로지 주인은 이해할 수 없다는 표정으로 냉큼 반문해왔다. 처음 짐을 싣고 들어온 야크와 포터 들은 남체바자르에서 구했을 테니, 페리체 로지 주인이 촐라체 북벽 등반 사실을 알고 있었을 리 만무했다. 더구나 이 한겨울에 누가 감히 촐라체 북벽에 들러붙을 생각을 하겠는가.

"친구들이 조난당한 것 같아요."

나는 수색할 사람들이 필요하다고 말했다.

내가 가진 현금은 많지 않았다. 선금으로 일당을 다 못 준다면 반드시 후불로 갚을 것이며, 그것도 안 된다면 텐트를 비롯한 장비를 줄 수도 있다는 말을 할 땐 영어가 유창하지 않아 힘이 들었다. 나는 가져간 지도를 펼쳐놓고 두글라에서부터 촐라패스를 거쳐 고쿄 쪽 트레킹 코스와 만나는 탕낙까지 동그라미를 그어 보였다. 수색 범위를 눈으로 보여준 셈이었다. 여름엔 트레커들이 넘나드는 길이지만 지금은 눈이 쌓여 인적이 끊긴 길 없는 길이 동그라미 속에 포함되어 있었다.

"안 됩니다. 사람이 없어요."

로지 주인은 곧 울상을 하고 고개를 저었다.

로지까지 반은 문을 닫았건 참이라 촐라패스를 넘어 다닐 셰르파나 인력이 전혀 없다고 했다. 그러면서 그는 남체바자르에 내려가면 사람을 구할 수 있을지 모르지만 인건비가 비쌀 거라고 덧붙였다. 남체바자르까지 내려가려면 하룻길이 될 터, 돈보다

시간이 문제였다. 요행히 사람을 구해온다고 해도 최소한 이틀 후나 베이스캠프에 도착할 것이니, 물 한 모금 먹지 않은 그들이 빙하의 주름에 빠진 채 어떻게 그때까지 생존할 수 있겠는가.

위성 전화는 배터리 충전이 안 되어 있었다.

충전이 돼도 바람이 불지 않아야 전화 통화가 가능할 것이라고 했다. 바람이 불기 시작해 불안했다. 벌써 정오를 넘긴 시각이었다. 나는 배터리가 충전되기를 기다리며 뜨거운 셰르파 스튜를 한 그릇 시켜 먹었다. 간신히 빌라 에베레스트와 전화 통화가 된 건 내가 숟가락을 막 내려놓고 났을 때였다. "여보세요" 하는 빌라 에베레스트 주인인 앙도로지의 한국말을 듣자 갑자기 콧날이 빙 하고 울었다. 나는 울지 않으려고 눈을 꿈적꿈적하면서 상황을 설명했다.

"엿새째면…… 하루쯤 더 기다려보시지요."

금속성 잡음을 뚫고 앙도로지의 대답이 들렸다.

순간적으로 울화가 치밀었지만 따져보면 그러고 해서 다른 방도가 있을 리 없었다. 결정적인 방법으로 헬리콥터를 띄우는 방법이 있었다. 수색을 위한 셰르파들을 실은 헬리콥터를 띄운다면 수배하는 시간을 고려해도 최소한 저물녘쯤에야 베이스캠프에 도착할 텐데, 만에 하나 그사이 그들이 무사히 하산한다면 수백만 원이 넘는 헬리콥터 비용을 일없이 날리는 셈이 될 터였다.

게다가 페리체의 로지 주인도 하루쯤은 더 기다려봐야지 아직은 속단할 때가 아니라고 했다.

"지금쯤 고교 쪽…… 탕낙 마을에 내려와 있는지도 몰라요."

"탕낙 마을엔 전화 연결이 됩니까?"

"그쪽엔 전화, 없습니다."

로지 주인은 손사래를 쳤다. 가슴이 타들어갔지만 어쩔 방도가 없었다. 나는 잠시 망설이다가 서울로 전화를 걸었다. 상민의 휴대전화에 입력돼 있는 '신혜'의 전화번호였다. 결혼식에 참석해 웨딩드레스를 입은 그녀를 먼빛으로 본 것이 처음이자 마지막 만남이었다. 얼굴은 생각나지 않았다. 이혼했다는 말만 들었지 그들의 지금 관계가 어떤 상태에 있는지도 물론 알지 못했다. 다만 지금의 상민이 너무 외로워 보여서 누구든지 붙잡고 그의 이야기를 나누고 싶었다. 다행히 그녀가 전화를 받았다.

"여긴 히말라야예요."

나는 단도직입적으로 말했다.

그녀는 한동안 말없이 내 말만 듣고 있었다. 나는 가능한 한 감정을 드러내 보이지 않으려고 노력하면서 상황을 설명했다. 전화기 속에서 한동안 빙 하는 금속성만 들렸다. 꼭 촐라체 빙벽의 어느 한편이 속으로 울어대는 소리 같았다. "거기 캠프 지키면서, 도 닦으세요" 하던 상민의 목소리가 불현듯 살아났다. 이

혼했다는 말도 첫번째 비박을 하면서 겨우 무전기로 고백해온 상민이었다.

"절망적인…… 상황인가요?"

"아, 아니, 그렇진 않고요. 기다려봐야 합니다만."

"나는 산으로 떠난 줄도 몰랐어요. 언제든 그럴 사람이라고 짐작은 하고 있었지만요."

"차랑고…… 부인이 주셨다고, 그걸 가져왔더라고요……"

전화가 거기에서 예고 없이 툭 끊겼다.

갑자기 창 너머로 내다보이던 잘생긴 아마다블람 봉이 아득해졌다. 아마다블람 봉은 아기를 안고 있는 어머니의 형상이어서 흔히 '모자상母子像'이라고 불리는 봉우리였다. 끊긴 전화기 너머에서 오래오래 메마른 나뭇등걸처럼 앉아 있을 것 같은 그녀의 이미지가 눈앞을 흘러갔다. 상민 형제도, 현우도, 어린 현우를 데리고 불쑥 나타났다가 영원히 실종된 현우의 생모도 한덩어리 이미지가 됐다. 그것들은 그냥 떠도는 안개 같았다.

망설이다가 이번엔 현우가 들어간 절로 전화를 걸었다.

정오를 막 넘겼는데 눈발이 휘날리기 시작했다. 오전 내내 구름 한 점 없었는데 언제 먹장구름이 덮였는지 사위가 어두침침했다. 현우가 절로 들어가던 날에는 눈이 아니라 비가 내렸다. 왜 하필 절로 가려고 하느냐고 묻자 한참을 무릎 꿇고 앉아 침묵

을 지키던 현우가 들릴 듯 말 듯 "……그리워서요"라고 대답했
을 때, 갑자기 뇌성벽력이 울고 빗방울이 후드득, 열어둔 다세대
주택 창 안으로 들이쳤다. 말은 그것이 전부였다. 빗소리에 갇혀
부자父子는 그렇게 침묵으로 오래 마주앉아 있었다. 언제나 그렇
듯이 "그리워서요"라던 현우의 마지막 말이 "그리워서요, 그리
워서요, 그리워서요………" 침침한 골짜기에 메아리로 울리고
있었다.

"그게, 그, 그러니까……"

한참 만에 전화기 저쪽에서 더듬는 말대답이 들려왔다.

"오늘, 수계법회가 열리는 바쁜 날인지라……"

"괜찮습니다. 그럼 이만 끊습니다."

나는 곧 전화기를 내려놓고 자리에서 일어섰다. 바쁜 일이 있
어서가 아니라 보나마나 현우가 전화를 받지 않겠다고 했을 터
였다. 눈발이 굵어지고 있었다. 베이스캠프로 돌아가 비박 준비
를 한 뒤 종라까지만이라도 가보려면 서둘러야 할 일이었다. 얼
음 구덩이 어디쯤에서 죽어가고 있을지도 모를 그들을 두고 어
떻게 베이스캠프만 지키고 있겠는가.

종라에 밤새 불을 밝혀둬야지.

현재로선 내가 그들을 위해 할 수 있는 일이라곤 고작 그 정도
가 전부였다. 나는 전화비를 치르고 행여 모자랄까 헤드랜턴에

쓸 전지약을 있는 대로 구입한 뒤 곧 길을 떠났다. 어느새 눈은 발등이 파묻힐 만큼 쌓여 있었다. 눈이 많이 오면 그만큼 추위가 덜하다는 뜻이니 설산을 헤매고 있을 그들에겐 좋을 수도 나쁠 수도 있었다. 나는 잰걸음으로 베이스캠프를 향해 걸었다. 포기할 수는 없었다. 그들 형제를 히말라야에서 만난 것은 과연 우연이었을까. 오래전 갓난쟁이 현우가 내 품에 '우연히' 안겨졌던 것도, 내 품을 떠난 것도 그런 것처럼, 히말라야에 와서 상민 형제를 만난 게 우연이 아니라는 느낌이 자꾸 들었다.

카르마는 모든 걸 창조한다, 마치 예술가처럼.
카르마는 모든 걸 만들어낸다, 마치 춤꾼처럼.

현우를 떠나보내고 어느 경전에서 읽었던 붓다의 한마디가 생각났다. '예술가처럼' '춤꾼처럼' 춤춘다는 것은 카르마가 고정불변의 운명으로 결정돼 있는 게 아니라는 뜻이었다. 모든 것은 유동적이지만 삼라만상과 과거 현재가 다 서로 얽혀 있으므로 어떻게 생각하고 어떻게 행동하고 어떻게 선택하느냐에 따라 카르마 또한 변화시킬 수 있다고 했다. 고통이야말로 '온갖 부정적인 카르마를 쓸어내는 빗자루'란 말도 그 원리와 맞닿아 있었다. 그렇다면 설산 속으로 걸어 떠난 그들 형제의 카르마도 그럴 터였다.

"굴복하지 마, 상민아."

나는 나도 모르게 중얼거렸다.

종라까지만이라도 가서 밤을 새워 등불을 밝혀야겠다고 결심한 것도 그런 생각 때문이었다. 더이상, 그 누구든 나로부터 떠나보내고 싶지 않았다. 그것은 단순한 소망이 아니었다. 여기서 그들을 영원히 떠나보낸다면 어떤 에너지가 남아 내 삶을 새로 일으켜세울 수 있겠는가. 그들을 만난 것은 '우연'이었지만, 그런 의미에서 이제 나는 필연적인 어떤 카르마와 싸움을 시작하고 있다는 느낌이 들었다.

베이스캠프에 도착했을 땐 이미 땅거미가 지기 시작했다. 나는 코펠과 버너를 비롯하여 식료품을 챙기고 우모복을 여벌로 준비한 다음 내처 눈길을 걸어 촐라패스로 떠났다. 얼어붙은 호수를 건널 때 눈은 이미 정강이까지 쌓여 있었다. 체력이 많이 소모됐다. 그러나 나는 어두운 촐라체의 그늘을 따라 씩씩거리며 걸어갔다.

촐라체가 내게 싸움을 걸어오는 것 같았다.

당신이 그들을 데려가게 가만히 두고보진 않을 거야, 라고 나는 속으로 말했다. 그들을 구할 어떤 방도가 있는 것은 아니었다.

잘못하다간 나까지 눈 덮인 촐라체 품 안의 미궁에 빠지게 될지도 몰랐다. 그렇지만, 전에 없이 내 가슴속에선 생에 대한 어떤 전의가 불타오르고 있었고, 그래서 새삼 힘이 솟았다. 그들이 끝내 돌아오지 않는다면 나 혼자서라도 그들을 찾아 촐라체 정상까지 갈 수 있을 것 같았다. 다행히 눈은 그사이 그쳐 있었다.

비탈진 언덕 위로 한 발 성큼 내딛다가 몸이 뒤로 벌렁 뒤집힌 건 한순간의 일이었다. 돌에 부딪혔는지 왼쪽 어깨가 부러지는 것처럼 아팠다. 나는 가파른 비탈길의 눈 속을 여러 번 구르면서 내려갔다. 이미 어두워진 다음이었다.

하영교

나는 퍼뜩 눈을 뜬다.

여기가 어디일까. 죽지 않았어, 라는 생각이 머릿속에서 먼저 스파크를 일으킨다. 목을 돌려보고 팔을 들어본다. 가능하다. 아직 몸이 움직여진다. 죽지 않았다는 사실의 확인이 감각기관을 따라 전신으로 뜨겁게 전이된다. 아아, 하고 포효라도 하고 싶다.

눈이 내리고 있다.

나는 바위에 기대듯 쓰러져 있던 상반신을 힘들게 일으킨다. 잠들어 있을 때 쌓인 눈들이 푸스스푸스스 떨어져내린다. 오후 4시쯤 된 것 같다. 얼마나 쓰러져 있었을까. 바위 천장 밖으로 뻗어놓인 하반신에 눈이 쌓인 것으로 보아 꽤 오래 쓰러져 있었던 모양이다. 혼절해 있었는지 잠이 들어 있었는지는 확실하지 않다.

또렷이 기억나는 것은 물소리다.

짧은 사면을 구르다시피 내려왔을 때 근처에서 불현듯 실개울이 흐르는 것 같은 물소리가 들려왔던 것이다. 미친 것처럼 기고 구르면서 물소리를 쫓아 내려온 게 기억난다. 그러나 단단히 얼어붙은 빙하층 아래에서 나는 물소리다. 그 순간의 나는 아마 미쳐 있었던 것 같다. 물만 원 없이 마신다면 살아 돌아갈 힘이 날 듯한데, 소리는 들리고 마실 수는 없으니 왜 그렇지 않겠는가.

그리고 아, 햇빛.

내가 근처의 바위까지 기어가 등을 기댄 채 스르륵 잠든 것은 그 햇빛 때문이다. 냉동되어 있다시피 한 몸의 구석구석을 햇빛이 따뜻이 녹여주었으니까. 그러나 햇빛이라니, 혹시 환영을 본 게 아닐까. 아침 10시만 넘으면 전체가 다 캄캄해지는 게 촐라체 북벽이다. 물소리를 쫓아 미친 것처럼 사면을 굴러내린 게 아마 정오를 넘긴 다음이었을 테니까, 그 시간에 촐라체 북벽에 햇빛이 비칠 리 만무하다.

그렇다면 혹시 이곳은 촐라체 서면?

나는 고개를 돌려 촐라체 정상을 눈으로 찾는다. 강설 때문에 아무것도 보이지 않는다. 보이는 것은 100여 미터 이내뿐이다. 좌우에서 설릉이 가파르게 치켜올라가는 걸로 보아 측릉과 측릉 사이의 짧은 콜인 듯하다. 정말로 내가 기억하는 햇빛이 환영이 아니라면, 하강해온 방향이 크게 엇나가지 않았다는 뜻이다. 애당초 촐라패스가 하강 루트의 최종 목표였는데, 이런 상태에선 해발 5400여 미터의 촐라패스보다 서쪽 마을로 가는 게 상책이다. 어디에서든 사람을 만나야 살아 돌아갈 확률을 높일 수 있다. 하강 루트 정찰 때 눈에 익혔던 얼어붙은 호수, 야크 카르카, 마을의 전경이 눈앞을 스친다. 문제는 눈이 내리고 있어 어느 쪽이 서쪽인지 잘 분간이 가지 않는다는 사실이다.

형……

상민 형을 입속으로 불러본다.

형이라면 구태여 나침반을 꺼내 보지 않아도 방향을 탐지할 수 있는 경험의 눈이 있으니 길을 제대로 잡을 수 있을 테지만, 이미 햇빛을 전혀 볼 수 없는 상태에서 내 눈은 까막눈이나 다름없다. 감각과 직관에 따르는 게 최선이다.

나는 곧 엎드려 다시 기기 시작한다.

두 손과 팔꿈치의 힘으로 몸을 끌어당기면서, 부러지지 않은 한쪽 발로 설사면을 밀어내는 식이다. 차랑고로 부목을 댔다고 하지만 제대로 힘을 받지 못한 부러진 다리가 덜렁덜렁 내 몸을 따라온다. 울퉁불퉁한 빙사면에 끌릴 때는 부서진 무릎이 참을 수 없을 만큼 아프다. 성한 한쪽 발도 눈이 쌓여 힘을 제대로 발휘하지 못한다. 그나마 힘을 쓸 수 있는 건 두 팔꿈치뿐이다.

죽을 것처럼 100여 미터나 진행했을까, 팔꿈치 한쪽의 우모복이 쭉 찢어진다. 바지의 무릎 부분은 이미 찢어진 상태다. 우모복을 빠져나온 오리털들이 바람에 날린다. 나는 가쁜 호흡을 내쉬면서 바람에 날리는 오리털의 행렬을 바라본다. 미세한 오리털의 어떤 파편은 제 자태를 뽐내면서 눈송이와 부딪치며 하늘로 날아오르고, 어떤 파편은 빙그르르 돌면서 바람의 방향을 쫓아 달리고, 또 어떤 파편은 활강 비행으로 날다가 천지간 분별없이 들까붙며 사라진다. 나는 몸을 빙글 돌려 누워 내 무릎에서 빠져나와 눈앞을 흘러가는 오리털들의 귀엽고 경쾌한 춤을 본다.

"으흐…… 흐흐흐흐……"

등이 들썩여질 만큼 웃음이 솟구쳐나온다.

나는 소리내어 웃는다. 등이 들썩여질 때마다 온몸에 바늘이 꽂혀드는 것처럼 아픈데도, 웃음은 여간해서 멈춰지지 않는다. 실성을 했나 하는 생각도 나고, 추락했던 크레바스 생각, 나를 따라 한동안 옆에서 나란히 걷던 크레바스 속 아저씨의 혼백 생각, 앞길을 가로막고 섰다가 유유히 나를 버려두고 혼자 가버린 눈표범 생각, 얼음장 밑의 물소리 생각, 설사면을 굴러떨어지던 생각, 너 누구니, 하고 묻던 임종 직전의 아버지 생각, 혼자 남기고 떠나오면서 그래도 형은 날 쫓아오지 않을까 했던, 형의 생각도 난다. 그런데 그 모든 기억들이 하나같이 다 우습다. 크레바스에 추락한 멍청한 자신, 죽은 사람의 피켈을 훔쳐가지고 나온 도둑인 자신, 형의 목을 졸랐던 떼쟁이 자신, 형을 남기고 먼저 떠나온 속 좁은 자신도 우습다.

"흐흐…… 흐흐훗훗…… 훗, 훗, 훗……"

웃음이 그쳐지지 않아 고통스럽기 그지없다.

그래도 나는 계속 웃는다. 눈물, 콧물, 그리고 마른 입술 사이에서 거품 같은 게 나온다. 처음엔 리드미컬하게 흘러나오던 웃음소리가 힘이 드니까 나중에 스타카토 된 음절처럼, 훗, 훗, 훗, 하고 끊어져 나온다. 완전히 미친 모양이다. 그러다가 숨이 딱 막히더니, 이번엔 구역질이다. 설사면에 대고 구역질을 한다. 나흘이나 변변히 물 한 모금 먹지 못했으니 넘어오는 게 있을 리 없다. 토해내는 건 겨우 콧물과 뒤섞인 침의 거품뿐이다. 그래도 구역질은 멈춰지지 않는다. 우습던 모든 삽화들이, 이제 우스운 게 아니라 왜 그런지 더럽다. 촐라체도 더럽고, 뒤따라와주지 않은 형도 더럽고, 너는 누구냐고 물어오던 아버지도 더럽고, 어머니도 더럽고, 무엇보다, 혼수상태에 빠져 있다가 어느 순간 번쩍 눈을 뜨고 상반신을 일으킨 아버지가 나를 향해, 넌 누구냐, 물어왔을 때 당황하여, 하다못해 아버지 아들 영교라고, 대한민국의 신체 건강한 스무 살 청년 하영교라고, 뻔한 대답조차 하지 못했던 나 자신이 더럽고 역겹다.

나는 거의 기진하여 한동안 미동도 하지 않는다.

남은 체력이 웃고 구역질하느라 모두 소진된 느낌이다. 몸은 속이 모두 빠져나가고 껍데기만 남은 가죽 푸대 같다. 이 상태로 가봤자 어두워지기 전까지 불과 300미터도 나아가지 못할 게 뻔하다. 비참하거나 슬프지 않다. 눈이 내리기 때문인지 추위도 별로 느껴지지 않는다. 무서울 것도 없다. 눈표범이 다시 곁으로 돌아왔으면 좋겠다고 잠깐 생각해보지만, 모두 나와 상관없는 일처럼 느껴진다.

나는 눈을 감는다.

언제 한 번이라도 이처럼 고요한 적이 있었던가. 잠이 들면 그것이 곧 죽음이겠지. 나의 주검 위에 흰 눈이 소복이 쌓이는 게 보이는 듯하다. 눈 무덤 속의 나는 얼마나 평화스러울까. 사실은 내가 속으로 그리워했던 것, 사무치게 가닿고 싶었던 것, 목놓아 울면서 맞아들이고 싶었던 것은 다른 것이 아니다. 고요하고 평화로운 것, 겨우 그것이다.

그때, 무슨 소리가 귓가를 스친다.

고요하고 평화롭고 환한 세계를 상상하느라 나는 그 소리를 처음 바람 소리라고 생각한다. 바람이 빙벽의 모서리, 빗물 따위가 얼어붙어 암벽을 코팅하듯 싸고 있는 얼음막, 혹은 베르글라*를 스치고 지나가는 소리. 낮은 휘파람 소리 같기도 하고 부드럽게 흐르는 물소리 같기도 하다. 그러나, 두번째로 그 소리가 다시 들렸을 때, 잠의 어둠 속에 쓰러져 누워 있던 내 귀가 쫑긋 하고 곤두선다.

바람 소리가 아니다. 혹시……

나는 비로소 상반신을 일으킨다.

아이젠 발톱들이 빙사면을 밟는 소리, 혹은 피켈과 피켈이 맞부딪치는 것 같은 금속성도 들린다. 형이 내 뒤를 쫓아오고 있는 소리인지도 모른다. 나는 미간을 모으고 내가 지나온 길을 뚫어

• 베르글라(verglas): 바위 표면을 얇게 덮고 있는 얼음막.

저라 본다. 아무것도 보이지 않는다.

나는 끙, 상반신을 다시 눕힌다.

형이 나를 쫓아올 리 없다. 눈이 내려 내 흔적들이 모조리 지워졌으니 지금은 쫓아오려고 해도 쫓아올 수 없을 것이다. 아니, 형은 내 흔적을 보고도 처음부터 다른 길로 간 게 틀림없다. 비박하면서 늦게까지 잠들어 있지는 않았을 터, 내 뒤를 쫓아오려 했다면 눈이 내리기 전에 이미 내 곁에 당도해 있어야 옳다. 머지않아 땅거미가 지기 시작할 시간이다. 더 빠른 지름길을 찾아 마을로 내려가 형이 어느 집 따뜻한 난롯가에서 밀크티나 락시를 마시고 있는 그림이 어릿어릿 머릿속을 스치고 지난다. 내가 스스로 먼저 떠나온 길이니 원망스럽진 않다. 둘이 함께 죽는 것보다 혼자라도 사는 게 클라이머들의 '모럴'에 맞다는 것을 이제 나는 완전히 이해하고 있다. 내가 죽더라도 형은 내 형이므로, 형은 살아야 한다.

문제의 소리가 다시 들린 건 그다음이다.

나는 또 한번 상반신을 일으킨다. 원망하지 않는다면서도 나는 내심 형을 간절히 기다리고 있는 모양이다. 눈발이 잦아들고 있다. 이번에 들리는 소리는 좀더 가깝고 또렷하다. 울림이 길게 끌리는 듯한 맑은 금속성이다. 야크? 나는 중얼거린다. 5000미터가 넘는 곳에까지 방목하는 야크들은 주인이 찾기 쉽도록 커다란 방울을 목에 달고 있다. 큰 덩치와 달리 야크들은 여름철에도 풀을 뿌리째 뽑아 먹지 않는다. 양들이 풀을 뿌리까지 뽑아 먹어 대지를 황폐화시키는 것과 대조를 이룬다. 한겨울의 야크들은 마른나무나 마른풀, 심지어 바위에까지 날아와 붙은 영양소들을 부드럽게 핥아먹는다. 소보다 훨씬 큰데도 미세한 영양소로 겨울철 건강을 유지한다는 게 놀랍고 아름답다.

소리는 더이상 들리지 않는다.

환청인가. 그러나 나는 분명히 설사면 서쪽 어디쯤을 지나는 야크의 방울 소리를 들었다고 생각한다. 방울 소리는 웅숭깊은 음역을 갖고 있다. 베이스캠프는 물론 베이스캠프보다 훨씬 높은 곳까지 은은한 방울 소리를 울리며 배회하던 야크떼의 모습이 신기루처럼 눈앞을 스친다. 야크가 있다면 야크들을 위한 헛간인 야크 카르카나 야크의 주인이 근처에 있을 가능성이 높다.

나는 다시 기어가기 시작한다.

10년 전 혹은 100년 전부터 이렇게 오로지 기어온 것 같다. 길은 희끄무레하다. 누워서 죽으나 기어가다가 죽으나 마찬가지일 터이지만, 누워 죽음을 기다리는 것보다는 그래도 기는 게 낫다. 기고 있는 동안은 추위도 덜하고 공포심도 덜하기 때문이다.

눈이 살짝 얹힌 가파른 빙사면이 나온다.

촐라체 정상부에서 밀려내려온 빙하층의 끝자락인 듯하다.

이 설사면만 내려가면 만년빙하층이 일단 끝날 모양이다. 단애는 60여 도 경사면으로 빙하 지대를 갈무리하면서 또다른 모레인 지대로 이어지고 있다. 형세로 보아 그곳만 통과하면 머지 않아 호수가 나오거나, 또는 여름엔 녹고 겨울엔 눈이 쌓이는 설계雪溪에 도달할 수 있을 것 같은데, 바람에 의해 군데군데 신설新雪까지 날아간 빙사면이 가로막고 있으니 난감하다. 일단 아이스스크루를 박아 확보를 한 다음 로프에 의지해 내려갈 방법밖에 없다.

그러나, 이내 가슴이 철렁 내려앉는다.

배낭이 없다. 배낭을 내리려고 무심코 올라갔던 손이 어깨 위에서 멈춘다. 어디에서 배낭을 내려놨는지 기억이 나지 않는다. 눈표범과 맞닥뜨렸던 선컵이었는지, 실신한 듯 잠들었던 바위 아래였는지 알 수 없다. 뒤를 돌아다본다. 7밀리미터 로프는 내려오면서 형이 가져갔지만 동강 난 5밀리미터 로프는 내 배낭에 묶어두었는데, 배낭이 없으니까 로프도 없는 게 당연하다. 남아 있던 최소한의 장비도 마찬가지다.

빙사면은 모레인 지대까지 100여 미터 이상이다.

배낭을 찾으러 온 길을 다시 갈 수는 없다. 나는 쓰러진 채 가만히 귀를 분설이 덮인 얼음층에 대본다. 물론 아무 소리도 들리지 않는다. 씨팔, 하고 나는 속으로 중얼거린다. 형이 혹시 뒤따라오고 있지 않은가, 하는 무의식적 갈망으로 귀를 대본 것이라는 사실을 뒤늦게 깨달았기 때문이다. 벌써 하루가 다 기울어가는 중이다. 형을 기대한다는 건 말도 되지 않는 일이라는 걸 뻔히 알면서 아직도 기대를 완전히 저버리지 않은 나 자신에 대해 욕지기가 난다. 나는 바보, 멍충이, 세계에서 가장 비열하고 나약한 인간이다.

"씨팔 새끼, 너 하영교!"

나는 내게 소리내어 말한다.

미끄러져 내려갈 만한 경사가 아니다. 미끄러지기 시작하면 가속을 띨 게 뻔하다. 빙사면이 끝나는 지점이 눈 쌓인 모레인 지대라는 점에 그래도 기대를 걸어본다. 빙사면에서 미끄러져 내려간 신설이 빙사면 끝부분에 두껍게 쌓여 있어 충격을 완화시켜줄 것도 같다. 돌출 바위만 피하면 나의 가속을 신설 더미가 붙잡아줄지도 모른다.

나는 몸을 빙사면에 미끄러뜨리기로 한다.

신설 더미가 두껍지 않다면 가속을 띤 내 몸이 무엇과 맞닥뜨릴지 알 수 없다. 그래도 앉아서 죽는 것은 싫다. 나는 옆으로 누워 심호흡을 하고 몸을 날리듯 읍, 빙사면으로 뛰어든다. 부러진 발목과 무릎에 격렬한 통증이 오지만, 잠깐뿐이다. 뿌연 허공과 군데군데 지워진 능선과 날리는 눈보라가 함께 뒤섞여 돌아간다. 형의 얼굴이 두서없이 떠오른다. 혼자 살기 위해 형이 짐짓 모른 척 다른 길로 갔다고 해도 결코 원망을 해선 안 된다, "괜찮아, 씨팔! 형은 꼭 살아 돌아가!" 그렇게 소리치자마자 내 몸이 쌓인 눈 속으로 파고들면서 탁 멈춘다.

분설이 얼굴 위로 폭풍처럼 날아와 앉는다.

박상민

너는 돌았어. 미친 거야.

나는 이윽고 털썩 주저앉으며 중얼거린다. 오후 1시를 넘기고 있다. 넉넉히 계산해도 두 시간이면 올라갈 수 있으리라 생각했는데 꼬박 세 시간 이상이 걸린 셈이다. 체력이 소진된 것도 문제지만 더 큰 고통은 옆구리 통증이다. 왼쪽 팔은 거의 사용할 수가 없다. 빙사면을 피켈로 찍는 것도 어렵거니와, 설령 찍었다고 하더라도 몸을 힘주어 끌어올릴 엄두가 나지 않는다. 오로지 아이젠과 오른팔에 의지해야 하니 속도를 낼 수 없는 게 당연하다. 미치지 않았다면 누가 이곳에 다시 오겠는가.

크레바스가 입을 벌린 채 내 앞에 있다.

좌우의 첨봉들과 비박했던 장소를 기준 삼아볼 때, 영교가 추락했다가 살아 돌아온 그 크레바스가 틀림없다. 미쳤다고 할지라도 이곳을 정확히 다시 찾아온 게 신기하고 대견하다. 미지의 남자와 김형주 선배가 안내해준 모양이다. 방향이 모호할 때마다 어김없이 나보다 앞서가는 그들의 환영이 나타나곤 했었으니까. 이리 와, 이쪽이야…… 하고 말하는 듯이. 나는 옆구리에 차고 온 아이스스크루를 박고 로프를 건다. 크레바스 끝 지점의 경우, 바닥까지의 깊이가 깊지 않다는 영교의 말을 상기한다. 그가 그런 몸으로 기어오른 것만 보아도 그렇다. 그 정도 깊이라면 로프를 걸지 않고도 내려갈 수 있다. 헤드랜턴 불을 켜고 로프를 잡는다. 구멍 속으로 내려가면서 마지막 본 설원엔 어지럽게 눈발이 흩날리고 있다.

마침내 크레바스 밑바닥에 발이 닿는다.

나는 헤드랜턴 불빛을 이리저리 비춰본다. 마침내 사람의 실루엣이 잡힌다. 나는 숨을 죽이고 그것을 본다. 그곳에, 그 캄캄한 얼음굴 속에 정말 미지의 누가 있다. 나는 호흡을 멈춘 채 헤드랜턴 조명 속으로 끌려나온 남자에게 시선을 꽂는다.

그 남자인가.

얼음이 덮고 있으니 얼굴은 흐릿하다. 아니, 두 번 정도 만났을 뿐이므로 기억 속 그 남자의 얼굴도 명확한 건 아니다. M자형 대머리였던 건 분명하다. 나는 더욱 조명을 바싹 들이댄다. 김형주 선배가 떠오른다. 말해주세요, 선배님. 선배님 친구가 맞아요? 선배님도 지금 여기 와 있나요? 나는 속으로 묻는다. 두건처럼 둘러쓰는 발라클라바°가 위로 젖혀져 남자의 얼굴은 다 드러나 있다. 어디선가 한두 번쯤 스쳐지난 얼굴처럼 낯익다. 원정 등반에서 만났던 것도 같고, 설악산 토왕빙폭을 오를 때 보았던 것도 같고, 어느 산장 구석진 곳에서 나의 옆자리를 차지하고 한두 번쯤 밤을 보냈던 것도 같다. 나이는 김형주 선배와 비슷해 보인다. 물색없이 잘 웃던 등산용품 가게 주인의 이미지가 눈앞을 스치지만 확신은 들지 않는다. 머리를 확인해봐야 한다. 그러나 발라클라바와 함께 위로 헬멧까지 얼어붙어 있으니 난감하다. 함부로 얼음을 뜯어내면 주검이 손상될 수 있다.

에델바이스?

온몸에 한차례 전류가 지나간다.

발라클라바 앞에 쓰여 있는 상표를 나는 읽는다. 김형주 선배와 함께 산행했던, 이제는 거의 잊힌 동료들의 모습이 다투어 떠

• 발라클라바(balaclava): 머리와 얼굴을 완전히 덮고 눈만 보이게 만든 방한용 모자.

올랐다가 꺼진다. 초오유 등반 때 사용했던 발라클라바와 등산 양말이 모두 에델바이스 제품이었던 게 생각난다. 내가 장비를 일괄 구입했으므로 틀림없는 사실이다. 당신은, 누구신가요? 나는 묻고 남자는 미소를 짓는다. 금방이라도 눈을 뜰 것처럼 자애로운 표정이다.

어떡하든 헬멧을 떼어내야 한다.

얼음층이 두껍지 않은 게 다행이다. 남자의 머리 위로 스노브리지가 지붕 역할을 해왔기 때문일 것이다. 나는 조심하면서 피켈 샤프트로 얼음층을 깨나간다. 주검이 훼손될까봐 조심하느라 시간이 좀 걸린다. "미안해요. 당신을 가족에게 보내주기 위해서예요. 정선희씨와 영우, 선우, 마야에게로요." 나는 속삭인다. 헬멧과 발라클라바가 머리에서 분리돼 나온다. 내 입에서 엇, 신음 소리가 새어나온다. 맞다, 분명 M자형 대머리다. 흐릿하게 맴돌던 등산용품 가게 안의 남자 모습이 좀더 뚜렷해진다. 김형주 선배의 대학 산악회 친구이자 나와 막걸리잔도 한 번 기울인 바 있는 그 남자가 틀림없다.

어떻게 이런 일이 있을 수 있단 말인가.

차라리 경이롭다. 울컥하고 넘어오는 뜨거운 기운 때문에 나는 이마를 짚는다. "김선배님……" 나는 떨리는 목소리로 불러본다. 김형주 선배가 분명히 가까이 있는 느낌이다. 나를 여기까지 불러올린 것도 김선배가 틀림없다고 나는 확신한다. "감사합니다. 선배님…… 두 분 선배님……" 나는 남자의 주검에게 절을 한다. 나를 살리기 위해 기꺼이 로프를 스스로 끊은 김선배에게 진 오랜 빚을 갚은 느낌이 든다. 다 말라붙었다고 여겼는데 다시 눈물이 흐르기 시작한다. 울면서 남자의 머리칼을 조금 잘라 품에 넣는다. 에베레스트 남서벽에서 죽은 김형주 선배가 마실 와 있다 하더라도 여기 오래 머물 수는 없다. 서둘러야 한다.

배낭이 남자의 무릎 위에 놓여 있다.

앉은 자세로 보아 남자는 죽음을 완전히 받아들이면서 아주 편안히 숨을 내려놓은 것 같다. "죄송합니다……" 꾸벅 목례를 해 보이고 이번엔 배낭을 잡는다. 배낭의 주둥이가 앞을 보고 있다. 얼음층을 깨뜨리고 배낭 옆구리의 지퍼를 잡는다. 가슴이 두근거린다. 눈송이가 간헐적으로 날려들어오는 걸로 보아 눈이 내리기 시작한 모양이다. 올라올 때 그랬듯이, 내려갈 때 역시 김형주 선배가 길을 안내해줄 것이니, 걱정은 되지 않는다. 걱정은커녕 놀라울 정도로 마음이 편안하다. 김선배의 영혼이 아예 내 속으로 들어와 앉아 있다는 느낌까지 든다. 은혜로운 느낌이다. 아무리 난이도가 높은 빙벽이라고 하더라도, 김선배가 곁에 있다는 것만 확인하면 언제나 안심이 되고 힘이 솟지 않았던가.

"지퍼, 열게요. 당신이 누군지, 확인하고 싶어요!"

덜그럭거리던 지퍼가 드디어 갈라진다. 예상했던 등산용품들이 잘 챙겨져 있는 배낭이다. 꼼꼼하고 담백한 성격을 가진 사람이었던 것 같다. 최소한의 장비다. 버너와 소형 코펠이 손에 잡힌다. 버너라니, 반갑다. 손을 집어넣어 그것을 꺼낸다. 아이스스크루, 하켄 몇 개도 나온다. 비스킷 반 봉지와 메추리알만한 초콜릿 몇 개, 그리고 초코파이도 하나 있다. 그치던 눈물이 다시 솟는다. 남자는 추락하는 순간의 손상과 추위 때문에 죽은 모양이다. 로프가 없는 걸로 보아 추락하면서 잃었거나 아니면 크레바스 밖에 두었을 수도 있다. 크레바스 다른 쪽 어디에서 추락했다가 영교가 그랬듯 탈출로를 찾아 여기까지 기어왔을 수도 있다. 간식이 남아 있는 것으로 보아 굶어 죽지 않은 건 확실하다.

나는 울면서 허겁지겁 비스킷을 입에 넣는다.

입안은 건초 더미처럼 바싹 말라 있다. 씹은 비스킷을 목구멍으로 넘길 수가 없다. 헐고 찢어진 입천장과 잇몸도 입이 절로 벌어질 만큼 아프다. 얼음 알갱이를 입안에 넣어 녹은 물로 삼켜보려 하지만 뜻대로 되지 않는다. 버너에 비로소 시선이 간다. 겉으로 보아선 멀쩡한 배낭이다. 성급히 배낭 밑을 다시 뒤져본다. 가스통이 손에 잡힌다. 감동이다. 사용하다 만 것이라면 통 안의 가스가 모두 새어나갔겠지만 밀폐된 새 가스통이라면 온전할 가능성이 크다. 이 지점을 지날 때 오후 시간이었다고 가정하면, 당연히 하루나 이틀쯤의 비박을 견딜 만큼 가스를 남겨두었을 터이다. 나는 기도하는 마음으로 조심스럽게 가스통을 꺼낸다. 옳거니, 가스통은 새것이다.

이제 모든 게 버너에 달려 있다.

나는 버너를 금방 알아본다. 김형주 선배와 내가 자주 사용하던 '코베아' 티타늄 미니 버너이다. 나는 익숙한 솜씨로 버너의 목을 잡고 가스통을 맞춰 끼운다. 한두 번 머뭇거리던 가스통이 곧 버너 밑창에 짝 들러붙는다. 그것만으로도 벌써 온몸이 따뜻해지고 눈앞이 환해지는 느낌이다.

"도와주세요. 물을 마셔야 해요."

나는 남자에게 부탁한다. 남자가 빙그레 웃는다. 스위치에 손대자 치칙, 버너에서 낮은 비명소리 같은 게 몇 번 나더니, 곧 쎄에, 가스가 뿜어져나오는 소리가 난다. 벌떡 일어나 만세 삼창이라도 부르고 싶다. "고맙습니다, 고맙습니다!" 환호성이 절로 나온다. 이제 점화장치만 누르면 따뜻한 물을 마실 수 있다. 비스킷도 있고, 배낭 밑바닥에서 찾아낸 봉지 땅콩차도 두 봉이나 된다. 나흘 넘게 물 한 모금 마시지 못한 상태에서, 체력이 거의 다 소진되어 아는 길조차 과연 내려갈 수 있을까 말까 한 상황에서, 이 정도라면 하늘이 내려준 진수성찬이 아닐 수 없다.

나는 이윽고 점화장치를 누른다.

얼음 알갱이들을 소형 코펠에 가득 담은 것은 물론이고, 땅콩차 봉지도 미리 뜯어놓는다. 그러나 점화장치가 잘 눌러지지 않는다. 장갑을 벗고 손으로 감싸 점화장치를 녹인 뒤에 다시 눌러본다. 제발, 하는 마음 때문에 손끝이 떨린다. 이번엔 점화장치가 제 구멍 속으로 쑥 들어가고 만다. 딱, 하고 소리만 날 뿐 불은 켜지지 않는다. 또 누르고 또 눌러도 마찬가지다. 라이터? 라이터가 어디 있지? 간밤의 비박 장소에 내 배낭을 통째로 두고 왔다는 생각이 비로소 난다. 나는 다시 남자의 배낭을 뒤진다. 일회용 라이터가 한 개 집혀 나온다. 소용없다. 라이터 속의 가스가 10여 년이나 기화되지 않고 남아 있을 리 만무하다. "안 돼! 오, 안 돼요!" 나는 부르짖는다. 미친 듯이 우모복에 딸린 주머니를 뒤지고 윈드재킷을 뒤진다. 주머니에 넣어둔 하켄이 몇 개 바닥으로 떨어진다. 다시 눈물이 어린다. 나는 겉에 껴입고 온 우모복까지 벗고 안쪽의 재킷 속주머니를 다시 더듬는다.

있다! 그것은, 고맙게도 성냥이다.

나는 떨리는 손으로 우모복 속주머니 속 그것을 꺼내 손바닥 위에 놓고 헤드랜턴을 비춘다. 작은 성냥갑인데 언제부터 거기 들어 있었는지 납작하게 눌려 있다. 카트만두나 포카라의 어느 카페에서 기념으로 받은 것을 무심히 안주머니에 넣은 모양이지만 어디였는지는 생각나지 않는다. 눌린 성냥갑 속에서 성냥개비가 대여섯 개, 머리를 맞댄 작은 아이들 같은 표정으로 나를 올려다본다. 붉은 유황이 거의 떨어져나간 것도 있다. 나는 한 성냥개비를 집는다. 손가락들이 얼어붙어 성냥개비가 자꾸 손가락 사이로 빠지려고 한다. "제발, 날 좀 도와줘." 눈물 젖은 눈으로 성냥개비 끝의 붉은 유황 대가리와 시선을 맞춘다. 버너를 애당초 발견하지 못했다면 모를까 버너와 가스를 찾아내고 불을 붙이지 못한다면, 따뜻한 물 한 모금 이곳에서 끝끝내 마시지 못한다면, 크레바스 속에서조차 영영 벗어나지 못할 것 같은 기분이 든다.

첫번째 성냥개비는 목이 부러진다.

너무 긴장한데다가 손이 곱아서 힘이 들어갔기 때문이다. 부러진 성냥개비가 어둠 속으로 날아갈 때 옆구리가 찢어지듯 통증이 온다. 나는 두 손을 잠시 사타구니에 넣었다가 두번째 성냥개비를 찾아든다. 유황으로 된 성냥골이 본래의 제 몫만큼 붙어 있는 것으로는 이것이 마지막이다. 나머지 성냥은 유황이 많이 떨어져나가 애처로울 만큼 성냥골이 적다. 소망은 그렇지만 이루어지지 않는다. 습기 때문인지 피식 하고 타올랐던 불이 버너의 가스에 인화되기 전에 꺼지고 만다. 나는 가스를 최대한 분출하도록 해놓고 이번엔 성냥골이 반쪽이나 붙어 있을까 말까 한 성냥개비를 고른다.

바로 그때, 머릿속에 무엇인가 후다닥 떠오른다.

성냥개비를 든 채 놀라서 나는 고개를 홱 돌려 옆에 앉은 남자를 뚫어져라 바라본다. 김형주 선배의 얼굴이 남자의 얼굴에 오버랩된다. 배경은 수유리 어느 목로주점이다. "담배는 라이터로 붙이면 맛이 없어. 성냥불을 켜서 이렇게 바람을 막고 불을 붙여야 담배맛이 제대로 나지." M자형 대머리 남자가 말하고 있다. 이제야 겨우 떠올랐지만 너무도 뚜렷한 기억이다.

나는 성냥을 든 채 남자를 돌아다본다.

"도와주세요!" 남자가 머리를 끄덕이는 것 같다. 가슴이 홧홧하다. 세번째로 성냥을 긋는다. 가스버너의 상단으로 불길이 확 번지면서 얼음굴 속이 순간적으로 환해진다. "고마워요. 고마워요!" 나는 소리친다. 클클클클…… 나는 또 웃는다. 얼음 알갱이가 가득 담긴 코펠이 버너 위로 올라가 앉는 게 아름답다.

해발 6000미터의 크레바스 얼음굴이다.

하영교

설원을 사선으로 기어서 건너고 나자 땅거미가 지기 시작한다. 처음엔 눈이 쌓여 푹신한 게 좋았지만 이내 그것이 오히려 불편하다는 걸 알아차린다. 조금만 기어나가도 앞으로 밀려 쌓이는 눈더미가 오히려 진로를 가로막기 때문이다.

야트막한 언덕이 눈앞에 있다.

쌓인 눈 위로 삐죽삐죽 드러난 마른풀들이 보인다. 마른풀들의 잔해가 보인다는 건 그만큼 해발고도가 낮아졌다는 뜻일 것이다. 여름엔 초원이 되는 지역인 듯하다. 아까 들었던 야크 방울 소리가 또 들리는 것 같다.

가야 돼. 멈추면 안 돼.

나는 본능에 따라 중얼거린다.

멈추면 곧 잠들 터, 한번 잠들면 깨어날 수 없을 게 뻔하다. 나는 다시 아메바처럼 팔꿈치를 바닥에 대고 기어나간다. 마비된 듯, 온몸에서 감각이 느껴지지 않는다. 이 언덕만 넘으면 어쩌면 마을이 보일지 모른다. 아니면 최소한 야크떼나 야크 카르카라도. 히말라야 산인들이 꿈꾸는 이상향 샹그릴라의 본래 뜻이 '언덕 저쪽'이라고 하지 않던가. 생로병사가 없고 차별과 경계가 없고 영원히 죽지 않는 곳, 샹그릴라. 나는 '언덕 저쪽' 샹그릴라를 향해 긴다. 애당초 계속 기어가도록 설계된, 수명이 거의 다한 로봇 같다. 오리털이 다 빠져나간 우모복의 찢어진 옷자락이 바람에 펄럭이고 있다.

이윽고 언덕의 꼭대기다.

저 아래 또다른 설원이 보인다. 언덕 꼭대기에 이르면 하다못해 야크떼나 야크 카르카를 만날 줄 알았는데, 아니다. 샹그릴라는 헛된 망상에 불과하다. 언덕 위에서부터 다시 시작되는 급경사를 눈으로 더듬어내리자 수평을 이룬 눈밭이 시선 안으로 잡혀들어온다. 호수인지, 평평한 설원인지, 위에선 잘 구분할 수가 없다. 언덕의 경사면은 거의 200여 미터나 돼 보인다. 신설이 쌓여 있다. 날도 저물고 있지 않은가. 나도 모르게 틀렸어, 라는 말이 입속에서 배어나온다. 얼마나 더 가야 사람의 흔적을 만날 수 있는지, 방향은 바로 잡아 왔는지, 모든 게 다 오리무중이다. 포기해야 한다고 나는 생각한다. 더이상 견딜 수 없다. 이 지옥 같은 고통을 멈추고 싶다.

"그래, 씨팔. 이제 명백하게 죽을 때가 온 거야."

나는 주먹으로 탁, 바닥을 친다. 힘을 남기지 않고 예까지 왔으니 후회는 없다. 기다려왔던 죽음이다. 그렇지만 쓰러진 채 잠자듯 죽고 싶지는 않다. 내가 왜 나를 이 고통에 빠뜨린 촐라체에게 순응하는 자세로 눈감고 누워서 죽어야 한단 말인가. 죽음의 눈구멍을, 검은 전사 촐라체의 눈구멍을 똑바로 보고 싶다. 그럼. 그렇고말고. 헤드랜턴을 켠다. 이를 악문다. 그리고 무릎을 끌어당겨 앞가슴에 오지게 붙인 다음, 나의 투신을 요구하고 있는 언덕의 경사면을 나는 노려본다. 와봐. 그것이 나를 부른다. 내 죽음을.

더이상 무섭지 않다.

무섭기는커녕 오기와 분노가 큰창자 작은창자 안쪽에서 난폭하게 솟구쳐나온다. 살고 싶은 욕망 이상으로 죽음의 욕망도 강렬할 수 있다는 걸 비로소 깨닫는다. 두 개의 욕망은 같은 숙주로부터 갈라져 나온 쌍생아일까. 모르겠다. 어머니도 없고 아버지도 없고, 그리고 형도 지워지고 없다. 세계가 다 지워지고, 지금 이곳에는 오로지 나의 투신을 요구하고 있는 경사면과 가쁘게 몰아쉬는 내 숨소리뿐이다. 내 죽음을 부르는 너를 끝까지 볼 테야. 눈감고 죽진 않겠어. 나는 더욱더 눈을 부릅뜬다. 바람이 부는가. 죽창같이 내리꽂히는 내 서슬에 놀란 듯 눈으로 뒤덮인 경사면에서 분설이 희끗희끗 날린다.

"좋아!"

나는 단호하게 부르짖는다.

"네가 원하는 대로, 나를 가져가!"

소리쳐 말한 것과 동시에, 나는 무릎으로 바닥을 박찬다. 낭떠러지를 향해 단번에 비상하려는 듯한 투신이다. 급경사면에 내 몸이 난폭하게 미끄러져 내려가기 시작한다. 그와 동시에 온 정

신을 풍뎅이처럼 부풀린 내부의 에너지도 힘차게 터지고, 마침
내 작열한다. 오, 우주적인 오르가슴이다. 고통스러운 게 아니라
눈부신 아침 햇빛 속으로 비상하는 느낌이다. 그러나 그것은 착
각에 따른 찰나적 쾌감이다. 내가 비상이라고 생각했던 것은, 알
고 보면 힘이 다 떨어진 자가 몸부림치듯 경사면으로 내려박힌
것에 불과하다. 머리가 빙판에 부딪치고 몸은 이내 가속도를 탄
다. 바로 그때˙오, 나는 놀라서 입을 벌린다. 경사면이 갑자기 살
아서 움직인다. 뒤틀리고 기울고 쪼개지는 느낌이다. 경사면의
작동 버튼을 내가 잘못 누른 것인지도 모른다. 아주 포악한 폭풍
의 한 끝을 아슬아슬 붙잡고 있는 것 같다.

눈사태야……

나는 동물적인 직감으로 알아차린다.

내가 뛰어든 충격으로 경사면에 쌓인 얼지 않은 설면을 화나
게 한 모양이다. 몰아치는 눈바람 때문에 눈을 뜰 수가 없다. 피
켈이 날아가고, 머리가 날아가고, 팔다리가 따로따로 날아간다.
나는 그렇게 느낀다. 바람개비처럼 내 몸과 설면이 덩어리져 돌
아가고 있다. 모든 게 한통속이다. 번뜩이는 어떤 광채, 뼛속까
지 휘몰아쳐들어오는 캄캄한 화살들, 얼음칼들, 쏴 하는, 미친
말발굽 소리, 휘몰아치는 눈바람, 그러다가 이윽고 또 밝은 빛.
오로라의 중심부로 쏜살같이 빨려가는 빛의 파노라마……

얼마나 지났을까, 나는 실신했던 모양이다.

번쩍 눈을 떴을 때, 얼굴 위에 쌓인 눈들이 눈꺼풀을 비집고 들어온다. 눈사태가 났었지. 나는 머리를 흔들어본다. 머리와 얼굴에 쌓여 있던 눈이 사방으로 날린다. 죽지 않은 게 확실하다. 머리도 다행히 눈 밖으로 나와 있다. 풀무질을 하는 것 같은 나의 거친 숨소리가 귓구멍 속으로 박혀든다. 나는 얼굴에 더께로 묻은 눈을 닦아낸다. 귓구멍 속의 눈도 파내고, 윈드재킷 안쪽까지 파고든 눈도 손으로 쥐어낸다. 내 머리에서 날아간 헤드랜턴 불빛이 얇은 분설에 덮여 있는 게 저만큼 보인다. 아이스바일도 피켈도 없다.

나는 눈 속에서 몸을 빼내려고 상반신에 힘을 준다.

소용없는 짓이다. 팔에 힘을 주니까 오히려 눈 밖으로 나와 있던 어깨와 얼굴이 내려앉으며 눈 속에 더 파묻힌다. 가슴에서 발끝까지 비스듬히 눈에 파묻혀 있다는 걸 비로소 깨닫는다. 차라리 죽어버리겠다고 투신한 내 몸의 충격으로 신설층이 무더기로 흘러내렸던 모양이다. 신설이 쌓여진 경사면이었으니 미끄러져 내려와봐야 불과 몇 미터밖에 되지 않았을 텐데, 국지적인 눈사태로 거의 200여 미터나 되는 경사면을 단숨에 휩쓸려내려왔다는 것을 비로소 깨닫는다. 오히려 눈사태의 덕을 본 셈이다. 밀려내려온 내 몸이 거꾸로 박히지 않은 게 천만다행이다. 필사적으로 헤엄치듯 움직인 것이 나를 살린 것 같다. 쏠려내려와 언덕을 이룬 눈밭 너머는 수평의 설원이다.

이곳은 호수야. 틀림없어.

눈 언덕 너머로 보이는 설원은 표층의 수평이 균일하다. 촐라패스 서쪽 코스를 정찰하며 언덕 하나를 사이에 둔 두 개의 호수를 보았던 기억이 난다. 그 호수라면 내 몸은 이미 호수 바닥까지 내려와 있는 셈이 된다. 호수의 끝엔 무엇이 있던가. 야크들을 위한 헛간인 야크 카르카를 근처에서 본 듯하지만 기억의 회로엔 안개가 잔뜩 끼어 있다. 방향도 전혀 잡히지 않는다. 내가 있는 곳이 호수의 동쪽인지, 서쪽인지, 남쪽인지 알 수 없다. 더이상 갈 힘도 없지만, 만약 갈 수 있는 힘이 있다면 대체 어느 방향으로 가야 한단 말인가.

땅거미가 짙어져 호수 건너편은 잘 보이지 않는다.

몇 번 더 힘을 주어보지만 눈 속에 깊이 파묻힌 하반신을 빼내는 것조차 어렵다. 힘을 줄 때마다 부러진 발목과 몸의 이곳저곳에서 불바람 같은 통증이 일어 온몸으로 퍼질 뿐이다. 눈은 그쳤는데 하늘은 암회색 한 가지다. 어느 방향에선가 물이 흐르는 듯한 소리가 또 들린다. 목이 타는 듯하다. 그러나 움직일 수 없다. 자꾸 눈꺼풀이 내려온다. 눈꺼풀이 천근만근 무겁다. 누가, 눈앞에 있는 듯하다. 누구……세요? 검은 망토를 뒤집어쓴 낯선 자가 나를 내려다보고 있다. 공포감 따위는 들지 않는다.

이대로…… 잠들어야지.

눈더미에서 몸을 빼낼 기운이 없다.

이대로 잠들면 오늘 밤 내린 눈이 어깻죽지를 덮고, 목을 덮고, 턱과 입과 눈과 이마를 차례로 덮을 것이다. 아침이면 나의 흔적조차 찾을 수 없을 테지. 그런데, 지금 내 머리맡에 앉아 나를 내려다보고 있는 이 사람은 누구일까. 안녕……하세……요. 나는 옆에서 나를 내려다보고 있는 미지의 누구에게 인사한다. 윙크도 하고 싶으나 눈꺼풀이 얼어버렸는지 제때 깜빡거려지지가 않는다. 다시 보니, 그는 사람이 아니다. 아하, 당신…… 하고 나는 애써 웃는 시늉을 한다. 그는…… 죽음의 사자이다. 검은 망토를 걸친 미지의 그는 뜻밖에, 아주 환하고 자애로운 표정을 하고 있다. 내 인사에 그가 얼굴 가득 수천의 잔주름을 만들면서 따뜻이 미소를 보내준다.

오래 묵은 친구 같은 느낌이 든다.

나는 가만히 눈을 감는다. 검은 망토의 그에게 내 목숨을 맡길 때가 왔다는 것을 나는 깨닫는다. 자애로운 죽음의 사자에 이끌려 눈 속에 파묻혀 이대로 생을 마감한다고 해도 특별한 회한은 없다. 이제 스물한 살, 회한을 쌓을 만큼 오래 살지 않아 그런는지도 모른다. 꽃같이 어여쁜 어머니와 사슴 같은 눈을 가진

아버지가 떠오르고, 품이 넓었던 형이 떠오른다. 어머니의 죽음
과, 사업 실패부터 임종까지, 아버지가 침몰해간 고통스러운 기
억들은 단지 최근에 겪은 짧은 기억들일 뿐이다. 아버지가 남긴
빚 때문에 아파트에 들어와 함께 살며 밤낮없이 괴롭히던 나팔
귀 아저씨가 준 고통도 그렇다. 그것들은 찰나적일 뿐 아니라 이
제 생각하면 아무것도 아니다. 나팔귀 아저씨를 칼로 찌른 일조
차 남의 일처럼 아득하다.

그 대신 행복했던 순간들은 가깝고 또렷하다.

분단장을 끝낸 젊은 어머니가 내 손을 붙잡고 어느 꽃길을 걷
는 그림이 흐르고, 나를 무등 태운 아버지가 빙빙 돌고 있는 그
림이 흐르고, 장난감을 만들어주고 자전거를 태워주던 형의 다
감한 표정이 담긴 그림들도 흐른다. 행복했던 순간의 그림들이
한꺼번에 너무 많이 떠올라 가슴이 뻐근해진다. 스물한 해 동안
의 모든 시간들이 흔들리는 요람, 향기로운 꽃밭, 그리고 천국에
가까운 순백의 빛 속에 담겨 있는 듯하다.

"형…… 혀엉님……"

나는 간신히 입을 달싹이면서 불러본다.

형을 따라 히말라야로 찾아올 때 마음에 맺힌 것이 없었던 것
은 아니다. 때가 오면 형에게 들이대어 단도직입적으로 다그쳐
묻고 싶은 것이 있었던 것도 사실이다. 아버지가 죽고, 빚쟁이들

의 모진 모멸과 학대를 받으면서 스무 살의 어린 내가 혼자 아버지의 장례를 치를 때, 형이 끝끝내 찾아오지 않은 이유를 정말 묻고 싶다. 휴대전화에 몇 번이나 메시지를 남겼지만 형은 오지 않았으며, 다시 만났을 때 설명하지도 않으니, 그 원망을 어찌 잊을 수 있겠는가.

"어머니 돈, 토해내라고 할까봐 그랬어?"

베이스캠프에서도, 북벽을 죽을 둥 살 둥 오를 때에도, 심지어 크레바스에 추락, 형이 지탱해주고 있는 로프에 대롱대롱 매달려 있을 때에도 묻고 싶었던 질문은 그것이다. 어머니는 당신이 어렸을 때 버리고 떠난 형을 위해 남몰래 형의 이름으로 된 통장을 만들고, 오랫동안 저축을 했으며, 죽기 전 형을 불러 그 통장을 건넸다는 사실을 나는 알고 있다. 어머니로서는 그것으로나마 당신이 자식을 버렸다는 죄책감에서 벗어나고 싶었을 것이다. 1억이 넘는 돈이다.

"돈은 상관없었어, 형. 돈이 필요했던 게 아니라고."

나는 형의 환영에 대고 속삭인다. 아버지의 주검 앞에서 형이 간절히 그리웠던 것은 단지 무서웠기 때문이다. 형만 곁에 있다면 주검의 침묵이 아무리 깊고 빚쟁이들의 행패가 아무리 모멸적이라도 참고 견딜 수 있을 것 같아서. 그러나 형은 오지 않는다. 내가 기억하고 사랑하는 추억 속의 형은 오해가 빚어낸 허상에 불과하다고, 그때의 나는 생각한다. 오지 않는 형을 기다리면서, 뜬눈으로 아버지의 주검을 지켜야 했던 밤들이 눈앞을 스치고 지난다. "왜 오지 않았던 거야?" 그렇게 물어본다. "엄마한테 받은 돈, 되돌려달라고 할까봐?"

하지만, 우습다.

나는 고개를 끄덕끄덕 클클, 웃는다.

형이 오지 않은 것은 올 수가 없었기 때문이라는 걸 새삼 깨달은 느낌이다. 지금 형이 오지 않는 것처럼. 형이 안 온 게 돈 때문인지 모른다고 생각했던 것 역시, 아니라고, 돈을 부정하면서, 속으로는 형의 돈을 바랐던 무의식적인 내 욕망이 만들어낸 착각일 터이다. 아니, 형이 설령 아버지의 죽음을 알고 이러저러한 이유 때문에 오지 못했다고 하더라도, 그게 무슨 상관이란 말인가. 형은 올 수도 있고, 안 올 수도 있다. 그건 전적으로 형의 몫이다. 내가 그의 선택을 원망하거나 단죄할 권리는 없다. 내 집에서 나갈 때 형은 이미 나와 인연을 끊겠다고 선언한 것이 아니던가. 웃음이 나오는 건 그러므로 내가 오래 품었던 질문이 너무 하찮다는 걸 깨달았기 때문이고, 내가 독하게 간직했던 원망의 실체가 물속 설탕처럼 풀어져버렸기 때문이다. 오직 내게만 감옥 같던 그따위 질문을 여태껏 품고 살아온 것이 어처구니없어 웃음이 나온다.

이상도 하지, 몸이 따뜻하네⋯⋯

나는 잠의 깊은 터널 속으로 빨려들어가며 생각한다.

눈의 이불에 파묻힌 듯 다시 따뜻해진다. 암막이 급격히 내려 덮이고 있다. 속설에 따르면 촐라체는 '호수에 비친 검은 산'이라는 뜻이다. 나는 검은 산의 그림자가 호수뿐만 아니라 온 세상에 내려와 덮이고 있다고 느낀다. 그곳은 상상했던 것과 달리,

아주 고요하고 따뜻하다.

박상민

만약에 영교의 헤드랜턴이 눈 속에 깊이 묻혔다면 어떻게 됐을까. 생각만 해도 모골이 송연하다. 눈 속에 박힌 채 겨우 어깨와 머리만 내놓고 잠들어버린 영교를 불과 몇 미터 사이에 두고 그냥 지나쳐버렸을 터이다. 잠든 것이 아니라 사실은 빠른 속도로 죽음에 빠져들고 있던 영교를.

호수로 내려박힌 사면을 내려올 때는 이미 어두워진 다음이다. 1월 4일 18시. 좀 전에 눈사태가 난 듯 사면의 눈들이 호수 위

로 휩쓸려내려가 쌓여 있는 걸 가까스로 확인하고 비탈길을 내려오던 중, 오른편 호숫가 눈더미에서 희미한 헤드랜턴 불빛을 발견하고 나는 곧 걸음을 멈춘다. 분설이 살짝 덮인데다가 랜턴의 전지도 닳아빠진 반딧불만한 불빛이어서 하마터면 보지 못할 뻔한 불빛이다. 영교가 설면의 국지적 눈사태에 휩쓸렸다는 걸 나는 그 불빛 때문에 직감적으로 알아차린다.

"영교야…… 영교야아!"

나는 죽어라고 소리쳐 부른다.

불과 3, 4미터 떨어져 있는 영교를 처음엔 보지 못한다. 대답이 없다. 죽었을지 모른다고, 나는 생각한다. 눈사태로 매몰됐다면 시간이 죽음을 좌우할 터이다. 아직 살아 있을 수도 있을까. 어디에 묻혀 있는가. 헤드랜턴 가까운 곳? 헤드랜턴 있는 곳을 향해 헤엄치듯 달려가던 내 시선이 그 안쪽에 한순간 못 박힌다. 영교다! 영교의 머리가 눈 밖으로 솟아 있다. 어두워지기 시작한 눈더미 위에 머리만 불쑥 솟아 있을 뿐이니, 지척인들 어찌 쉽게 눈에 띄었겠는가.

"영, 영교야!"

나는 달려가 잠든 그의 뺨을 호되게 친다.

"눈떠! 영교야…… 영교야! 제발…… 씹새꺄, 눈뜨란 말이야!"

뺨을 치고 나서 내 헤드랜턴 불빛을 눈에 들이대자 머리와 팔만 눈 밖으로 솟은 영교가 겨우 눈을 뜬다. 그러나 피식 웃는 듯하더니, 다시 감는다. "안 돼!" 나는 또 부르짖는다. 눈을 떠야 산다. 나는 정신없이 적설을 파내고, 영교의 하반신을 눈 밖으로 끄집어낸다. 부러져 돌아간 부푼 발목엔 부목으로 댔던 차랑고 몸통 조각이 한쪽만 간신히 붙어 있다.

"다……당신…… 누, 누구세요……"

통증을 느끼는지, 영교가 간신히 말대꾸를 한다.

"형이야. 눈, 눈떠! 눈감으면 죽어! 형이…… 널 데려갈게. 눈 뜨라구!"

"당신…… 귀찮…… 게 좀 하지…… 마……"

"정신 차려, 이 자식아! 난 봤다! 호수 건너편에 야크 카르카가 있어! 거기 가면…… 살 수 있어! 눈뜨란 말이야, 이 새꺄! 죽어도! 눈뜨……고 죽어!"

"까, 까고…… 있네……"

영교가 피식, 하며 눈꺼풀을 다시 내려닫는다.

"이 자식아, 날 봐! 형이야! 형을 봐!"

나는 다시 뺨을 친다. 내 호된 손길에 홱 하고 돌아갔던 목이 제자리로 왔을 때 비로소 영교의 눈빛에 초점이 생긴다. 나는 그가 눈을 감지 않도록 계속 소리친다. 걷지 못한다면 끌고라도 가야 한다. 경사면에 쌓인 신설이 그리 두껍지 않았던 모양이다. 휩쓸려 쌓여진 눈더미도 빠져나가는 게 불가능할 정도가 아니어서 그나마 다행이다. 나는 서둘러 로프를 영교의 벨트 카라비너에 통과시킨 뒤 양 겨드랑이에 둘러 묶는다. 갈비뼈 통증은 여전하지만 낮에 비스킷과 따뜻한 차를 마셨기 때문인지, 어제 빙사면을 굴러떨어질 때보다 오히려 힘이 남아 있다고 느낀다. 더구나 영교가 아직 살아남아 있지 않은가. 살아 있는 영교가, 죽지 않은 내 동생 영교가 내 안에서 새로운 힘을 끌어내고 있다 .

"혀, 형…… 정말…… 형 맞아?"

"그래, 인마. 형이야. 더이상…… 널 혼자 있게 안 할게!"

"있지, 멍청한 영교, 또 배, 배낭…… 잃어버렸어. 피……켈도. 지……진짜로 멍청하지!"

"내려오다가 네 배낭을 봤어. 그래서…… 널 뒤쫓아올 수 있었다고. 나보고 따라오라고, 일부러 배낭을…… 놓고 왔으면서 내숭 떨고 있네, 이 자식이……"

"씨팔, 내…… 구라에…… 좀 속아주면 안…… 돼!"

피차 웃으려고 하지만 잘 되지 않는다.

나는 영교를 눈 속에서 빼낸 다음에, 그의 허리와 겨드랑이를 둘러 묶은 로프를 내 허리에 이어 묶는다. 땅거미가 많이 내려와 확신할 수는 없지만, 언덕 위에서 내려다본 호수 건너편의 어두운 그림자를 나는 상기한다. 하산 루트 정찰 때, 연접된 두 개의 호수를 끼고 자리잡은 야크 카르카를 보았던 것도 어렴풋이 생각난다. 야크 카르카만 있더라도 추위를 피할 수 있으니 살 수 있다. 아니, 추위만 피하는 게 아니다. 주머니 속엔 영교를 위해 먹지 않고 넣어온 초코파이가 하나 있고, 기어코 메고 내려온 죽은 자의 배낭 속엔 내가 크레바스에서 따뜻한 땅콩차를 끓여 마신 버너와 코펠도 있지 않은가.

"너도 힘, 힘을 써봐. 내가 앞에서 끌 테니까."

"거짓말이지, 형? 야크…… 카르……카, 나는 못 봤어."

"우리, 정찰 때…… 호수 두 개하고 호숫가…… 야크 카르카, 생각 안 나? 여기가 거기야. 버너도 있어. 야크 카르카엔 꿀단지 같은 거, 있을지도 몰라. 팔꿈치…… 눈 바닥에 박고 몸, 앞으로 끌어당겨. 30분이면, 호수를 건너갈 수 있다. 호수만 건너가면 초코파…… 이…… 상으로 줄게……"

"거, 거짓말하려면…… 더 근사하게 해봐, 겨우…… 초…… 코……"

말을 이어갈 여분의 힘이 없다.

지금 먹는 걸 주어도 물이 없으면 내가 그랬듯 제대로 먹지 못할 것이다. 호수는 넓지 않다. 영교가 정신을 차린 게 그나마 다행이다. 나는 죽어라 끌고, 영교는 죽어라 긴다. 옆구리에서 갈비뼈가 빠져나오는 것처럼 아프다. 영교의 몸이 끌리면서 다져지는 눈 바닥이 뽀드득뽀드득 하고 나 대신 비명소리를 낸다. 눈은 더이상 내리지 않는다. 나는 필사적으로 하산 루트 정찰 때의 기억을 더듬어 얼어붙은 호수를 사선으로 가로지른다. 2, 3미터를 가고 한참씩 숨을 몰아쉬고, 1, 2미터를 가고 또 한참씩 숨을 몰아쉰다.

"자꾸…… 잠이…… 와, 형……"

영교가 눈 속에 코를 박으며 중얼거린다.

"눈감지 마. 하……늘을 봐!"

나는 씨근거리면서 영교 곁에 쓰러져 그의 어깨를 흔든다.

잠들면 죽음이라 할지라도, 죽음이 오는 것조차 모르는 척하고, 눈감고 잠들고 싶은 건 나도 마찬가지다. 손끝까지 움직일 힘이 없다. 살아 있는 영교를 만나지 않았다면, 그래서 혼자라면, 호수를 건너다가 나도 쓰러져 눈감고 말았을지도 모를 일이다. 그러나, 우리는 살아 있다. 나 혼자 살아 있는 게 아니다. 우리……가 살아 있다. 내가 포기하면 영교도 죽는다. 그러니, 가야 한다. 나도, 영교도, 혼자만의 힘으로 갈 수는 없다. 내가 앞에서 끄는 힘과 그가 뒤에서 의지를 갖고 기는 힘이 보태져야 겨우 움직일 수 있다.

"가야 돼. 나 혼자 힘으론 너…… 못 끌어!"

"먼저 가, 형. 정말로…… 더 못하겠어. 조금만 자고 나면……
힘이 날 것 같은데…… 조금만…… 자고…… 나……면……"

"안 돼. 자, 입을 벌려봐."

나는 주머니 속에서 이미 뭉개지고 부서진 초코파이 가루를
꺼내 영교의 꽈리처럼 부푼 입술을 벌리고 집어넣어준다. 영교
가 이마를 찡그린다. 나와 마찬가지로 그의 입안도 아마 성한 곳
이 없을 것이다. 지금 필요한 건 음식이 아니라 물이다.

"뭐……야, 이게? 야크 똥 같아!"

"단맛을 느껴봐. 가만히 있어. 저절로 녹게 돼. 초코파이야. 정
말 초코파이라구!"

"형……하고 자전거 타고…… 여의도인가, 한강까지 갔던
생각이…… 나. 봄이었지. 꽃이 많이 피어 있었고…… 자전거
넘……어져 발목 삐었을 때…… 형이 업고 병원으로 뛰어가
던…… 그때 형…… 힘이 끝내줬……는데……"

"말 그만해. 힘…… 팔꿈치에 써!"

나는 다시 허리를 굽히고 로프를 잡아끈다.

옆구리에 불화살이 날아와 박힌다. 그가 힘을 보태지 않으니
꼼짝할 수가 없다. 어디선가 빙벽이 갈라지는 날카로운 금속성
이 들린다. 그사이 하늘이 벗겨졌는지, 돌아보니 촐라체 서쪽 스
카이라인이 어둠 속에서도 우뚝하다. 아무 일도 없었다는 듯 장

엄한 모습이다. 가슴속에서 새삼 분노가 솟구친다. 나는 뜨거워
진저리를 친다. 당신은…… 결코 우리 뒷덜미를 잡아둘 수 없
어, 라고 출라체에게 소리치고 싶다.

"그래, 이 새꺄!"

나는 울부짖는다.

"하영교 너, 그때도…… 겨우 발목 삔 걸 가지고 울고불고……
개지랄을 다 했어. 계집애 같은 새끼! 혼자 죽기 싫……어서……
지금 나……하고 같이 죽……자는 거야 뭐야……"

"형…… 그때…… 왜…… 안…… 왔어?"

"무슨 소리야, 이 멍충이…… 병신 새꺄!"

"아, 아버지…… 아버지…… 죽었……을…… 때……"

순간, 둥 하고 가슴속에서 북소리 같은 게 울린다.

맞은편 하늘에서 별 하나가 물방울 뜨듯 퐁, 솟아난다. 차디찬
마룻바닥이 떠오르고, 철제문과 철제문에 딸린 '식구통'이 떠오
르고, 저물녘에야 겨우 햇빛 한 점 드는 둥 마는 둥 했던 환기통
만한 창이 획획 떠오른다. 김형주 선배가 죽고 나서 산을 포기한
이후 한 번도 행복했던 적이 없었다는 생각에 눈앞이 불현듯 뿌
옇다. 신혜와의 결혼생활은 물론이고 월급쟁이부터 이것저것 자
영업까지, 사회생활 또한 실패의 연속이지 않았던가. 노력이 없
었던 것은 아니다. 지금 돌아보면 실패가 실패를 계속 불러온 것

은 김형주 선배와 이어져 있던 불가사의한 하나의 카르마였을 지도 모른다. 마침내 벼랑 끝에 내몰려 더이상 실패할 수 없다는 오기를 좇아 인생의 막장으로 내려가 갇힌 곳이 바로 그곳, 서울 구치소 사동 2004번 방이었으니까.

"오랫동……안…… 그거…… 묻고 싶었어……"

영교의 목소리가 까마득히 멀게 들린다.

동업자의 농간으로 사기죄에 몰려 석 달 동안이나 감옥에 갇혀 있었다고 설명해야 하지만 말이 터지지 않는다. 악연의 그자와 동업을 시작한 것은 어머니가 준 돈이 있었기 때문이다. 어머니가 문득 나를 찾아와 통장을 쥐여주었을 때부터 연속돼온 실패의 막장이 내게 예비되어 있었을지도 모른다. 1억이나 되는 돈이다. 영교의 아버지가 죽었다는 소식을 간접적으로 전해 들은 것은 감옥에서 나오고도 여러 달 후였고, 그때 이미 영교는 빚쟁이들에게 떠밀려 주거 부정의 상태였던 것으로 기억된다. 그를 찾을 수조차 없었다는 설명도 해야 할 텐데 여전히 입을 뗄 수가 없다. 그 집을 나오고 나서는 몇 년에 한 번 만날 둥 말 둥 한 사이였으니, 1억으로 비롯된 인생의 막장을 어떻게 이 죽음의 얼음판 위에서 구구절절 설명할 수가 있겠는가.

나는 눈밭에 털썩 주저앉는다.

겨우 서 있을 만큼 남은 힘이, 머리에서 가슴으로, 가슴에서 허리로, 허리에서 엉덩이로, 그리고 이윽고 눈밭으로 빠져내려간다. 영교만이 아니라 나도 움직일 힘조차 없다. 네가 애타게 나를 부를 때, 감옥에 있었다고, 시작은 어머니가 준 돈 때문이었다고, 어머니의 뜻과 달리 그 돈이 오히려 나를 감옥에 가두었다는 말을 할 기운은 더욱 나지 않는다.

그렇다면 이곳에서 또 한밤을 견뎌야 하는가.

눈 쌓인 호수 한가운데, 얼음장 위다. 밤이 깊을수록 기온은 더 떨어질 것이고 바람이 곧 몰아칠지도 모른다. 의지할 바위 하나도 없거니와 피차 배낭을 잃었으니 매트리스는 물론 간이침낭조차 없다. 우모복은 기고 굴러떨어지고 하는 사이 여기저기 찢어져 너덜너덜 걸레처럼 되어 있다. 잠들면 죽음일 터, 이 밤, 견뎌내지 못할 게 뻔하다. 그런데도 영교는 죽음의 잠 속으로 끌려들어가고 있다. 내 대답을 들으려고 던진 질문이 아닐 것이다. 죽음 앞에서 어떤 말도 남기지 않으려고 질문을 꺼내놓은 모양이다.

"안 돼, 잠들지 마. 내 대답을 들어야 해!"

나는 말한다. 마지막 희망은 나의 대답이 아니라 배낭 속에 넣어온 버너와 코펠이 갖고 있다. 지금 목숨 줄은 물이다. 한 모금의 물만 마실 수 있어도 영교는 눈을 뜨고 죽음의 덫에서 빠져나올 수가 있다. 얼어붙은 호수 위는 버너를 켜는 데 문제가 없다.

나는 서둘러 배낭을 열고 버너를 꺼내놓는다. 라이터는? 나는 쓰러져 누운 영교를 돌아본다. 그 역시 배낭을 잃어버리고 왔으니 라이터를 주머니에 넣어왔다는 보장이 없다. 갖고 있는 성냥골은 유황이 거의 달아난 것으로 겨우 서너 개에 불과하다. 나는 혼절 상태의 영교에게 다가가 우모복과 재킷의 주머니 속을 뒤진다.

"정신 차려봐. 라이터가 필요해."

"귀……귀찮……게 좀 하……지…… 마……"

영교가 내 손을 힘없이 뿌리친다.

영교의 재킷 안주머니에서 딱딱한 무엇이 집힌다. 오, 라이터다. 나는 감동하여 나도 몰래 그의 볼에 뽀뽀를 한다. 감옥에 있었어……라는 말이 목젖에 걸려 있지만, 여전히 말은 나오지 않는다. 그 역시 이미 자신의 질문을 잊었다는 걸 깨달았기 때문이다. 동쪽 하늘에 여러 개의 별이 솟아나 있다. 나는 버너에 불을 붙인다. 쏴 하는 버너 소리에도 영교는 미동조차 하지 않는다. 코펠에 눈을 가득 주워 담는다. 담긴 눈이 녹기 시작한다. 손으로 눈을 더 쥐어 넣고 또 쥐어 넣는다. 손가락은 거의 쓸 수가 없다. 한 움큼의 눈을 주워 코펠에 넣는 일이 맷돌이라도 들어올리는 것처럼 무겁다. 한참 만에 겨우 한 찻잔만큼 물이 생긴다. 그러나 순간, 열기에 바닥의 눈이 녹았던지 버너가 기우뚱하면서 코펠이 엎어지고 만다.

"아부지 죽었을 때…… 감옥에 가 있었어, 영교야!"

목젖에 걸려 있던 대답이 코펠의 물처럼 쏟아져나온다.

잠든 영교는 물론 내 말을 듣지 못한다. 그는 지금도 꿈속에서 오지 않는 나를 기다리며 아버지의 주검을 혼자 지키고 있을까. 그 기억들이 그에게 그처럼 오지게 맺혀 있을 줄 여태껏 짐작조차 하지 못한 자신에게 화가 난다. 버너를 세워놓고 다시 코펠을 올려놓는다. 눈을 퍼넣고 퍼넣고 하는데, 별똥별 하나가 길게 떨어진다. 김형주 선배가 추락사한 에베레스트 남서벽이 그쪽 어디쯤 있을 테지만, 다른 능선에 가려 에베레스트는 윤곽조차 보이지 않는다. 그 대신 하늘이 벗겨지는 것에 따라서 한쪽 방향의 스카이라인이 별빛을 받고 빠르게 복원되고 있다. 촐라체 가까운 곳은 촐라체 그늘에 묻혀 보이지 않는데, 설산의 먼 곳들은 오히려 밝아지고 있다.

코펠 안에 한 잔 정도, 눈 녹은 물이 김을 내뿜는다.

내 목울대로 생침이 넘어간다. 마시고 싶은 욕망 때문에 나는 온몸을 한차례 부르르 떤다. 나쁜 꿈을 꾸는지 영교가 잠깐 태질을 당한 개구리처럼 버르적거린다. 스무 살의 나이에 빚쟁이들의 닦달을 받으며 아버지의 죽음을 혼자 겪어냈을 그를 떠올리자 명치끝이 탁 막힌다. 그러니 더 살려야 한다. 나는 온 힘을 기울어 영교의 머리를 안아 무릎 위로 끌어당긴다.

"영, 영교야. 마셔! 물이야…… 물이라고!"

코펠을 들어 영교의 입에 대주는 것조차 힘들다.

"자, 마셔. 물…… 마셔!"

"씨팔, 날…… 좀 자게…… 내버려……두란 말이……야……"

코펠의 끝이 영교의 불어터진 입술에 닿을까 말까 했을 때, 영교가 내 팔을 확 뿌리친다. 내 손을 놓친 코펠이 또 한번 눈밭으로 떨어져 쑤셔박힌다. 따뜻한 물이 사방으로 흩어진다. 목숨 같은 물이다. 불끈, 하고 속이 뒤집힌다. 이 멍청한 자식. 내 손이 무의식적으로 영교의 멱살을 우악스럽게 움켜잡는다.

"이 새끼!"

나는 이쪽저쪽, 연거푸 그의 뺨을 친다.

"그럼, 죽어버려, 이 새꺄! 죽으라고! 난…… 혼자 갈 거야!"

배낭을 집어든다. 영교의 어깨를 감아 묶은 로프를 풀어 팽개친다. 더이상 안자일렌은 없다. 그제야 정신을 조금 차린 듯 영교가 나와 눈밭에 엎어져 있는 코펠을 번갈아 바라보다가, 후닥닥 코펠을 집어들고 입으로 가져간다. 그러나 엎어진 코펠 바닥에 물이 남아 있을 리 없다.

"어, 어떻게…… 된 거야? 어디서 이……런…… 게……"

"감옥에서 주워왔다……"

엉뚱한 대답이 뛰쳐나온다. 감옥이 아니라 얼음 감옥이라고 해야 맞다. 버너에선 아직도 불꽃이 피어오르고 있다. 이번엔 영교가 와락 달려들어 코펠을 버너 위에 올려놓고 미친 듯이 눈을 집어 담는다. 나는 선 채 물끄러미 그것을 본다. 내 이마의 헤드랜턴도 건전지가 다 돼가는 모양이다. 희미한 불빛 속에서 코펠 안으로 눈을 집어넣고 있는 영교의 모습이 꼭 악귀 같아 보인다. 나는 주머니를 뒤져 속알맹이만 겨우 남은 초코파이 한 개를 영교 앞으로 던진다.

"뭐, 뭐, 뭐야, 이게?"

"먹고…… 먹고 죽는 약이다!"

말은 마음과 달리 계속 엇갈린다.

심통은 여간해서 가라앉지 않는다. 얼마나 마시고 싶은 물이고 얼마나 먹고 싶었던 초코파이인가. 아무리 제정신이 아니라도 그렇지, 그 물을 뿌리쳐 쏟게 하다니. 나는 화가 난 채 돌아서서 서쪽이라고 짐작되는 방향으로 혼자 비틀비틀 걷는다. 버리고 갈 수도 있다고 나는 생각한다. 야크 카르카가 없다면 하다못해 바람을 가려줄 바위라도 하나 찾아서 의지하고 누워야 한다. 호수 너머는 어둠에 잡아먹혀 보이지 않는다. 신기루를 보았던 것일까. 어두워지기 직전 호수 너머의 비탈에서 야크 카르카의 지붕을 보았다고 나는 확신한다. 그곳에 가면 먹을 것도 있고 화덕도 있을 터이다. 지금으로서 사는 길은 은신처를 찾아 이 휑한 호수 위를 벗어나는 일이다.

"형……"

영교가 등뒤에서 다급하게 부른다.

나는 짐짓 대답하지 않고 계속 걷는다. 녀석을 살리지 못하고 끝내 혼자 살아남는다 하더라도, 혼자 살아남은 나 자신을 이제 용서할 수 있다고, 나는 심통이 잔뜩 난 자신에게 말해둔다. 이렇게라도 걷고 있으니까 지친 몸과 달리, 머릿속은 갑자기 불이 켜진 듯 밝아지는 느낌이다. '사고思考가 사고를 지배'하는 힘이 내 정신의 어느 귀퉁이에서 오히려 살아나고 있는 것 같다. 좌절과 패배의 어둑신한 그늘은 이가 갈릴 만큼 충분히 맛보지 않았던가. 길에서 죽은 아버지도 싫고, 나를 버리고 스스로 로프를 끊고 떠난 김형주 선배도 싫고, 죽음 앞에서 어리광이나 부리는 덩치 큰 어린아이, 저놈, 영교도 싫다. 지금, 또렷해지고 있는 나의 정신이, 설령 죽기 직전 최고조로 타오르는 초신성超新星의 절대적 광도 같은 것이라고 할지라도, 그리하여 이제 곧 캄캄한 블랙홀로 추락한다고 할지라도, 나는 내 속으로부터 생살을 찢고 나와 나의 길을 밝혀주고 있는, 지금의 이 빛을 따라갈 권리가 있다.

"형. 잠……깐만…… 잠깐만 기다……려봐!"

영교의 다급한 목소리가 내 뒷덜미를 잡는다.

나는 발걸음을 멈추고 뒤를 돌아다본다. 어둠 속에서 영교가 필사적으로 눈밭을 기어오고 있다. 파란 불꽃을 피워내고 있는 꺼지지 않은 버너가 그 너머로 보인다. 멍청한 놈, 버너를 놓고 오다니. 나는 속으로 중얼거린다. 버너를 놔둔 채 다가온 영교의 옆구리엔 쓸데없이 코펠만이 묶여 있다. 필사적으로 기어온 영교가 내 바짓가랑이를 움켜잡는다.

"코펠…… 물…… 먹어봐, 형!"

헐떡거리면서, 그러나 환희를 참는 묘한 표정이다.

"노……놀라운 맛이라구…… 마셔보면, 형도 아마…… 까무러칠걸……"

나는 마지못해 코펠을 집어든다.

옆구리에 차고 눈밭을 죽어라 기어왔으니 코펠에 물이 남아 있을 리가 없다. 그래도 나는 코펠을 한껏 기울여 혀를 적셔본다. 콧구멍을 강렬하게 후비고 들어오는 냄새와 함께 뭐라고 형용할 수 없는 구리고 쓴 맛이 곧 혀에 닿는다. 아니 이것이 뭐란 말인가. 분명히 눈 녹은 물이 아니다. 나는 혀를 적신 물을 목구멍으로 삼키려다가 이내 욱 하고 헛구역질을 한다.

"키킥, 야크…… 똥이야, 형!"

영교가 킥킥, 고개를 들까불며 웃는다.

"눈 퍼담다가…… 눈 밑에서…… 키킥킥…… 야크 똥이……
단단히, 키킥, 얼지도 않은 똥이었어……"

"뭐, 똥?"

나는 와락 영교의 어깨를 잡는다. 창자 안벽에서부터 찌르르
르 하는 날카로운 기세가 오장육부를 타고 솟아오른다. 눈앞이
환해진다. 영교의 감동은 아마 나보다도 더 컸던 모양이다. 야
크 똥은 생각하고 말고 할 것 없이, 강력한 희망이다. 야크는 언
제 여기를 지나갔을까. 단단히 얼어붙지 않았다면, 오늘 눈이 내
리기 전이나 후에 지나갔을 수도 있다. 살아 있는 생명의 흔적이
다. 야크가 있다면 사람도 있을 것이다. 죽음의 지대가 끝나고
마침내 살아 있는 세상의 문을 찾은 셈이 아닌가.

"씨팔, 다 온 거야. 우리…… 살 수 있다구, 형……"

영교의 머리가 품속으로 속수무책 들어온다. 그 순간 오장육
부를 누비고 올라온 어떤 덩어리가 쑥 하고 내 목젖을 넘어온다.
영교가 발작하듯 먼저 울음을 터뜨리고, 내 울음 밑이 그의 울음
에 걸려 이어 터지고 만다. 아, 야크 똥이라니! 따뜻한 야크 똥이
라면 먹을 수도 있다. 살아 있는 것의 살아 있는 똥이라면 왜 먹
지 못하겠는가.

나는 와락 영교를 당겨 안는다.

캠프지기

이윽고 종라. 두어 개뿐인 로지는 물론 잠겨 있었다.

초오유 밑으로 이어지는 고쿄 피크 트레킹 코스와, 에베레스트 베이스캠프까지 연결된 칼라파타르(Kala Patthar, 5644.5m) 트레킹 코스를 동서로 잇고 있는 촐라패스 코스는, 겨울 동안 매번 이렇게 사람의 흔적을 찾을 수 없다. 눈으로 길이 끊기기 때문에 로지 주인들조차 문을 잠그고 남체바자르나 카트만두로 내려가버리기 때문이었다.

나는 잠시 로지 문 앞에서 망설이고 서 있었다.
구태여 잠긴 로지 문을 부수고 들어가지 않아도, 열린 헛간으로 들어가 침낭을 펼쳐놓으면 베이스캠프보다 잠자리는 나쁠 게 없었다. 침낭의 질이 좋아 고치처럼 오그리고 들어가 지퍼를 올리고 나면 팬티만 입고도 때로는 땀이 날 정도였다.
그러나······
나는 그러나, 하고 중얼거렸다.
잠을 자기 위해 여기까지 눈길을 구르고 엎어지며 올라온 것은 아니었다. 만약 상민 형제가 아직 살아 있고, 살아서 목숨을 걸고 내려오고 있다고 한다면, 애당초 계획한 하강 루트가 촐라체 서면을 통해 촐라패스에 닿도록 돼 있었으니까, 이곳에서 기다리고 있는 건 아무 의미가 없는 셈이었다. 최소한 고쿄 코스로 이어진 서쪽 협곡과 이곳 종라를 지나가는 동쪽 기슭을 다 조감해볼 수 있는 촐라패스까진 올라가 있어야 할 터였다. 그곳에선 그들이 어느 쪽에 있든지, 진행하고 있다면 그들의 헤드랜턴 불빛을 발견할 수 있는 가능성이 충분하니까.

발목이 좀 시큰거리는 게 문제였다.

올라오다가 발을 잘못 디뎌 눈밭으로 굴러떨어질 때 삐긋한 곳이 디딜 때마다 시큰시큰했다. 나는 배낭에서 물파스를 꺼내 발목에 잔뜩 뿌리고 압박붕대를 동여맸다. 길을 잃어버리지 않는다면 촐라패스까진 걷는 속도에 따라 한 시간에서 두 시간쯤 걸릴 거리였다. 시계는 이제 막 저녁 7시를 가리키고 있었다.

나는 다시 배낭을 수습해 멨다.

위험이 없다고 할 수는 없겠으나 이곳에서 가만히 누워 밤을 보낼 수는 없었다. 조난을 당했다고 하더라도 그들은 어쨌든 촐라체 서면에 있을 게 확실했다. 촐라체 서쪽 기슭이 넓게 내려다보이고, 엊그제 이미 한 번 올라갔던 적이 있는 곳. 이건 이미, 내 싸움이야. 나는 먼저 나 자신에게 말해두었다. 돌아보면 얻은 게 아무것도 없는 반생이었다.

현우는…… 무엇이 그토록 간절히 그리웠을까.

단둘이 살아왔지만 그애에게 부족한 것이 많다고 생각한 적은 별로 없었다. 우리는 늘 사이가 좋았고, 부자지간이면서도 남들이 형제냐고 물어올 만큼 따뜻한 민주적 관계를 유지해왔다고 느껴왔다. 그런데 나만 몰랐지, 이제 열일곱 살, 꽃 같아야 할 그애의 생은 텅 비어 있었던가보았다. 아니, 비어 있는 정도가 아니라 그애는 가슴속에 품은 폐허를 한사코 내게 감추고 살아온 것이었다. "……그리워서요." 어린 그애가 세상을 등지고 절로 떠나면서 남긴 대답은 그것뿐이었다. 절로 가는 비탈길 좌우엔 색 바랜 들국화들이 목을 꺾고 있었다. 한사코 나를 따라오지 못하게 하고 혼자 올라가는 그애의 뒷모습을 나는 보이지 않을 때까지 바라보았다. 어린 나이에 짐 지기엔 너무도 무거워 보이는 배낭이 그애의 어깨에 메어져 있었다. 돌확보다 더 무거워 보였다. 그애는 그러나 한 번도 뒤돌아보지 않고 일주문 너머로 사라졌다. 일주문은 감옥의 문 같았고, 내 남은 인생을 덮고 마는 검은 휘장 같기도 했다. 오직 그애 하나를 위해 모든 걸 버리고 살아온 나의 지난 삶이 그렇게, 일주문 너머로 송두리째 사라진 것이었다.

구름이 빠르게 벗겨져 정말 다행이었다.

헤드랜턴을 빼곤 불빛 한 점 보이지 않는 어둠 속이지만 별빛 때문에 로체에서 에베레스트, 푸모리 봉으로 이어진 히말라야 등뼈는 윤곽이 또렷했다. 적어도 방향을 잃을 염려는 없는 셈이었다. 나는 한 발 한 발 신중히 내디뎠다. 현우를 잃고, 이제 이곳에서 그들 형제를 죽음으로부터 구하지 못한다면, 나의 나머지 인생도 구하지 못할 거라는 예감은 점점 더 뚜렷해졌다. 현우를 따라, 입산할 수도 없는 노릇이었다. 현우와 달리 내겐 간절한 그리움조차 없었다. 가슴속이 황야인데, 길에서 길로 떠돌아 무엇을 내가 새로 얻어낼 수 있겠는가. 지금으로선 그들을 살려내는 수밖에 없었다. 그들이 살아 돌아온다면, 내 남은 생이 살아 돌아올 것 같았다. 나는 그래서, 길 없는 길을 따라 오직 그들을 살리고 싶은 갈망과 염원을 갖고 걸었다.

제대로 드러난 길은 거의 없었다.

어떤 곳은 무릎까지 눈에 박혀들었고, 어떤 곳은 바람에 의해 신설이 다 날아가 빙판이 드러나 있기도 했다. 다리에 두른 스패츠* 사이로 쌓인 신설이 자꾸 비집고 들어왔다. 새벽부터 종일 걸었기 때문에 한 발 떼어놓는 것만 해도 몹시 힘이 들었다. 비틀, 넘어질 뻔한 적도 여러 번 있었다. 그럴 때는 바위를 안고

---

* 스패츠(spats): 눈이나 작은 돌멩이가 등산화에 들어가는 것을 방지하기 위해 착용하는 짧은 각반. 무릎 바로 아래까지 오는 긴 스패츠도 있다.

오르듯 기어올랐다. 한참씩 눈 속에 머리를 박고 정적에 귀를 기울이기도 했다. 폐허를 품은, 꿈을 상실한 쓸쓸한 존재의 정적에.

"어서 와요, 형님!"

상민의 목소리가 들리는 것 같았다.

"널 살릴 거야!" 나는 혼잣소리로 화답했다. "아냐. 네가 아냐. 나락으로 추락한 나를 버려두지 않겠어. 너희와 함께 나의 남은 인생도 살리고 싶어. 너희를 살리고, 내 가슴속 이 폐허를 히말라야에 반드시 부려놓고 갈 거야." 뜨거운 갈망이 마른 우물에 물이 고이는 것처럼 솟아나왔다. 그것이 내 유일한 힘이었다. 나는 눈물겹게, 어두운 길을 더듬어 올라갔다. 촐라패스엔 미리 봐둔 비박 장소도 있었다. 바위와 바위가 포개져서 자연동굴처럼 생긴 곳이었다. 상민 형제는 그곳에 혹시 내려와 있는 게 아닐까. "조금만 기다려. 형이 갈게." 나는 눈 속으로 발을 내디디며 또 혼잣말을 했다.

나는 나의 갈망을 쫓아 걷고 있었다.

하영교

형은 눈도 안 좋은데 어떻게 이것을 보았을까.

오아시스 같은, 야크 카르카다. 야트막한 돌담장 안으로 돌아들자 야크 똥들이 발에 밟힌다. 울음 밑이 또 터지려고 하지만 나는 참는다. 형은 눈으로 야크 카르카를 본 것이 아니라 감각으로 느꼈을 터이다. 가건물처럼 얼기설기 지어올린 야크 움막은 두 동이다. 보나마나 한 동은 건초 따위를 쌓아두는 창고일 것이고 다른 한 동은 야크를 몰고 온 야크 몰이꾼이 하루이틀씩 머물다 가는 임시 숙소일 것이다. 멀지 않은 어딘가 야크 카르카의 주인이 살고 있겠지만 불빛은 여전히 보이지 않는다.

헛간엔 물론 자물쇠가 채워져 있다.

상민 형이 몇 차례 피켈을 휘두르자 자물쇠가 부서지며 움막의 문이 활짝 열린다. 나는 형을 따라 기어서 안으로 들어간다. 형의 희미한 헤드랜턴 불빛에 화덕이 우선 비쳐든다. 건초와 땔감으로 사용하다 남긴 마른 야크 똥도 수북이 쌓여 있다. 무쇠 주전자와 깡통 몇 개와 빈병도 보인다.

"우선…… 불을 피울게……"

형이 화덕에 건초를 쟁이고 라이터를 켜 댄다.

마른 야크 똥은 화력이 좋은 땔감이다. 나는 허겁지겁 깡통과

빈병 들을 뒤진다. 대부분 비어 있는 깡통이다. 어떤 깡통엔 코
코아 분말이 조금 남아 있지만 수분과 범벅이 돼 딱딱한 덩어리
로 굳어 있고 어떤 빈병 주둥이엔 꿀이 말라비틀어진 채 붙어 있
다. 나는 코코아 깡통을 핥아보다가 내던지고, 꿀병을 쫓아 기어
가, 이번엔 꿀병 주둥이를 입에 물고서 쪽쪽쪽쪽 빨아들인다. 헐
고 찢어진 입술과 입안이 불에 타는 듯 화끈거린다.

"이, 이것들이…… 습기가 차서……"

형이 건초들을 말리려고 가슴속으로 끌어들여 안는다.

건초만이 습기를 머금고 있는 게 아니다. 야크 똥도 말라서 딱
딱하지만 겉에는 습기의 막이 드리워져 있다. 나 역시 야크 똥을
말리려고 주섬주섬 가슴속으로 밀어넣는다. 가슴과 옷에 녹기
시작한 야크 똥이 함부로 묻는다. 버너로 말리면 되는 것을 야크
똥까지 체온으로 말리려다가 상반신에 온통 똥칠이 되고 말았으
니, 우습다. 나는 꿀병을 빨다 말고 히잇, 웃는다. 가슴에 묻은 야
크 똥이 찐득해진다.

"형, 야크 똥이…… 향긋해……"

똥냄새가 이렇게 향기롭다고 느낀 것은 생전 처음이다.

마침내 화덕에 불이 붙는다.

건초에 불이 붙고 난 후, 형이 버너로 말린 야크 똥을 화덕에 집어넣는다. 움막 안이 연기로 가득찬다. 연기 때문에 눈물이 나고 눈물을 닦으려니 얼굴 또한 야크 똥에 칠갑이 되다시피 한다. 자꾸 웃음이 나온다. 야크 똥까지 묻은 형의 주름살투성이 얼굴은 사람의 형상이 아니다. 지옥에서 막 지상으로 올라온 늙은이의 형상이다. 나는 형의 얼굴을 보고 히힛 웃고 형은 내 얼굴을 보고 큭큭 웃는다. 형이 밖으로 나가 얼음과 눈을 가득 담아온 주전자를 화덕 위에 올려놓는다.

"아까…… 형이 던져……준 거……"

"초코파이 맞아. 그 사람, 크레바스 속의…… 그 사람, 마야 아빠…… 배낭 속에서 가져온 거야. 너 주려고…… 겨우…… 한, 한 개뿐이었어. 초콜릿도 두어 개 있었는데…… 머리가 어떻게 됐나봐. 먹어버렸는지 남겼는지, 어디 두었는지…… 생각이 안 나. 네가 배낭 한……번 뒤져봐."

"뻥치지 마. 정말로…… 그 크, 크레바스로…… 다시 갔다는 거야?"

"나도 어떻게 된 건지 잘 몰라. 귀신들이 데려갔어. 정말…… 내가 간 것이 아니라……"

"형은…… 미친놈이야! 돌았다고!"

"맞아. 올라가면서 나도 내가 미쳤다고 생각했어. 그때는 올라갔다 와도…… 널 충분히 따라잡을 수 있을 것 같았어. 아니, 내 생각이 아니었을 거야. 귀신들이…… 김형주 선배가 말했어. 다 잘……될 거라고. 눈길이니…… 네 흔적도 남을 거……고……"

"귀신들에게 미쳐서…… 나를 버린 거야, 형은……"

"잠들지 마. 이걸…… 마셔!"

형이 주전자의 물을 코코아 깡통에 따라 내 입에 대준다.

까무룩 하고 자꾸 눈이 감긴다. 형이 내가 빠졌던 크레바스에 갔다 왔다는 것은 분명 거짓말일 것이다. 어떻게 그것이 가능한가. 그렇지만 뭐 상관없다. 이곳에선 상상할 수 없는 모든 미친 짓이 벌어질 수 있다는 걸 이제 아니까. 코코아 분말 통에 물을 넣어 흔든 것을 형이 입에 대주는 대로 나는 허겁지겁 마신다. 다시 얼음과 눈을 담으려고 주전자를 든 형이 문밖으로 나간다. 형은 살아 있는가. 혹시 형이 아니라 형의 죽은 귀신? 아니, 크레바스에서 만났던 죽은 그 아저씨가 형의 탈을 쓰고 날 찾아왔는지도 모른다. 몸이 오싹해진다.

바람 소리가 들린다.

나는 나갔던 형이 돌아오는 것도 보지 못하고 그 짧은 사이 또 잠이 든다. 죽은 사람의 데스마스크가 바람에 나부끼는 듯한, 짧고 모호한 이미지의 꿈을 꾼다. 죽은 자가 어두운 얼음굴 속으로 나를 끌어내리고 있다. 안 돼요, 아저씨. 날 좀 놔줘요. 그곳으로 가기 싫어요. 나는 몸부림치다 말고 소스라쳐 눈을 뜬다. 형이 다시 입술에 코코아 깡통을 대주고 있다.

"자, 마셔. 마셔야 살…… 수…… 있어!"

"미안해. 내가…… 멍청해서 형한테…… 짐만 되고……"

나는 여전히 가사 상태에서 간신히 대꾸한다.

"무슨 소리. 네 배낭 때문에…… 널 따라올 수 있었어."

"자꾸 헛것……이 보여. 누가…… 크레바스 속으로 나를…… 끌……어당기려……고 해……"

"너, 네 배낭 이야기인데…… 그거 아니었으면…… 아마 딴 길로 가 널 만나지 못했을지 몰라. 배낭을 놓고 간 건…… 네가 산, 산에 들어와 제……일 잘, 잘한 짓이야!"

"일부러…… 놓고 온 게 아니라……니까……"

"암튼, 넌 센 놈이고…… 우리는 살았어. 중요한 건 그거야!"

"배낭 소리 그만해. 형은…… 날 버리고…… 귀신이나…… 쫓아가……놓고……"

나는 끙 하고 힘써 일어나 앉는다.

비로소 정신이 돌아온다. 물이다. 나는 허겁지겁 깡통을 빼앗듯 잡아당겨 마신다. 아무리 마셔도 갈증은 사그라들지 않는다. 마셔도 마셔도 끝이 없다. 손가락과 발가락 들에서 때때로 생살을 찢어내는 것 같은 통증이 새삼 느껴진다. 화덕 불꽃에 손을

296

비춰본다. 손가락들이 시커멓다. 형이 또 눈을 담아오려고 비틀비틀 문을 열고 나간다. 나는 주먹을 쥐어본다. 손가락들이 석고를 댄 것처럼 뻣뻣하다. 장갑을 벗어야 해. 그러나 장갑을 벗는 것도 쉽지 않다. 감각이 전혀 없다. 심지어 팔까지도 손가락 끝으로 꾹 누르니까 쑥 들어간 자국이 금방 회복되질 않는다. 다리쪽 또한 마찬가지다. 짐승의 그것처럼 퉁퉁 부어오른 발목 끝에 부목으로 댔던 차랑고 한 조각이 붙어 있고, 발은 90도로 다시 돌아가 있다. 공포감이 와락 뒷덜미를 잡는다.

"내 손, 손발…… 감각이 없어, 형!"

나는 화덕에 주전자를 올려놓는 형에게 손을 내민다.

"그 정도 동상 괜찮아. 나도…… 너와 똑같다고! 동상, 뭐…… 한두 번 걸려보냐!"

살펴보지도 않고 하는 말이라 나는 화를 낸다.

"아냐! 손발, 다 자르고 말지도 몰라!"

"너 잘 때 봤어. 형을 믿어. 내일이면…… 내려갈 수 있어. 카, 카트만두…… 동상 치료는 수준이 높아. 지금…… 손발까지 챙겨야……겠냐……"

"무슨 수로…… 내일 간다는 거야? 한 시간 걸릴 걸 나는…… 하루 걸려. 아니, 이제 한 걸음도…… 움직이지 못하겠어. 시, 시간이 없다고. 지금이라도 가야 돼. 마을이…… 어디 있을 거야.

어떻게 좀 해……봐, 형!"

"지금은…… 못 움직여. 여길 나가면, 가다 죽어……"

"그럼 형 좋아하는…… 귀신이라도 불러봐, 씨팔!"

"힛, 나…… 귀신한테 홀린 건 맞아. 좀 전…… 눈 푸러 나가서 봤어. 주전자에 눈 퍼 담는데, 히잇, 사람들이…… 원정 팀인가봐…… 사람들이 줄지어 산으로 올라……가는 거야……"

"귀신…… 아니라…… 진짜 원정 팀을…… 귀신……이라여기고 놓친 거…… 아니야……"

"날 뭘로…… 보……는 거야, 이 새끼가!"

형이 떨리는 손으로 더듬더듬 내 어깨를 안는다. 그 바람에 우리는 함께 축축한 건초 더미 위로 쓰러진다. 형의 어깨와 가슴 사이로 내 머리가 들어가 있다. 형이 나를 더 잡아당기고 어깨를 다독거린다. 울고 싶으면 실컷 울어……라고 형이 말하는 것 같다. 화덕 때문인지, 형 때문인지 알 수 없지만 따뜻한 눈물이 온몸으로 스며든다. 그래도 공포감은 가시지 않는다. 살아 돌아갈지언정 정상인으로 살지는 못하겠지. 손발을 자르고 나도 형은 나를 안아줄까. 평생 기어다니며 살지도 몰라. 산에서 죽지 못한 걸 평생 후회하면서. 형…… 하고, 부르면서, 나는 형의 가슴속에서 어린애처럼 또 운다. 형이 내 얼굴을 어루만진다.

얼마나 잠들어 있었을까.

나쁜 꿈의 이미지에 쫓겨 나는 눈을 뜬다. 형에게서 거친 숨소리가 난다. 나는 형을 깨우지 않으려고 조심하면서 상반신을 가만히 일으킨다. 화덕의 불이 죽어가고 있는 중이다. 야크 똥을 더 넣어야 한다. 나는 형의 품에서 빠져나와 불이 사그라들기 시작한 화덕에 야크 똥을 집어넣는다. 손끝이 찢어지는 듯 아프다. 무서운 꿈을 꾸는지 형이 잠시 버르적거린다. 어른거리는 불빛에 얼핏 드러나는 형의 모습은 사람의 형상이 아니다. 처참하다. 갈증 때문에 목이 타는 것 같다.

나는 주전자를 끌고 기어서 밖으로 나온다.

온몸에 극심한 통증이 지나간다. 어디 한군데의 통증이 아니다. 그래도 갈증보다는 덜한 고통이다. 형이 그랬듯이 이번엔 내가 형에게 물을 먹여주고 싶다. 워낙 잘 참는 성격이라 그렇지, 형도 지금 죽어가고 있다. 형은 그런 사람이다. 참으로 오랜만에 어린 시절의 본래 형을 되찾은 느낌이 든다.

밖으로 나오자 섬뜩한 냉기가 사방에서 달려든다.

다행히, 산은 생각만큼 어둡지 않다. 그사이 하늘의 구름이 다 벗겨져 수천수만의 별들이 빛나고 있기 때문이다. 온몸을 한차례 떨고 나서, 나는 별빛에 제 속살을 은밀히 드러내고 있는 설산들의 정수리를 훑어본다. 내가 기어내려온 곳이라고 짐작되는 곳은 어두워 깊은 우물 속 같다. 어디가 촐라체 정상일까. 나는 엎드린 채 고개를 한껏 들어올린다. 어디가 어딘지 구분이 되지 않는다. 촐라체는 제 정수리를 음험하게 숨기고 있다. 놈은 나를 내려다보고 있을 터인데 나는 놈의 맨살을 볼 수 없으니, 욱하고 화가 난다. 네놈은 나를 죽일 수 없어⋯⋯라고, 외치고 싶다. 형도 잡아가지 못해! 그렇게 하도록 내가, 이 하영교가 두고보지 않을 거야! 별자리에 대해 공부를 좀 해두었더라면 이럴 때 방향을 가늠하기가 쉬웠을 텐데 아쉽다. 천지는 온통 어슴푸레한 흰빛이다. 금방이라도 어느 방향에선가 삽살개가 짖으면서 달려나올 것 같은 풍경이다. 별똥별이 길게 떨어지고 있다. 무심코 별똥별을 따라가던 내 시선이 순간, 놀라서 멈칫한다.

'저게 뭐지?'

나는 미간을 좁힐 대로 좁히고 눈의 초점을 모은다.

'저기 무엇이 있어⋯⋯' 내가 엎드린 방향에서 보면 오른쪽이다. 수평으로 보이는 걸 보면 그쪽과 이쪽은 높이가 비슷하거나 아니면 그쪽 지점이 좀 높은 듯하다. 별빛으로 윤곽만 보일 뿐이지만, 내가 보고 있는 지점에서 산은 완만한 경사를 이루며 오른쪽으로 떨어지고 있다. 빙하로 뒤덮인 더 높은 산들의 스카이라인 한가운데로 쑥 들어와 있는 지점이다.

'혹시 촐라패스?'

하강 루트 정찰을 이유로 촐라패스를 몇 번 넘어다녔지만, 어둠 속, 산의 윤곽만 보고 촐라패스가 어디쯤인지는 잘 구분할 수가 없다. 내 시선은 지금 어떤 서광曙光에 머물러 있다. 아니, 서광이라기보다 능선 너머에서 솟아나는 불빛의 잔광이다. 완만한 경사를 이루며 치켜오른 오른쪽 능선의 한 지점이 불그스름하다. 별빛이 아니다. 어떤, 인위적인 불빛이다.

'저기 누가 있어. 마을일까?'

나는 눈을 필사적으로 부릅뜬다.

가슴이 두근거린다. 또 헛것을 보는지도 모른다. 심지어 형은 원정대가 저쪽으로 올라가는 것까지 보았다고 하지 않는가. 나는 눈을 비비고 또다시 본다. 생시의 불빛이 틀림없다. "마을이 있는 거야. 저기 저 능선 너머에." 나는 중얼거린다. 전기는 물론 들어오지 않는 마을이다. 그렇다면 저것은 호롱불의 파장일 가능성이 많다. 능선의 바로 아래에 마을이 있는 모양이다. 아니 마을이 아니라 어쩌면 트레킹 팀이 비박을 하고 있는지 모른다. 어쨌든 능선 너머에 사람이 있다는 뜻이다.

"어이! 여봐……요! 어, 어이!"

용을 써봐도 일어날 수조차 없다.

나는 바닥에 엎드린 채 외마디 소리로 몇 번 불러본다. 불빛의 잔광과 움막 사이에 능선이 있으니 아무리 소리쳐도 소용없는 일이다. 그러나 어림짐작으로 생각하건대, 거리는 그리 멀지 않다. 그쪽 능선과 이쪽 사이는 평퍼짐하게 흘러내린 어스레한 골짜기다. 성한 사람이라면 10여 분 걸으면 언덕 위에 이를 것 같다. 나는 후닥닥 다시 움막으로 기어들어가 형의 머리맡에 놓인 헤드랜턴을 들고 나와 흔들어본다. 건전지가 거의 닳아버린 헤드랜턴 불빛은 안쓰러울 만큼 빈약하다.

"형, 불빛이 있어. 일어나봐……"

소리쳐보지만 소용없는 짓이다.

형은 한두 번 눈을 떴다가 이내 돌아눕고 만다. 제정신이 아니다. 나는 쓰레기 더미 같은 형을 보고 처참히 부어오른 내 다리를 보고 시커멓게 얼어버린 손을 본다. 당장 응급조치가 필요하다. 늦으면 손발을 자르게 될 것이다. 어디 나만 그렇겠는가. 형도 시간을 지체하면 결국 손발을 잃을 게 확실하다. 아니, 손발의 문제만이 아니다. 아침에, 다시 기어서 저 능선까지 갈 수 있다는 보장도 없거니와, 저것이 트레킹 팀의 불빛이라면 아침까지 그들이 남아 있다는 보장도 없다.

나는 피켈과 버너와 라이터를 들고 나온다.

건초 더미를 쟁여두었을 또다른 움막이 저만큼 떨어져 있다. 나는 그곳으로 기어가 문틀을 잡고 간신히 일어선 뒤 피켈을 휘두른다. 피켈로 몇 번 치자마자 움막의 자물쇠가 벗겨져 떨어진다. 두 평이나 될까 말까 한 움막 안에 건초 더미가 반쯤 쌓여 있는 게 라이터 불빛에 드러난다. 머릿속에선 베이스캠프를 떠나고 나서부터 지금까지 거쳐왔던 죽음의 지대가 요지경 속의 그림처럼 회오리쳐 흐르는 중이다. 별빛에 어렴풋이 떠올라 있는 만년빙하의 설산들이 나를 고요히 내려다보고 있다. 그중의 하나, 촐라체 정상이라고 짐작되는 지점을 돌아다본다.

"너, 촐라체!"

나는 부르짖는다. 놈은 시치미를 뚝 떼고 가만히 있다. 그 고요와 도도함이 가슴에 사무친다. 정상에서 놈의 무엇을 보았던가. 목숨을 걸고 올라갔지만, 정상을 보지 못했다고 나는 생각한다. 화이트아웃 상태였고, 그리하여 나는 겨우 '모든 길이 시작되는 곳이며 모든 선이 모여드는 곳'이 아닌, 화이트아웃 상태의 민둥산의 일부를 본 것뿐이다. 분노가 다시 솟구친다. 모든 건 촐라체의 속임수에 빠져 일어난 비극이다. 제 속살은 철저히 감추고 나와 형을 가지고 논 촐라체. "그렇지만…… 너도 보지 못한 게 있어. 목숨이야, 목숨!" 나는 분노에 차서 씹어뱉는다. 사실이다. 살아서, 그러나 죽음보다 더 가혹한 고통 속에서 내가 시종일관 느끼고, 보고, 껴안고 뒹군 것은 그렇다, 나의 뜨거운 목숨이다.

"나, 의, 목, 숨, 하, 나……"

나는 또박또박 힘주어 말하면서 먼저 버너에 불을 붙인다. 촐라체는 여전히 미동도 없다. 나는 다시 열린 문 너머로 촐라체 상단을 본다. "촐라체, 너를 온통 태우고 싶어! 너의 고요와 오만함에 불지르고 싶다고! 나보다 훨씬 처참한 네 비명을 듣고 싶단 말이야!" 불이 붙은 버너를 건초 더미 밑동에 들이댄다. 뜨거운 내 목숨의 불꽃이 촐라체를 지옥불로 태운다고 상상하니 온몸이 부르르 떨린다. 건초 더미로 불이 번진다. 나는 필사적으로 기어나와 움막의 문을 닫고 다시 촐라체를 본다. 놈은 이쪽 편의 피어린 반역에 대해 아무것도 눈치채지 못한 표정이다. 나는 클클클, 실성한 사람처럼 웃는다.

"너도 당해봐! 뜨거운 맛을 좀 보라고!"

불꽃이 와르르르, 움막의 지붕을 뚫고 사방으로 솟아난다.

캠프지기

천신만고 끝에 도착한 촐라패스는 어둠에 묻혀 있었다. 패스는 고개라는 뜻으로서, 촐라패스는 고쿄 지역과 에베레스트 지역을 잇고 있는 지름길 중 가장 높은 곳이었다. 그곳에선 촐라체의 서면과 동북 기슭을 언제든지 폭넓게 조망할 수 있다.

저녁 8시가 넘은 시각이었다.

미리 봐두었던 바위틈의 비박 장소엔 사람은 물론 동물의 흔적도 전혀 없었다. 예정대로라면 사흘 전 이곳으로 살아 돌아왔어야 했다. 사흘이 어떤 시간인가. 먹을 것은 진즉에 떨어졌을 것이고, 체력은 바닥으로 내려앉았을 것이며, 헤드랜턴조차 전지약이 닳아 쓸모없게 되고도 남을 시간이었다. "그래도…… 그들은 올 거야!" 나는 짐짓 말했다.

나는 일단 헤드랜턴 두 개를 돌출 바위 모서리에 걸었다.

죽은 혼백일지라도 그들을 깨워야 한다, 라고 나는 생각했다. 내가 할 수 있는 일이 겨우 이것뿐이라는 것이 마음 아프지만 현재로서는 다른 길이 없었다. 페리체에서 더 구해왔으므로 건전지는 충분했다. 어딘가 살아 있다면 불 켜진 헤드랜턴은 그들에게 등대와 같은 구실을 할 것이었다.

"자, 이 불빛을 봐. 여기, 내가 있어!"

나는 카리스마 넘치는 목소리로 소리쳤다.

작년 가을이었던가, 현우와 함께 덕유산에 올랐다가 밤이 될 때까지 길을 찾지 못하고 헤맨 적이 있었다. 비박 장비도 없었다. 밤이 되니까 기온은 급강하했고 랜턴은 있었으나 사방 어디에도 마을의 불빛이 보이지 않으니, 방향조차 가늠하기 어려웠다. 한참을 헤매고 나서 작은 고개를 넘어서니까 오, 그제야 불빛이 보였다. 백련사의 불빛이었다. 백련사구나, 라고 내가 말했고, 등대를 찾았네요, 어린 현우가 대답했다. 나는 불빛을 불빛이라고 불렀고, 현우는 불빛을 등대, 라고 불렀던 것이었다.

나는 차를 끓여 육포와 비스킷하고 함께 먹었다.

그들을 만날 것에 대비해 여분의 침낭은 물론이고 남은 쌀과 밑반찬까지 챙겨왔으므로 먹을 것은 많았으나, 먹을 힘조차 거의 남아 있지 않았다. 새벽부터 하루종일 눈 속을 걸었기 때문이었다. 그러나 나는 육체적인 고통보다 뼛속까지 시린 고독을 더 절실히 느꼈다. 완벽한 정적이 나를 둘러싸고 있었다.

침낭을 뒤집어쓰자 곧 잠이 쏟아졌다.

꿈에, 눈사람같이 된 그들의 모습이 아득히 흘렀다. 그들은 함께 있고, 나는 그들로부터 떨어져 혼자 있었다. 그들이 아니라 내가 조난당한 것 같은 느낌이었다. 나는 깊은 소외감을 느꼈다. 어느 세락 지대인 듯도 하고 설동雪洞이나 크레바스 속인 듯도 했다. 얼음 모자를 쓰고 얼음 눈썹을 단 그들의 데스마스크는 깨끗하고 고요했다. 그들은 둘이면서 하나처럼 서로 기대고 앉아 있었다. 눈떠봐. 너희들, 아직 죽을 때가 안 됐어. 내가 끼어들 틈이 전혀 없이 함께 붙어 있는 그들에게 질투심을 느끼면서, 꿈속에서 나는 필사적으로 소리를 질렀다. 이 나쁜 자식들아, 눈뜨란 말이야! 내 비명소리에 스스로 놀라 소스라쳐 잠을 깬 건 그다음이었다.

수많은 별들이 떠 있었다.

촐라패스는 북쪽으로 병풍처럼 둘러쳐진 히말라야의 중심 벽 마할랑구 히말과 남쪽의 스카이라인을 이룬 힌쿠 히말의 한가운데 자리잡고 있었다. 세상의 중심이었다. 나는 미간을 모으고 어둠 속의 스카이라인을 바라보았다. 어느새 구름이 사라진 하늘은 가없는 별들의 왕국을 이루고 있었다. 멀고 가까운 수천의 백색 능선들이 별빛에 시시각각 제 자태를 드러내 이윽고 함께 원만한 원형을 이루면서, 우주로 둥실, 떠오르고 있는 느낌이었다.

그것은 이승의 풍경이 아니었다.

잠의 불연속면에 기대어 꿈속을 흐르다가 소스라쳐 깨고 또 깰 때마다, 나는 죽은 다음에 보는 것처럼, 그 초월적인 풍경들을 그렇게 보았다. 히말라야에 기대어 사는 사람들은 죽음과 탄생 사이의 과도기적 시간을 '다르마타(Dharmata)'라고 불렀다. 그것은 이승도 저승도 아닌, 잠과 꿈 사이의 밝은 틈새라고 했다. 목숨값에 억눌려 온갖 욕망으로 이지러져 있던 이른바 불멸의 본성이, 하나가 통째로 끝나고 다른 하나가 통째로 시작되는 그 틈새에서, 금강석보다 견고한 제 본체를 보이고 보여주는, 은혜와 축복의 시간이 바로 다르마타였다. 나는 자고 깨고 자고 깨고 하면서, 이를테면 그때 다르마타의 빛 사이를 날렵하게 통과하고 있었다. 나에게 그것은 사랑에의 목 타는 갈망이었고, 또한 정수精粹의 기다림이었다.

그리고 기다림 끝에 나는 마침내 보았다.

영교인 듯도 하고 상민의 것인 듯도 한 데스마스크와 마주서다가 퍼뜩 눈을 떴을 때, 처음에, 나는 내가 하나의 환영을 보는 줄 알았다. 오른편 능선 위로 어떤 불빛이 힘 있게 솟아나고 있었다. 저게 무엇이지? 나는 눈을 비비고 다시 보았다. 여명이 트는 것도 같고 오로라의 한 끝을 보는 것도 같았다. 정신이 번쩍 났다. 나는 머리를 곧추세우고 곧 상반신을 들어올렸다. 아무 소리도 들리지 않았다. 하늘은 여전히 별빛이 가득했고 사방으로 흘러나간 설산들의 융기선들도 그대로 있었다. 다만 남쪽 능선 주변만은 정체 모를 그 빛 때문에 별빛조차 흐릿하게 침몰하고 있는 중이었다. 나는 침낭의 지퍼를 열고 나왔다. 역동적인 파장을 뿜어올리는 그것은 분명히 강력한 화광火光이었다.

"오, 불이야! 불꽃이야!"

혼잣말을 하고 났을 때 이미 내 발은, 아이젠을 찾아 신을 새도 없이, 불빛이 출렁거리는 남쪽 능선을 향해 내닫고 있었다. 나는 허겁지겁, 눈 쌓인 비탈을 가로질러 능선을 향해 똑바로 올라갔다. 주름진 곳은 허벅지까지 눈에 빠졌다. 굴곡이 적은 비탈길이라 다행이었다. 능선에 가까워질수록 불빛은 더욱더 강렬해졌다. 헤드랜턴 정도의 불빛이 아니었다. 마을이 있을까. 집 한 채가 타고 있는 것 같았다.

"아! 아하!"

비명인지 환성인지, 내 입에서 탄성이 터져나왔다.

허둥지둥, 능선에 도달한 내 눈에 확 들어온 불꽃은 화려하고 강력한, 화톳불 불꽃이었다. 촐라체 서면의 얼어붙은 호숫가였다. 때마침 불어오기 시작한 바람 때문에, 화톳불은, 촐라체 전부를 다 불붙일 기세로 요동치며 타고 있었다. 화톳불의 '헤드뱅잉'을 보는 느낌이 들었다. 그 불꽃에 드러난 옆 건물 앞에 사람인가, 움직이는 형상도 보였다.

"야크 카르카야! 누가, 불을 질렀어!"

짝을 이룬 두 개의 호수와 짝을 이룬 두 동의 움막이 빠르게 눈앞을 스쳐갔다. "만약 촐라패스까지 못 오면 저기, 저 야크 카르카에서 마지막 하룻밤을 보내게 되는지도 몰라요." 상민의 말이 귓구멍을 울리고 있었다. 왜 그 생각을 하지 못했을까. 하강 루트를 최종적으로 점검하기 위해 세 사람이 촐라패스까지 함께 온 것은 등반 이틀 전이었다. 그때 상민이 호숫가의 야크 카르카를 가리키며 무심코 말한 게 그날이었다. 멀지 않은 곳이었다. 너울거리는 불꽃에 상민과 영교의 그림자도 언뜻언뜻 눈에 들어왔다. 가슴속에서 무엇인가 빅뱅으로 터지는 느낌이 나를 사로잡았다. 우주를 품에 안은 자들만 즐길 수 있는 환호의 불꽃이 아닌가. 화톳불을 돌면서 그들은 승리의 춤을 추고 있는지도 몰랐다.

"너희였어. 아, 너희가 제 몸을 태워 올리는 불꽃이야!"

황홀하고, 강렬하고, 한없이 도도한 불꽃이었다. 눈시울이 금방 뜨거워졌다. 존재의, 목숨의 불꽃이었다. 촐라체 스카이라인이 까무룩 숨을 죽이고 있었다. 나는 그래서 그들 형제가 촐라체를 마침내 이겼다는 것을 알았다. 어떤 한계에도 굴복하지 않고 끝끝내 타오르고 마는 존재의 심지에 붙은 황홀한 반역의 불꽃이었다. "그래. 너희…… 살아 있었어!" 나는 소리쳤다. 용솟음치는 새 삶의 불길이 그것으로부터 내게 옮겨붙고 있다고도 느꼈다. 나는 진저리를 치고, 힘 있게 앞으로 발을 뻗었다.

"기다려! 내가 갈게!"

나는 소리쳐 말했다.

베이스캠프

야크 카르카 한 동이 통째로 불타 주저앉았을 때쯤, 그곳에 세 사람이 거의 동시에 도착했다. 한 사람은 나였고, 다른 두 사람은 움막의 주인 남자와 그의 젊은 딸이었다. 열아홉 살 된 셰르파 처녀는 고쿄의 로지에서 일하고 있던 중 집에 잠시 다니러 왔다가 움막이 불타는 것을 보았던가보았다. 야크 카르카가 있는 곳에선 보이지 않았지만 불과 1킬로미터 정도 떨어진 능선 너머에 두 가구밖에 살지 않는, 이름도 없는 마을이 있었던 것이었다. 셰르파 처녀가 있어서 그나마 단편적으로 영어가 통해 다행이었다.

"내일 아침 당장, 헬리콥터가 와야 합니다!"

나는 말했고 야크 카르카 주인 남자는 고개를 저었다.

두 가지 문제가 있었다. 한 가지는 선금을 치러야 헬리콥터가 뜬다는 것, 다른 한 가지는 공기 밀도가 희박한데다 날씨가 어떨지 모르니 선금을 치러도 과연 헬리콥터가 날아와 앉을 수 있을지, 그게 문제라고 했다. 야크 카르카가 있는 곳의 해발고도는 대략 5000미터 정도였다.

"에베레스트 베이스캠프에도 헬리콥터 와요."

상민이 숨을 헐떡거리면서, 간신히 설명했다.

에베레스트 베이스캠프는 5300여 미터, 나도 고락셉(Gorak-shep, 5164m)까지 트레킹을 갔다가 극심한 고소증에 걸려 수천 달러를 지불하고 헬리콥터를 불러 타고 내려온 사람의 이야기를 들은 적이 있었다. 기압 때문에 내려앉기 어려울 때는 무게를 줄이려고 헬리콥터 문짝까지 다 떼는 일도 있다고 했다. 그렇다면, 최종적으로 남은 문제, 우선 당장 돈이 없으니까 카트만두의 빌라 에베레스트로 전화를 걸어 상황을 알리고 협조를 부탁하는 수밖에 없었다.

"위성 전화는 고쿄에 가야 돼요. 이 밤엔 갈 수 없어요."

셰르파 처녀가 난감한 표정으로 말했다.

고쿄까진 현지인의 걸음으로도 거의 세 시간이나 걸릴 거라고 했다. 눈이 내려 길이 끊겼을 가능성도 있었다. 그러나 상민과 영교의 상태는 그야말로 만신창이였다. 목숨은 건질 수 있을지 몰라도, 동상으로 시커멓게 변색해 부풀어오른 손과 발을 조금이라도 구하려면 시간을 단축하는 것이 관건이었다. 내일 낮에 전화를 건다면 해 지기 전 헬리콥터를 수배해 보낸다는 보장이 없었다.

"차라리…… 내가 지금 고쿄로 갈게요."

"그쪽은 더욱더 불가능해요."

"그럼, 함께 가면 안 되겠습니까?"

나는 간절히 말했고, 셰르파 처녀는 나를 아래위로 훑어보며 딱하다는 표정을 지었다. 내 몸도 빈사 상태나 다름없었다. 마을까지 갈 힘조차 남아 있지 않았다. 야크 카르카 주인 남자와 셰르파 처녀에게 상황의 다급함을 알리고 절실함을 호소하기 위해, 혼자라도 가겠다고 나선 것뿐이었다.

"좋아요. 그쪽 랜턴을 제게 주세요."

내 말에 자극을 받은 셰르파 처녀가 몸을 일으켰다.

야크 카르카 주인 남자와 셰르파 처녀가 네팔 말로 한참 동안 뭐라고 말했다. 내 지갑 속엔 700불 정도 남아 있었다. 나는 700불을 모두 꺼내어 셰르파 처녀의 손에 쥐여주었다. 눈이 깊고 잇속이 고른데다가 볼이 홍옥처럼 붉은 처녀였다. 셰르파 처녀는 내 손을 뿌리치고 고개를 흔들었다.

"헛간을 새로 지을 돈만 주시면 돼요."

셰르파 처녀가 곧 신발 끈을 고쳐 맸다.

나는 헤드랜턴을 채워주고 스패츠를 다리에 묶어준 뒤 내 파카를 벗어서 처녀에게 입혀주었다. 날씨가 쾌청해진 것이 다행이었다. 익숙한 길이지만 눈이 많이 쌓인 밤길이라서 위험이 없다곤 할 수 없었다. 빌라 에베레스트에서 이쪽 편을 믿고 선금을 대납해 헬리콥터를 띄워줄지도 미지수였다. 그러나 결과야 어쨌든 살아 돌아왔으니, 처녀를 믿고 이제 감사한 마음으로, 기다려야 할 일만 남은 셈이었다.

밤중에 길을 떠난 셰르파 처녀에게선 다음날 정오가 돼도 아무런 기별이 없었다. 날씨는 너무도 쾌청했다. 촐라체는 물론이고, 호위하듯 둘러쳐진 수백수천 설봉들이 저마다 자태를 뽐내면서 선명히 솟아 있었다. 더 높은 것과 더 낮은 것의 차이도 없고, 더 큰 것과 더 작은 것의 경계도 없었다. 가끔 지축을 울리는 소리가 들려 고개를 돌려보면, 먼 데 가까운 데에서, 켜켜로 쌓여 있던 눈의 성채가 한꺼번에 주저앉아 휩쓸려내려오는 것이 손바닥처럼 바라보였다. 눈의 폭풍이었다.

태어난 것은 죽게 되고
모인 것은 흩어지고

축적한 것은 소모되고

쌓아올린 것은 무너지고

높이 올라간 것은 아래로 떨어진다.

상민과 영교는 눈을 뜨고 있으나 감고 있으나, 여전히 혼절한 듯 누워 있었다. 나는 폐품처럼 되어 누워 있는 그들과 제 몫몫, 드높이 솟은 설산들을 번갈아 보면서, 붓다의 말을 떠올렸다. 히말라야는 산스크리트어로 '눈의 보금자리'라는 뜻이었다. 서쪽 끝 낭가파르바트에서부터 수천 킬로미터나 뻗어 있는 히말라야는, 8000미터 이상 되는 고봉 14좌를 비롯, 수많은 설봉들을 품고 있는 지구의 등뼈로서, 아직도 대부분 사람의 발걸음을 허용하지 않는 죽음의 지대, 혹은 불멸의 초월적 상징으로 솟아 있었다. 수천의 봉우리가 그대로 하나하나의 별과도 같았다. 사람이 죽으면 별이 된다는 말은 히말라야에선 사람이 죽으면 눈 덮인 봉우리가 된다는 말과 다름없었다. 그러나, 히말라야조차 허공보다 높진 않았고, 아울러 영원한 것은 아무것도 없었다.

헬리콥터가 나타난 것은 정오가 조금 지날 무렵이었다.

건초 더미를 태워 올리는 연기를 보고 헬리콥터가 근처의 눈밭에 내렸을 때에도 상민과 영교는 눈을 뜨지 못하고 있었다. 눈바람이 뽀얗게 날렸다. 나는 먼저 영교를 흔들어 깨웠다.

"자, 집으로 가. 헬기가 왔어!"

내가 손뼉 소리를 내며 소리쳤다.

"예전부터…… 헬리콥터, 꼭 한번 타……보고…… 싶었어요."

영교가 간신히 말했다. 두 눈엔 영롱한 이슬방울이 반짝이고 있었다. 눈 밑이 꺼지고 어깻죽지가 쭉 오그라든 것이, 불과 일주일 새 형제는 20년쯤 나이를 먹은 것 같았다. 조종사와 부조종사가 달려와 먼저 영교를 부축해 일으켰다. 기압이 낮아 한 번에 여러 사람이 탈 수 없으니 남체바자르까진 한 사람씩 실어날라야 한다고 했다. 남체바자르 부근엔 에베레스트를 최초로 오른 힐러리 경을 기념해 지은 병원이 있었다. 영교가 꾸물꾸물 몸을 일으키고 있는 상민을 돌아다보며 말했다.

"저 꼰대하고…… 또 헤어지기 싫은데……"

"남체바자르에서 합류할 거야. 30분이면 다시 만날 수 있어."

내가 영교의 등을 억지로 떠밀어 헬리콥터에 태웠다. 남체바자르는 쿰부 지역의 중심지로서 해발이 3400여 미터밖에 되지 않았다. 영교를 남체바자르에 잠시 내려놓고 돌아와 상민을 태워가면 될 일이었다. 과연 20여 분 정도 지나고 나자 헬리콥터가 다시 고교 방향의 서쪽 협곡으로 들어왔다. 이젠 상민이 타고 떠날 차례였다.

"나, 알아요. 형님!"

상민이 내 손을 붙잡고 소리쳐 말했다.

"뭘 알아?"

"김형주 선배가 저어기 있어요. 똑똑히 봤어요! 친구하고 함께요. 두 분이 길을 안내해주었는걸요. 저기, 귀신들, 합숙소예요……"

"그러니까 살아생전, 다시 오지 마!"

우리는 동시에 촐라체 정상부를 올려다보았다. 프로펠러가 날리는 눈보라 위로 불끈 솟아나 비췻빛 하늘의 중심을 날카롭게 꿰뚫고 있는 그것은, 산이라기보다 단단하고 올곧은 하나의 첨탑이었다. 죽은 자가 아니고선, 진실로 자유로워진 영혼이 아니고선 그 누구도 넘을 수 없고 머물 수 없는, '모든 선線들의 집합점이자 세상의 모든 선들이 시작'되는 곳이었다.

"저곳에서…… 난 열반을 봤어요."

"열반涅槃을?"

"아뇨."

상민이 한쪽 눈을 찡긋하면서 고개를 흔들었다.

"밥 반飯 자, 열 그릇 밥을요. 히잇."

촐라체 정상엔 이제 막 승천하는 용과 같은 설연이 힘차게 뿜어져 올라가고 있었다. 이곳과 달리, 수직으로 뻗어올라가는 설연으로 미루어보건대, 그곳엔 지금 폭풍보다 훨씬 거친 회오리바람이 휩쓸고 있을 터였다. 햇빛이 쨍, 촐라체 정수리에서 튕겨져나왔다. 상민과 나는, 햇빛의 창에 찔려 찔끔, 눈을 감았다.

"앞으로는 형님만…… 따라다닐게요."

"징그런 소리. 네 베이스캠프, 다신 안 지켜!"

우리는 서로의 시선을 붙잡고 키드득, 웃었다.

헬리콥터가 떠나고 나서 남은 움막으로 돌아오니 화덕 옆에 불쏘시개로 쓰면 알맞을 만한 나뭇조각이 하나 눈에 띄었다. 뭔가, 일반적인 나뭇조각과 느낌이 달랐다. 이것이 무엇이지? 나는 허리를 굽히고 그것을 주워들었다. 그것은, 상민이 늘 애지중지하던 차랑고의 몸통 중 한 조각이었다.

내게 최종적으로 남겨진 임무는 베이스캠프를 정리하고 철수하는 일이었다. 상민까지 떠나보내고 나서, 나는 촐라패스를 넘어 다시 베이스캠프로 돌아왔다. 눈이 하얗게 쌓인 베이스캠프는 인적 없이 아주 고요했다. 쓰레기 더미를 뒤지던 들쥐 몇 마리가 내 발소리에 후닥닥 계곡 쪽으로 달아나는 게 보였다. 내가 캠프를 비운 사이 놈들도 외로웠을 터였다. 나는 어이, 하면서 도망치는 들쥐들의 뒤꼭지에 대고 손짓을 해 보였다. 몸이 천근만근 무거웠다. 나는 저녁도 안 먹고 곧바로 침낭 속으로 기어들어가 이내 잠들었다. 꿈도 없는, 꿀같이 다디단 잠이었다.

날씨는 다음날에도 여전히 좋았다.

나는 서둘지 않고 느긋하게 아침 햇빛 속에 앉아 밥을 하고 미역국을 끓이고 남은 삼겹살을 구웠다. 모두 상민 형제가 정상을 정복하고 돌아오면 먹으려고 아껴두었던 음식 재료들이었다. 나는 배불리 먹었다. 혼자 있어도 고독하다는 느낌은 더이상 없었다. 컨디션은 최상이었다. 히말라야 맑은 정기가 몸 안으로 경계 없이 자유롭게 드나드는 것을 나는 느꼈다. 맘만 먹으면 촐라체 정상까지 날아가 죽은 자들과 자유롭게 춤추며 놀 수 있을 것 같았다. 서울을 떠난 후 이렇게 완벽한 충만감을 느껴보긴 처음이었다. 날씨는 온종일 바람조차 없이 쾌청했다.

나는 충분히 식사를 한 다음 엊그제 들렀던 페리체 마을로 길을 떠났다. 안으로 흘러드는 정기 때문인지 걷는다기보다 저절로 흘러내려가는 느낌이었다. 구면의 페리체 촌장은 나를 알아

보고 반색을 했다. 나는 조난당한 동료들이 헬리콥터로 후송됐다는 사실을 알리고 나서, 내일 아침 포터를 한 사람만 베이스캠프로 보내달라고 말했다.

"한 사람만 보내면 된단 말인가요?"

"예. 루클라까지, 한 사람이면 됩니다."

지금의 컨디션대로라면 카트만두행 비행장이 있는 루클라까지 이틀이면 갈 수 있을 것 같았다. 촌장은 등반 팀이 철수하는데 어째서 짐꾼을 한 사람만 부르는지 영문을 모르겠다는 표정을 했다. 나는 그저 사람 좋게 웃어주었다. 다시는 산에 오르지 않을 텐데 거두어 가져갈 짐이 얼마나 되겠느냐고 말하고 싶었지만, 아무 말도 하지 않았다. 그런 말을 했다간 쓸 만한 것들을 건져가기 위해 촌장이 당장 나를 따라나설 것이기 때문이었다.

다음에, 나는 고교의 로지를 찾아 전화를 걸었다.

헬리콥터를 띄우려고 밤길을 마다하지 않고 떠난 셰르파 처녀가 직접 전화를 받았다. 셰르파 처녀는 이미 헬리콥터가 다녀간 것을 소상히 알고 있었다. 영어가 짧아서 자세한 설명을 피하고 나는 가급적 용건만 간단히 전달하려고 애썼다. 내일 아침 10시까지 아버지와 함께 베이스캠프에 와달라고 했다. 질 좋은 텐트 두 동과 침낭을 비롯한 등산 장비를 모두 준다면, 그녀에겐 아주 유익한 선물이 될 터였다. 일이 바쁘다면 그녀의 아버지 혼자라도 꼭 방문해달라는 말을 떠듬떠듬할 때, 로지 추녀에 매달려 있던 고드름들이 툭, 투두둑 하고 떨어졌다. 셰르파 처녀는 가급적 아버지와 함께 방문하겠다고 나보다 유창한 영어로 대답했다. 떨어져 깨어지는 고드름들이 순은의 햇빛을 사방으로 튕겨보냈고, 그 찰나마다 꼬마 무지개들이 순간적으로 나타났다가 속절없이 꺼졌다.

이룰 수 없는 꿈처럼 애틋하고 황홀한 그림이었다.

마지막으로 전화를 한 건 빌라 에베레스트였다. 앙도로지 사장은 상민과 영교를 보기 위해 병원에 갔다고 했다. 예상대로 두 사람의 동상은 상당히 심한 눈치였다. 영교의 경우, 발목과 무릎뼈의 손상도 심각한 편이라고, 한국말이 유창한 매니저가 설명했다.

"그래서 한국으로 되도록 빨리 보내려고요."

내가 대꾸도 하기 전에 전화가 끊어졌다. 히말라야에서의 전화는 항상 이렇게 제멋대로였다. 네팔 병원에서 심각한 상태라고 진단이 나왔다고 해도 의학 기술이 발달한 한국으로 가면 의외로 좋은 결과를 얻을 수 있을지도 몰랐다. 나는 촌장과 함께 점심으로 야크 스테이크를 먹고 곧 페리체를 출발해 베이스캠프로 다시 귀환했다.

남아 있는 장비라고 해야 사실은 얼마 되지 않았다. 텐트 두 동과 매트리스, 침낭, 여벌의 재킷과 우모복, 헬멧, 아이스스크루, 스노바, 하켄, 로프, 카라비너, 눈삽, 버너, 안전벨트, 주마, 테이프 슬링 등이 조금씩 남아 있었고 카라반 슈즈, 배낭, 오버트라우저, 이너 장갑, 텐트 슈즈, 속옷류와 밥솥을 비롯한 주방용품들이 남아 있었다. 나는 다음날의 일을 빨리 처리하기 위해 장비와 일상용품들을 대강 정리해 카고백에 차곡차곡 넣었다. 가지고 내려갈 상민 형제의 일상용품과 지갑 등은 따로 정리했다. 그들이 떠나면서 남긴 차랑고 조각도 잊지 않고 배낭에 넣었다.

　"멍청하게…… 제 애인을 놓고 가?"

　나는 차랑고 조각을 챙겨넣으며 히잇, 웃었다.

　기분은 여전히 최상이었다. 모두 정리하고 보니까, 카트만두까지 가져갈 짐은 겨우 카고백 한 개 분량밖에 되지 않았다. 마지막으로 등반 일지를 쓸 차례였다. 어제오늘 등반 일지를 쓸 겨를이 없었기 때문이었다. 해가 지기 시작하고 있었다. 나는 하나의 카고백을 의자로 삼고, 다른 두 개의 카고백을 쌓아 책상으로 삼아, 등반 일지의 마지막을 썼다.

　1월 4일 21시

　촐라패스에서 불타는 야크 카르카 발견. 해발 5000미터 지점.

하영교가 구조 신호를 보내기 위해 야크 카르카 한 동에 불을 지른 것임(역시 젊은 놈이 나아 ^^). 그것은 마치 '미친 두 남자'가 제 몸을 태워서 내는 피어린 불꽃 같았음.

졸라패스에서 40분 걸려 야크 카르카에 도착.

통째로 무너져 잦아들기 시작한 불 앞에 두 사람이 웅크린 채 반실신 상태로 앉아 있었음(아이구!). 죽어가는 짐승, 혹은 갈가리 찢긴 쓰레기 더미 형상. 나를 보자 아침에 보고 점심때 또 보는 것처럼 담담히 "형님이우?" 하고 씩 웃던 상민과 "우리…… 살았어요!" 하던 영교.

뜻밖의…… 환한 표정(정말 열반을 경험?).

1월 5일 12시

헬리콥터 도착. 영교 먼저 가고 곧 상민 떠남. 미친놈. 뭐 귀신을 봤다고? 뭐 열 그릇의 밥이라고?(상민에게 혼잣말 버전으로 ^^) 제가 정말 별이라도 된 듯한 상민의 마지막 표정이 내 머릿속에 남아 있음(나는 웃긴다고 생각함).

1월 7일 내일 10시, 베이스캠프 철수 예정

텐트를 비롯한 장비 일체는 내 임의대로 헬기를 불러준 셰르파 처녀에게 넘길 것임(너희가 지랄해도 상관 안 해). 현재 졸라체 정상은 쾌청. 놀빛을 후광으로 받고 있어 더욱 야무지고 당당하고 빼어난 자태. 베이스캠프 뒤쪽으로 야크떼 지나는 중. 방울 소리. 상민의 지갑에서 1500달러 발견(여비 보태줘 고맙당 ^^).

환하게 웃고 있는 신혜씨 사진도. 곧 일몰임.

나는 볼펜을 든 채 고개를 돌려 한참 동안 촐라체 정상을 보았다. 붉은 아우라를 두르고 있는 정상부의 꼭짓점에서 놀빛이 마지막 점화를 시도하고 있었다. 그러나 그것과 상관없이, 북벽은 벌써 캄캄해져 마치 어둠의 심지 같아 보였다. 열흘 전인가, 처음 이곳에 오면서 보았던 그것을 나는 상기했다. 그때도 황혼이었고 북벽은 지금처럼 어두웠다. 피잉, 하는 듯한 낮고 날카로운 금속성, 혹은 가열차게 허공을 가르는 가죽 채찍 소리 같은 걸 들었었지.

과연, 다시 그 소리가 들렸다.

빙하의 어디가 갈라지는 소리였다. 날카로우면서 지구의 중심까지 꿰뚫는 듯, 오래 울리는 소리를 나는 그 소리의 잔영이 완전히 사라질 때까지 숨을 죽이고 들었다. 한 점 놀빛까지 이미 사라져서 촐라체 북벽은, 검은 전사의 눈빛처럼 여전히 가파르고 캄캄했다.

그렇지만 나는 부드럽게 웃었다.

이곳에 들어올 때 보았던 촐라체와 하나도 다르지 않았으나 들어올 때와 달리 전혀 긴장되지 않는 게 참 신묘했다. 긴장되기는커녕 이마를 북벽에 가만히 기대고 싶을 만큼 차츰 마음이 편안하고 너그러워졌다. 자세히 보면 북벽의 어둠이 캄캄하기만 한 것도 아니었다. 어떤 곳은 발그레하고 어떤 곳은 어두웠다. '검은 전사'가 아니라 부드러운 그늘에 싸인 깊은 우물 같기도 했다.

차라리 촐라체가 자애롭다고 나는 그 순간 느꼈다.

아울러 내 품이 자꾸자꾸 넓어지는 것이, 이제 곧 촐라체가 내 품 안으로 들어올 것 같았다. 나는 그래서 등반 일지의 남은 여백에 끝내 이렇게 시 한 편을 남겼다. 그들에게 바치기보다 촐라체에게 바친다는 마음으로.

우물 밑에 그가 있다 천 년을 산.

검은 망토를 둘러쓰고

오늘도 물레를 돌린다 향기로운 침묵 속에서

앞으로 돌리면 어둠이 나오고 뒤로 돌리면 빛이 나온다.

서로 살 섞어 때로는 밝은 어둠 때로는 어두운 광채

그는 웅크리고 행복하게 일하지만

키는 하늘에 닿고 어깨 넓이는 지평선보다 넓다.

내가 세상에서 제일 좋아하는 할아버지.

— 박범신 시집 『산이 움직이고 물은 머문다』 중
「향기로운 우물 이야기」 전문

에필로그

이제 진짜로 '촐라체'를 떠날 때가 왔다.

앞에서 말한 바와 같이, 영교와 상민이 화자로 등장하는 경우
에도 모든 이야기는 베이스캠프를 지켰던 내가 진술한 것이라는
점을 먼저 상기시키고 싶다. 나의 진술과 묘사에 영교와 상민이
모두 동의해줄지는 나도 모르겠다. 어떤 대목은 동의할 것이고
또 어떤 대목은 불만스러워하겠지. 그들이 겪은 실존적인 모험
을 충실히 재현해내려고 노력했지만, 문장이란 어떤 곳은 열리
고 또 어떤 곳은 동시에 한정지어 닫히기 때문에, 그들의 실존과
내 문장이 한결같이 일치하진 않을 것이다.

그렇다고 뭐, 그들의 불만에 따라 손질할 생각은 없다.

나의 문장이 단단한 망명정부처럼 단독자로 존재하기를 강력히 바라고 있기 때문이다. 다시 첨언하거니와, 이것은 하영교와 박상민이 실제로 겪은 이야기이면서 동시에 그들의 이야기가 아니다. 나는 이것이 진실에 접근하기 위해 허구적 요소를 효율적으로 가미한 문학적인 보고서로 읽히기를 바라고 있다. '문학적인 보고서'라는 말을 혹시 부자연스러운 용어라고 생각하는가.

그렇다면 내가 '작가'인 것을 상기해주기 바란다.

촐라체는 무엇보다 내가 누구누구의 아버지이기 이전에, 무슨무슨 학교 교사이기 이전에 작가라는 걸 강력히 상기시켜주었다. 물론 나는 오랫동안 글쓰기를 거의 하지 않고 살았다. 현우가 있었기 때문이었다. 오직 현우를 통해서 세상을 보았고 현우를 통해서 내 삶을 추슬러왔다. 그러나 나는 이 글을 쓰면서 비로소 '아, 나는 작가였구나!' 하고 여러 번 진저리를 치며 부르짖었다. 현우가 산으로 떠나면서 "……그리워서요"라고 말할 때에도 미처 깨닫지 못한 나의 본질이었다.

나는 비로소 산으로 떠난 현우를 이해했다.

현우가 산으로 떠난 일이 내게 매몰되어 있던 다른 세계를 열어 보여준 셈이었다. 이른바, 한 가지가 끝나면 한 가지가 시작되는, '거꾸로 매달린 틈'과 같은 '바르도*'의 경험이 아닐 수 없었다. 현우와 촐라체가 나의 본원을 만나게 해준 셈이었다. 이

글은 그러므로 내가 시작한 새로운 인생에서의 기념비적인 첫번째 기록이라 할 만하다. 어디를 어떻게 흐르든 나는 앞으로 글쓰기라는 '촐라체 북벽'을 죽을 때까지 오를 것이다.

그러나 오해하지 마라. 글쓰기가 내 그리움의 최종적인 목표라는 말은 아니다. 그립고 그리운 최종적인 지점은 촐라체 북벽의 희고 어스레한 그늘 속에 있다. 아니 히말라야 골짜기마다 지금도 때로는 거칠고 빠르게, 때로는 부드럽고 온화하게 흐르는 바람 속에 있는지도 모르겠다. 그것은 너무도 깊은 우물 같아서 나는 감히 그리운 그것에게 지금 이름을 붙여 부를 수가 없다. 유한한 삶을 갈팡질팡 흐르면서, 누군들 비의秘意적인 불멸에 대해, 별에 대해 왜 꿈꾸지 않겠는가. 그것의 이름을 내가 지금 구체적으로 지어 부를 수 없을지라도, 그러나 나는 그것을 영혼 깊이 품고 있다는 것은 말해두고 싶다. 영성靈性은 그 무엇으로도 근원적으로 훼손되지 않는다는 것을 이제 믿는다. 글쓰기는 그 길로 가기 위한 나의 유일한 도구일 뿐이다. 영교와 상민에게 촐라체가 지난 시간과의 결별, 새로운 생으로 가는 불꽃이었듯이.

● 바르도: 티베트 불교의 경전인 『티베트 사자의 서』에 나오는 용어로, 일반적으로 저승의 중음(中陰) 상태를 말한다.

베이스캠프에서 철수, 발 부르틀 만큼 걸어내려와 루클라에서 카트만두로 가는 새벽 비행기를 탔을 때, 하영교와 박상민은 그 동안 입원해 있던 카트만두 병원에서 퇴원 준비를 하고 있었다. 서울로 가는 비행기를 타기 위해서였다. 나는 국내선 비행장에서 경비행기를 내린 뒤 카고백을 질질 끌고, 떠나는 그들을 만나러 곧 카트만두 공항의 국제선 청사로 갔다. 그들이 나보다 30분 늦게 국제선 청사 앞에 도착했다.

"형님!"

"엇, 선생님!"

상민과 영교가 동시에 나를 불렀다.

영교의 눈가에 습기의 막이 씌워지는 걸 재빨리 간파했지만 나는 모르는 체했다. 그들은 여전히 쓰레기 더미 같은 무참한 모습이었다. 공항 앞엔 사람들이 북새통을 이루고 있었다. 나는 그들을 배웅 나온 빌라 에베레스트의 앙도로지 사장, 대사관 직원과 악수를 나누었고, 상민의 휠체어 손잡이를 잡고 있는 키 작은 어떤 여자와 눈인사를 나누었다. 페리체에서 위성 전화로 나와 통화한 뒤 곧 카트만두로 달려온 신혜였다.

"차랑고의 주인이군요?"

나는 웃으면서 혼잣말하듯 말했다.

다시 보니, 신혜는 결혼식 때 딱 한 번 보았던 그 얼굴 그대로였다. 눈빛은 맑고 깊은데다가 야무지게 튀어나온 이마와 아직도 명털이 뽀시시한 목선이 금방 차랑고를 연상시켰다. 베이스캠프에서 상민의 연주로 듣던 청랑하고 조금 슬픈 차랑고의 가락이 그녀에게서 곧 울려나올 것 같았다. 나는 베이스캠프에서부터 가져온 카고백 하나를 그들에게 넘겨주었다. 등반 일지와 함께 영교의 부러진 발목에 부목으로 댔던 차랑고 조각이 들어 있는 카고백이었다.

"형님은 언제 서울로 와요?"

"글쎄, 모르겠어. 우선 목욕 좀 하고, 김치찌개 한 그릇 먹고, 그러고서 뭐 길을 찾아봐야지. 너희들 같은 미친놈들 가는 길 말고."

"눈빛으론…… 형님이 더 미친 길로 갈 것 같아요."

상민과 나는 서로 마주보고 잠시 킥킥, 웃었다.

배웅 나온 사람은 공항 청사 안까지 들어갈 수 없었다. 앙도로지와 대사관 직원이 인사를 하고 내가 인사할 차례가 되었다. 나는 먼저 영교와 껴안고 그다음 상민과 껴안았다. 살아 숨쉬는 그의 심장 박동이 내 가슴속으로 전이해 들어와 온몸에 찌르르한 전율이 지나갔다.

"전화해주셔서 고마웠어요."

신혜는 내가 내민 손을 마주잡고 말했다.

그녀가 내게 처음이자 마지막으로 건넨 한마디였다. 낮은 목소리였지만 울림이 맑고 깨끗했다. 인천공항에 도착하면 앰뷸런스가 기다리고 있을 것이라고 대사관 직원이 말해주었다. 손과 발의 동상은 심각한 수준인데, 힐러리 병원과 카트만두 병원에선 응급처치만 했다고 했다. 손발을 절단할지 부분적으로라도 살릴지, 그것은 어디까지나 한국의 병원에서 선택할 일이었다. 그들에겐 선택의 여지가 없었다. 청사 안으로 들어간 영교가 밖을 향해 붕대로 칭칭 감은 두 손을 번쩍 들어 보였다.

"씩씩한 청년이에요."

앙도로지가 웃으면서 마주 손을 흔들었다.

앙도로지의 말과 달리, 영교가 초조하고 불안해하고 있다는 것을 나는 오히려 그가 과장스럽게 손을 흔들 때 확연히 느꼈다. 그는 빚쟁이로서 아버지의 후배이기도 한 '나팔귀 아저씨'를 칼로 찌른 수배자였고, 극심한 동상으로 손발을 절단할지도 모르는 위험한 상황에 놓여 있었으며, 무엇보다, 길고 위험이 넘치는 전인미답의 시간을 살아가야 할 이제 겨우 스물한 살의 청년이었다. 조국으로 돌아가고 나면 촐라체보다 더 위험한 수많은 인생의 '촐라체'가 그를 기다리고 있을 터였다. 얼음같이 차갑고 세락 지대보다 더 정교하게 짜인 세상 속의 '촐라체'를 오를 때,

그는 과연 어떤 피켈을 들고 있을까.

"젊다는 거, 불안한 거지요."

내가 낮은 목소리로, 앙도로지의 말에 동문서답을 했다.

빌라 에베레스트로 돌아와 나는 뜨거운 물로 목욕한 뒤 김치찌개와 밥 한 그릇을 게 눈 감추듯 해치우고 곧 잠에 빠졌다. 죽음보다 더 깊고 달콤한 잠이었다. 목욕과 김치찌개 때문이었던지 잠에 빠져서도 나는 계속 행복했다. 카트만두 시내의 하늘을 새카맣게 가리고 날아가는 까마귀떼 소리가 잠의 깊은 우물 속까지 날아들었다. 꿈을 꾸었으나, 히말라야는 꿈속까지 쫓아오지 않았다.

내가 카트만두를 떠난 것은 그로부터 일주일 후였다.

나는 서울로 가지 않았다. 전에 없이 내 안에 맑은 기운이 흘러들어와 있다고 느꼈지만 아직은 서울로 갈 때가 아니라고, 내속에서 누가 말했다. 서울은, 광기의 폭력적인 모래바람이 부는 미친 도시였다. 나는 서울에서 먼길 끝으로 밀려나와 오히려 그걸 느꼈다. 삶이 그렇듯이 길은 천지사방 뚫려 있었다. 나는 히말라야를 넘어 티베트 쪽으로 가고 싶었다. "아직 겨울이라서…… 갈 수 있을지……" 내 부탁을 받고 앙도로지는 처음엔 난색을 했다.

히말라야 산맥을 넘어갈 랜드크루저의 자리 하나를 얻은 것은 전적으로 앙도로지의 공이었다. 낯선 독일 남자 두 명과 한 묶음이 돼서 떠나는 길이었고, 해발 5000미터가 넘는 고개를 여러 번 넘어야 할 험한 길이었다. 길이 눈과 빙하로 막혀 있으면 되돌아오게 될 거라고 앙도로지는 설명했다. 되돌아올 일보다, 차가 미끄러져 눈 쌓인 천 길 벼랑 아래로 날아가 시체조차 찾지 못할 추락의 확률이 오히려 더 높다는 것은 나도 알고 있었다. 카트만두 시내엔 보라색 열대의 꽃들이 막 피어나기 시작하는 중이었다.

느린 속도로, 그러나 어김없이 봄이 오고 있었다.

카트만두에서 티베트와의 국경 마을 코다리까진 하루 만에 갈 수 있었다. 다음날 나는 다리를 건너 중국 쪽 출입국 관리소가 있는 장무(Zhangmu, 2300m)로 들어갔고, 그곳에서 따로 티베트 입경허가서를 얻기 위해 이틀이나 기다린 뒤, 니알람(Nyalam, 3750m)과 라룽라(Lalung La, 5050m), 팅그리(Tingri, 4300m)를 거쳐 우정공로友情公路상의 거점 마을 라체(Lhatse, 4050m)에 도착했다. 라체에서 동쪽으로 뻗은 길은 시가체(Shigatse)를 거쳐 티베트의 주도 라사에 닿았고, 서쪽으로 뻗은 길은 '수미산須彌山'이라고 알려진 카일라스(Kailas, 6638m) 산과 '우주의 자궁'이라고 일컬어지는 성호聖湖 마나사로바(Manasarovar, 4590m) 호수에 닿았다. 극서부 티베트는 천산 산맥 아래의 실크로드까지 이어졌다. 라체에서 나흘이나 기다리고 나서야 겨우 랜드크루저 자리 하나를 얻을 수 있었다.

평균 고도만 해도 4500미터가 넘는 서부 티베트는 히말라야 산맥과 쿤룬 산맥에 둘러싸인 광활한 고원 지대로서 '하늘과 가장 가까운 대지'라고 불리는 은둔의 땅이었다. 전기가 들어오지 않는 건 물론이고 화장실이 없는 마을도 많았다. 더구나 사방 어디를 둘러봐도 눈과 얼음에 덮여 있는데다가 군데군데 길이 끊겨 애를 먹었다.

3주가 지난 다음 겨우 카일라스 산에 닿을 수 있었다.

카일라스는 여러 종교의 성지로서, 순례 코스를 세 바퀴만 돌면 평생의 업業이 사라진다고 했다. 해발 5600미터가 넘는 순례 코스 중 제일 높은 고개 돌마라(Dolma La, 5630m)를 넘을 땐 눈물이 쏟아져 제대로 걸을 수조차 없었다. 왜 그렇게 눈물이 쏟아지는지 모를 일이었다. 생을 견디면서 쌓인 내부의 독성들이 눈물을 타고 쏟아져나오는 게 아닐까. 무엇인지 모를 그리움이 뼛속 깊이 사무쳐 나오는 눈물이었다. 눈바람이 하루종일 몰아치고 있었다. 나는 비틀거리면서, 그러나 타는 듯한 갈망을 가지고, 그 갈망 때문에 울면서 돌마라 고개를 넘었다.

티베트 주도 라사에 도착했을 땐 3월이었다.

내 몸무게는 그사이 10여 킬로그램이나 빠졌고, 눈은 쑥 들어갔으며, 수염도 바람에 휘날릴 만큼 자라나 있었다. 사람들은 길 위를 떠도는 티베트 순례자와 나를 구분하지 못했다. 나를 가리켜 '미친 라마(승려)'라고 부른 티베트 사람도 있었다. 붓다의 말대로 '시간으로도, 불로도, 또는 물로도' 결코 파괴할 수 없는 카르마의 본체가 서서히 내 안으로 들어와 제 정체를 드러내는 것을 나는 느끼고 보았다.

그것은 환희였다.

눈물은 더이상 나지 않았다. 나는 편안했으며 고요하고 충만했다. 봄꽃들이 바람 찬 티베트 고원에서 꽃망울을 맺기 시작하고 있었다. 그들은 어떤 바람으로도 결코 꺼지지 않을 등불 같았다.

내가 신문에서 그 기사를 본 것은 동상을 치료하고 쇠락해진 몸을 쉬기 위해 한국 사람이 운영하는 게스트하우스에 머물 때였다. 겹겹이 쌓인 한국 신문 하나를 집어들고 넘겨보다가 나는 박스로 처리된 그 기사를 읽었다. 바로 영교와 상민이 촐라체 정상부의 크레바스에서 주검으로 보았던, 아니 하산길에서 그들이 직접 만나고 심지어 함께 걷기도 했다고 주장했던 한 남자에 관한 기사였다. 기사에 따르면 남자는 단독 등반으로, 1998년, 촐라체를 올랐다고 했다. 그것은 진정한 자유정신이 사라지고 있는 오늘의 산악계에서 일찍이 없었던 알파인 정신의 쾌거라고 기사는 쓰고 있었다.

남자의 이름은 유한진이었다.

박상민이 보여준 피켈에서 보았던 'H'라는 이니셜이 생각났다. '사랑해!!'라고 힘있게 눌러 새긴 글자와 '미안ㅎ'이라는 피어린 외마디 소리도 머릿속에서 환히 솟아올랐다. 유한진이 촐라체를 단독 등반으로 오른 것은, 죽어가면서 그가 피켈에 새긴 증거대로, IMF 후폭풍이 휩쓸고 지나가던 1998년 1월 29일의 일이었다. 그는 아내와 세 아이의 가장이었다. 한때 전문 산악인으로 일컬어진 적도 있으나 결혼과 함께 알피니스트의 꿈을 접고 등산용품점을 운영했다고 했다. IMF사태가 나기 직전에 등산용품점에서 번 돈을 모두 투자, 등산용품 제작 회사 하나를 사들인 것이 문제였다. 산악인 출신으로서 뭐든지 성실하게 열심히 일하면 보람을 거둘 수 있다고만 믿었던 그로서는, 머지않아 밀어닥칠 IMF의 잔인한 풍랑을 전혀 짐작조차 하지 못했을 것이었다. 회사는 곧 부도 처리됐고, 그는 빚쟁이한테 쫓기는 신세가 됐다.

그가 홀로 촐라체 북벽에 들러붙었던 1998년 1월 29일은 부도를 내고 잠적하고 나서 꼭 두 달 후였다. 당시의 그에겐 열 살짜리 쌍둥이 아들과 일곱 살 된 딸이 하나 있었다. 히말라야를 좋아해 딸 이름도 사랑이라는 뜻을 가진 네팔 말 '마야'라고 붙인 산사나이였다. 피켈 상단의 외피를 벗겨 새긴 '영우, 선우, 마야'라는 이름이 떠올랐다. 산인으로서의 꿈도 포기한 채 가족을 위해 청춘을 다 바쳐 얻어낸 사업체를 송두리째 IMF의 풍랑에 떠내려보내고 나서, 한순간 도망자 신세가 된 그로서는 IMF사태가 휩쓸고 간 1998년 1월, 그 혹한의 시간 속에서 달리 선택할 여지가 없었을 터였다.

혼자 배낭을 꾸리는 한 남자의 이미지가 떠올랐다.

키가 훤칠하고 눈빛은 깊고 '담뱃불은 꼭 성냥불로 붙여야 한다'고 말하곤 했다는 장년의 남자였다. 그는 혼자 배낭을 싸고, 혼자 카트만두행 비행기를 타고, 혼자 걸어서 텅 빈 겨울 히말라야로 들어가고, 바람 찬 베이스캠프에서 오로지 혼자 생활했을 터였다. 내가 그랬듯 들쥐와 서로 통성명을 하고 이야기도 나누었을 것이었다. 아무도 오지 않는 한겨울에, 그것도 빙벽이 1500여 미터 이상인 촐라체 북벽에 혼자 오른다는 것은, 스스로 죽음을 자초하는 길이나 다름없다는 걸 전문 산악인이었던 그가 알지 못했을 리 없었다. 그것은 무모한 도전이었다. 그는, 희망을 품고 촐라체 북벽을 올랐을까, 아니면 절망 끝에 죽음에 도달하기 위해 올랐을까. 혹시 자살을?

아니야. 그럴 리 없어!

나는 이내 단호히 고개를 저었다.

나도 직접 피켈에서 보았던 '사랑해!!'와 '미안ㅎ'이 너무도 선명히, 돋을새김으로 내 기억 속에 각인되어 있었다. 얼음굴 속에서 서서히 죽어가며 새겨넣었을 그 글씨들이 바람 속의 불꽃같이 생생히 타오르는 것을 나는 보았다. 그가 결코 죽음을 향해 촐라체 북벽에 도전한 게 아니라는 것을, 나는 그 외마디 말들 때문에 확신했다. '영우, 선우, 마야, 정순희'라는, 죽어가며 차례로 새긴 이름들도 희망의 증거였다. 사랑이 남아 있는 한 사람은 죽음으로 걸어가지 않는다는 걸 나는 이제 알고 있었다. 그처럼 뜨겁고 단단한 사랑을 품은 사람이 어떻게 절망을 좇아 산에 오를 수 있겠는가. '오냐, 내가 홀로 너를 넘고, 그리고 새로운 인생의 촐라체에 도전할 테야!' 피켈 하나 쥐고 단호히 북벽을 올려다보면서 소리쳤을 그의 피어린 선언이 내 귓구멍 속을 힘차게 울렸다. '당신, 길을 열어. 내가 갈 거야!' 환청으로 울리는 그의 목소리는 고통에 찬 비명도 아니었고 절망의 신음 소리도 아니었다.

그것은 존재의 밝고 힘찬 나팔 소리였다.

상민은 그에 대해 설명하면서, 그의 배낭 속에 든 나이프로 머리칼 일부를 잘라왔다고 했다. 헬리콥터가 오기 직전에 내가 그 머리칼을 머플러로 고이 싸서 상민의 품속에 직접 넣어준 일이 기억났다. 기사엔 후배 산악인들이 산악계에 새로운 전설을 남긴 그의 시신을 거두기 위해 등반대를 조직한다는 것을 유족들이 말려 그만두기로 했다는 내용도 있었다. 평생 '꿈'으로 품고 살던 설산에서 영원히, '더이상 늙지 않는' 모습으로 그가 남아 있기를 바란다는 게, 이제 열아홉 살, 현우와 비슷한 또래인 쌍둥이 아들의 뜻이었다. 산악연맹에서 주최한 추모식 소식도 덧붙여져 있었다. 상민이 가져온 머리칼을 묻어 묘지를 조성한 모양이었다. 해발 6000여 미터, 차갑고 잔인한 얼음굴 속에 있었던 그가 그곳에서 빠져나와 죽어가며 불렀던 가족의 품으로 마침내 돌아간 것이었다.

"그는 비로소 완전한 자유를 얻은 거야."

나는 혼잣소리로 말하면서 창밖을 내다보았다. 봄 햇빛을 받고 있는 포탈라 궁의 한쪽이 내다보였고 티베트 고원을 가로질러 흘러가는 유장한 얄룽창포 강의 지류가 내다보였다. 실재적 삶을 관장하는 왕궁과 추상적 영혼을 관장하는 신전이 한 몸뚱어리를 이룬, 세계에서 유일한 제정일치의 궁전, 포탈라 궁은 제국주의 지배를 피해 망명한 달라이 라마가 아직 돌아오지 못해 비어 있었다. 그래도 내리쬐는 맑은 햇빛에 실려오고 있는 봄의 신선한 기운을 나는 충분히 보고 느꼈다.

사원도 필요 없고, 복잡한 철학도 필요 없다.

달라이 라마의 말이 생각났다. '우리 자신의 머리와 우리 자신의 가슴이 바로 사원'이라고 달라이 라마는 일찍이 설파했다. 그러므로 지금도 촐라체 얼음굴 속에 앉아 있을 그 남자의 시신은 그저 껍데기에 불과할 터였다. 티베트에서는 몸을 가리켜 '껍데기'라는 뜻을 가진 '뤼'라고 불렀다. 그는 감옥과 같은 몸뚱어리 '뤼'를 떠나 이윽고 그의 자유로운 사원, 드넓은 우주로 돌아간 셈이었다. 나는 햇빛 쏟아지는 창밖을 보았다. 그의 영혼이 보이는 듯했다. 촐라체 얼음굴에서 가볍게 날아오른 그의 영혼이 히말라야 산맥을 넘어, 내가 두 달 이상 죽음 같은 고통으로 헤맨 티베트 서쪽 고원을 가볍게 맴돌고 나서, 잠시 내 곁에 머물렀다가 한순간 휘리릭, 그의 고향으로 날아가는 것을 나는 실눈 뜨고 가만히 내다보았다. 멋진 비행이었다.

영교와 상민의 소식을 접한 것은 또다른 기사에서였다. 서울의 병원에 입원하고 한 달 이상 지난 2월 하순경의 신문이었다. 영교는 끝내 발목이 부러진 한쪽 발을 완전히 살리지 못했던가보았다. 발가락 부위부터 발의 반까지, 근육, 신경조직, 혈관이 완전히 괴사해 끝내 절단했고, 손가락도 두 마디까지, 열 손가락 전체를 절단하는 수술을 받았다고 했다. 영교에 비해 상민이 좀 상태가 나아서 발가락 아홉 개와 손가락 여덟 개를 자르고 피부를 이식해 봉합하는 대수술을 받았다고 기사는 쓰고 있었다. 예상하지 못했던 것은 아니지만 내 손가락 발가락 들이 잘리는 듯, 날카로운 통증이 내 온몸의 관절을 관통해 지나갔다.

3월 한 달은 티베트 동쪽 지역을 여행했다.

동쪽 지역은 고도도 낮고 날씨도 비교적 따뜻해 편안한 여행을 할 수 있었다. 걷고 있으면 아무것도 생각나지 않았다. 텅 빈 대지가 본성을 그대로 닮았다고 나는 느꼈다. 황야의 대지는 그러면서도 빠른 속도로 푸르스름한 봄물이 들고 있는 중이었다. 나는 서둘지 않고, 아무런 목표나 계획 없이 뜬구름처럼 흘러 다녔다. 때로는 헛간에서 자기도 하고 때로는 물 한 모금으로 하루를 보내기도 했다. 인도 대륙을 떠난 꽃 소식이 히말라야를 넘어 파죽지세로 북상하고 있었다. 그렇게 새로운 4월이 왔다.

내가 서울로 불현듯 돌아온 건 4월이었다.

거의 6개월 만의 귀국이었다. 아직도 자유롭게 걷지 못하는 상민이 공항까지 마중을 나와주었다. 발가락 잘린 부위가 완전히 아물지 않아 층계를 오르내릴 땐 여전히 평소의 속도를 낼 수 없다고 했다. 손가락은 겨우 두 개가 남아 있었다. 나는 얼마 전에 피부이식수술을 했다는, 탁구공만하게 부풀어오른 손가락의 잘린 부분들을 만져보았다. 터질 것처럼 말랑말랑했다.

"잘린 손가락 발가락, 모두 촐라체로 가져다 묻을까봐요."

"촐라체에?"

"걔들, 거기서 죽었으니 거기로 가야지요. 영교 나오면 한번 다녀오려고요. 함께 가실래요?"

"아이구, 난 안 가. 두 분이나 다녀오셔."

영교는 얼마 전부터 구치소에 수감돼 있다고 했다.

수술이 끝나고 곧 수감됐으나 피해자인 '나팔귀'가 탄원서를 내서 머지않아 풀려날 것이라는 말을 공항에서 시내로 들어오는 버스 속에서 비로소 상민에게 들었다. 서울의 4월은 화사했다. 한강은 활달히 흘렀으며 가로엔 봄꽃들이 지천으로 피어 있었다. 히말라야에서의 모든 기억들이 전생에 겪은 것처럼 아득했다.

"신혜씨는 잘 있고?"

"분당에 조그만 음악학원을 하나 냈어요. '첼로'라고. 우린 뭐, 오며 가며 친구처럼 지내요. 누구랑 함께 사는 건 그쪽이나 나나, 원하지 않아서요."

"너는?"

"산악연맹에서 주선해줘서 아웃도어 회사에 자리 하나 얻었지요. 다음달부터는 형님 소주를 사드릴 만큼은 월급 나올 거예요."

"산을 못 다녀 어쩌냐."

발가락도 아홉 개나 잘랐으니 암벽등반은 불가능했다.

"재활치료 끝나면 웬만한 데는 갈 수 있어요."

"웬만한 데?"

"이를테면 가셔브룸(Gasherbrum, 8080m) 같은 곳은 빙벽 많이 안 타도 올라갈 수 있거든요. 기회가 되면 가셔브룸에 가서 후훗, 산악계의 새로운 기록도 좀 세워볼까 하고 있어요."

"새로운 기록이라니?"

"가셔브룸에 8000 봉우리가 두 개잖아요? 요즘 제가 행글라이더를 타요. 엄지손가락은 남아 있으니까요. 산봉우리를 박차고 올라 활강 비행할 땐 기분이 찢어져요. 네팔 포카라에서는 행글라이더를 타면 마차푸차레(Machhapuchhre, 6993m) 턱밑까지 제트바람이 밀어올려줘요. 그래서 말인데요, 가셔브룸 제1봉에 올라가서 곧바로 행글라이더를 타고 가셔브룸 제2봉 상층부 리지에 내린다고 쳐봐요. 거기서부터 제2봉의 정상을 연이어 오르면, 하루 스물네 시간 안에 8000급 봉우리 두 개를 정복하는 셈이 돼요. 새로운 기록이지요. 히잇, 재미있는 계획이잖아요?"

"미친놈!"

나는 씹어뱉었고 상민은 환하게 웃었다.

다음날엔 서울구치소로 영교를 만나러 갔다. 절룩거리면서 그가 면회소로 들어왔다. 그의 경우, 재활치료를 해도 다리를 절 가능성이 많다는 건 이미 알고 있었다. 그래서 그런지 그의 낯빛은 상민과 달리 아주 어두웠다.

"완전히 도사 되신 것 같아요."

웃는지 우는지 모를 표정을 하고 그가 말했다.

"너도 애써봐. 도사 되는 거, 안 나빠."

"안 나쁜 줄 알지만 난 뭐 그런 거 취미 없어요. 사람 많이 모여 사는 세상이 좋아요. 세상 속에서 멋지게 살 거예요. 도사 되셨으면 어디 절방이라도 하나 꾸며보시지 그래요?"

"티베트로 다시 갈까 해. 시쳇말로 펜션 같은 거 하나 차리려고. 티베트 카일라스 산 밑에. 북경에서 라사까지 철도가 놓여 관광객이 엄청 밀려들고 있어. 떼돈 벌지도 몰라."

"저 가면, 알바생으로 채용해주세요."

"그야, 밥 먹이고 재워주긴 해야지."

나는 웃었지만 영교는 끝내 웃지 않았다.

카일라스 순례가 시작되는 마을은 다르첸(Darchen, 4560m)이었다. 북경에서 라사까지 총 4064킬로미터의 철길을, 중국은 '하늘길天路'이라고 불렀고 달라이 라마는 '문화에 대한 대학살의 길'이라고 불렀다. 1142킬로미터의 동토 지대를 지나고, 해발 5072미터의 탕구라 고개를 파죽지세로 꿰뚫는 철로의 개통은 '영혼의 성소'라고 불려온 티베트를 가속적으로 변화시켰다. 티베트를 침공할 때 중국이 필수품 운반을 위해 낙타 4만 마리를 동원했는데, 1킬로미터 갈 때마다 낙타 한 마리씩이 죽어나갔다는, 바로 그 길이었다. 그 죽음의 길을 이제 기차에 누워 만 이틀이면 갈 수 있었다.

　그렇지만 보이는 세계가 전부는 아니었다.

　티베트 사람들은, 중국의 지배도 역사적 카르마의 완성을 위한 하나의 과정에 불과하다고 내게 말했다. 혹한의 설원을 고통스럽게 기어오르면서도 통 큰 이상을 버리지 않고 순례하는 수많은 사람들을 나는 또한 그곳에서 보았다. 어디 그곳뿐이겠는가. 박상민 형제가 그랬듯이, 오늘도 세계 곳곳에서 갈망을 좇아 보상 없는 길을 떠나는 사람들이 얼마든지 있었다. 길은 결국 두 갈래라고, 나는 생각했다. 하나의 길은 경쟁에 가위눌리면서 자본주의적 소비문화를 허겁지겁 좇아가는 길일 것이고, 다른 하나의 길은 안락한 일상을 버릴지라도 불멸에의 영성을 따라 이상을 버리지 않고 나아가는 길이었다. 선택은 각자의 몫이었다.

　"곧 출소한다니까, 너무 기죽어 있지 마."

　"기가 죽어요? 내가요?"

　영교의 눈빛에 반짝 섬광이 지나갔다.

　"촐라체를 넘어왔는데…… 저, 무서운 거 하나도 없어요!"

　말의 아퀴를 지을 때 그의 눈빛에서 이미 섬광은 사라지고 그 대신 아득한 그리움 같은 게 서렸다. 황야의 모래바람 같은 것이 그의 내경内景을 거칠게 휩쓸고 지나가고 있다는 것을, 그가 깊어지고 강해지고 있다는 것을, 나는 그래서 알았다. 그는 바야흐로

졸라체보다 더 위험하고 더 높은 세상 속 다른 산을 오르려고,
지금 막 마음을 다잡고 있는 것이었다.

겨울 산사山寺는 아주 조용했다.

현우가 입산한 계룡산 자락의 산사로 들어선 다음에도 나는
샘가에 오래 앉아 있었다. 현우를 만나러 온 것이 잘한 짓인지
잘못한 짓인지 알 수 없었다. 입산하고 채 1년도 되지 않았지만
현우를 본 것이 까마득한 옛일인 것 같았다. 지나가던 주지스님
이 나를 먼저 알아보았다. 나는 주지스님을 따라 요사채로 들어
갔다.

"그애…… 거처를 옮겼는데……"

찻잔을 밀어놓아주고 나서 주지스님이 말했다.

이번엔 내가 어디로 옮겨갔느냐고 반문할 차례였다. 그런데
말이 나오지 않았다. 반쯤 열린 문 너머, 철쭉들이 현란하게 엉
그러진 숲 뒤로 동박새 몇 마리가 푸르르륵 날고 있었다. 내가
묻지 않으면 주지스님이라도 내가 알고 싶은 것을 말해야 할 일
인데, 내가 침묵하자 주지스님도 한참 동안 입을 다물고 있었다.
현우의 거처에 대해 끝내 입을 다물고 있는 것이 주지스님의 뜻
인지 현우의 뜻인지, 그것이 모호했다. 차 향기가 세필細筆로 온

방안에 퍼졌다.

"향기가 참 좋네요."

"티베트를 여행하셨다고?"

우리는 하릴없이 동문서답을 나누었다.

말이 끊기자 다시 어색한 침묵이 이어졌다. 절은 인적이 없는
듯 고요했다. 동박새 몇 마리가 다시 요사채 흰 마당에 내려앉았
다가 뿅, 뿅, 뿅, 날아오르는 걸 보고 난 뒤 내가 마침내 자리에서
일어섰다. 더 앉아 있어도 주지스님은 현우가 옮겨간 거처에 대
해 말해주지 않을 게 확실했다.

"스님, 그럼 안녕히 계십시오."

"네. 먼길일지라도 가깝게 생각하시고 내려가시지요."

우리는 거의 동시에 합장하고 인사했다. 주지스님의 마지막
인사말이 마음에 따뜻이 남았다. 철쭉이 에워싼 절 마당 맑은 우
물에 맷방석만한 흰 구름이 시나브로 지나가고 있었다. 나는 물
바가지로 물을 가득 떠서 단숨에 마시고 방금 비로 쓴 듯한 절
마당을 천천히 걸어나왔다.

하오의 햇빛이 참 따사로웠다. 현우를 만나지 못해 특별히 섭
섭한 마음이 들지는 않았다. 처음부터 현우 없이, 혼자 먼 생을
걸어온 것 같았다. 티베트에선 자유를 '네중(nge jung)'이라고

불렀다. '네'는 '현실적으로' '틀림없이'라는 뜻이고, '중'은 '벗어나다'라는 뜻이라고 했다. 일주문 좌우에선 바야흐로 산벚꽃이 떼지어 떨어지고 있었다.

한순간 나는 나도 모르게 멈춰 섰다.

무엇인가, 어떤 섬광 같은 것이 내 뒤통수에 닿고 있다고 느꼈다. 피잉, 하는 듯한 낮고 날카로운 금속성, 혹은 가열차게 허공을 가르는 가죽 채찍 소리가 뒷덜미로 날아오는 것 같기도 했다. 그것은 처음으로 촐라체와 딱 맞닥뜨렸을 때 환청으로 들었던 소리였다. 돌아보면, 내가 좀 전 떠나올 때 그랬듯 절은 인적 없는 고요에 부드럽게 싸여 있을 터였다. 그렇지만 나는 본능적으로 '촐라체'가 등뒤에서 내게 섬광을 쏘아보내고 있다고 생각했다.

아하, 하고 내 입이 이내 살짝 벌어졌다.

산벚꽃이 하르르르 발 앞으로 지고 있었다. 나는 잠시 스톱모션이 되어 일주문 앞에 서 있다가, 끝내 뒤를 돌아다보지 않고 다시 걸음을 재촉했다. 요사채 어느 어둑신한 방에서 문틈으로 멀어져가고 있는 나를 내다보고 있을 현우를 상상하는 건 조금도 어려운 일이 아니었다. 구태여 돌아보지 않아도 나는 한 존재로서의 '촐라체'를 볼 수 있었다.

사람이 곧 '촐라체'가 아닌가.

생각하면 상민과 영교도 촐라체였고, 나 또한 촐라체였고, 그리고, 그리워서요……라면서, 갈망을 품고 떠난 현우도 출라체였다. 나는 입속으로, 카일라스의 성자이자 노래꾼인 밀라레파의 시 한 구절을 우물우물 암송했다. 등뒤에서 나를 바라보고 있는 현우가 찾고 싶은 자유가 바로 그 시에 깃들어 있다는 걸 나는 알고 있기 때문이었다.

눈물짓는 슬픔에 찬 세상을 떠나서
고독한 동굴을 네 아버지로 삼고
정적을 네 낙원으로 만들라
사고思考를 다스리는 사고가 기운찬 말이고
네 몸이 신들로 가득찬 너의 사원이니
끊임없는 헌신이 너의 최선의 약이 되게 하라

　　　　　　　　　　　　　　　　　─밀라레파

카르마는 카르마로 이어지는 것인가. 현우를 찾아갔다 빈손으로 돌아오는 그날의 대전역에서였다. 배달을 갔다 오는 건지, 음식 그릇들이 담긴 커다란 쟁반을 겹으로 인 한 중년 여자가 나를 스치듯 지나갔는데, 그녀가 스치는 순간, 내 안에서 피잉, 마치 '가죽 채찍 휘두르는 소리'가 솟아나는 걸 느껴졌다. 나는 놀라서 소금 기둥처럼 그 자리에 붙박여 섰다. "당신의 아이예요!"

시루떡처럼 첩첩이 쌓인 시간의 단층을 뚫고 한 젊은 여자가 말하는 소리가 선명히 들렸다. 아하, 하고 내 입이 저절로 벌어졌다. 멀어지는 중년 여자의 스테인리스 쟁반 위에 아지랑이가 눈부시게 쭐렁거리고 있었다.

존재의 나팔 소리

소설 『촐라체』의 서두는, 내가 실제로 촐라체 북벽과 맞닥뜨렸을 때 느꼈던 첫인상을 사실 그대로 진술한 것이다. 글쓰기에 대한 순정적 열망과 삶의 유한성에 대한 격렬한 반항 사이에서 히말라야 오지를 떠돌던 2005년 이른 봄, 나는 처음 '촐라체'를 만났다. 처음 본 그것은 내가 오랫동안 찾아 헤맨, 초월적인 아름다움이었다. 나는 한순간 전율했고, 그리고 어떻게든 그것과 내가 깊이 맺어질 거라는 불가사의한 예감을 느꼈다.

소설 『촐라체』는 바로 그 예감의 실현이자 구체적 성과물이다.

소설의 서사 구조는 간명하다. 아버지가 다른 형제가 전인미답이자 '죽음의 지대'인 촐라체 북벽에서 6박 7일 동안 겪는 지옥 같은 조난과 놀라운 생환 과정에 대한 꼼꼼한 기록이 서사의 기본 얼개이다. 하지만 그것은 서사의 씨줄에 불과하다. 인간 한계의 벽을 넘어서려는 실존적인 기호들을 서사의 날줄로 삼아 꿰어내려고 나는 애썼다. 나는 '존재의 나팔 소리'에 대해 쓰고 싶었고 '시간'에 대해, 불가능해 보이는 '꿈'에 대해, '불멸'에 대해 쓰고 싶었다. 히말라야에서 사는 사람들은 5000미터가 넘는 산도 일반적으로 '마운틴'이라고 부르지 않는다. 그 정도의 산은 '힐'이라고 부른다. 이런 본원적 낙관주의야말로 살아 있는 것들이 가진 존재의 빛이 아닐 수 없다. '촐라체'는 그런 의미에서 불멸에의 꿈이고, 살아 있는 사람이며, 온갖 카르마를 쓸어내는 '커다란 빗자루'이다. 예컨대, 내겐 평생 '문학'이 거대한 빙벽을 실존적으로 올라야 되는 '촐라체'였고, 앞으로도 그럴 것이다. 이 유한한 인생에서 가슴속에 '촐라체' 하나 품고 살면 성취 여부와 상관없이 그게 곧 지복이 아니겠는가.

소설 『촐라체』는 포털사이트 네이버에 최초로 연재됐으며, 도서출판 푸른숲에서 처음 간행된 바 있다. 이번에 다시 간행하는 건 내가 '갈망 3부작'이라고 명명한 『고산자』 『은교』와 짝을 맞추기 위해서다. 재간을 위해 초판 『촐라체』 원고를 정성껏 고치고

다듬었으며, 그 과정에서 200여 매 이상 깎아냈다는 걸 아울러
밝혀두고자 한다.

세계화의 불온한 바람 속에서 여전히 내적 성장을 거듭하고
있는 나의 세 아이, 병수-아름-병일에게, 그리고 그의 친구들,
혹은 제 정체성을 아직 찾지 못한 쓸쓸한 젊은이들에게 먼저 이
책을 바치고 싶다.

2015년 여름
논산 조정리에서

문학동네 장편소설

촐라체
ⓒ 박범신 2015

1판 1쇄 2015년 7월 31일
1판 4쇄 2022년 7월 20일

지은이 박범신
책임편집 김형균 ┃ 편집 강윤정 김민정
디자인 김이정 유현아
마케팅 정민호 이숙재 박치우 한민아 이민경 박지영 안남영 김수현 정경주
브랜딩 함유지 함근아 김희숙 박민재 박진희 정승민
제작 강신은 김동욱 임현식 ┃ 제작처 한영문화사(인쇄) 경일제책사(제본)

펴낸곳 (주)문학동네 ┃ 펴낸이 김소영
출판등록 1993년 10월 22일 제2003-000045호
주소 10881 경기도 파주시 회동길 210
전자우편 editor@munhak.com ┃ 대표전화 031) 955-8888 ┃ 팩스 031) 955-8855
문의전화 031) 955-3578(마케팅) 031) 955-2678(편집)
문학동네카페 http://cafe.naver.com/mhdn
인스타그램 @munhakdongne ┃ 트위터 @munhakdongne
북클럽문학동네 http://bookclubmunhak.com

ISBN 978-89-546-3693-3 03810

* 이 책의 판권은 지은이와 문학동네에 있습니다.
  이 책 내용의 전부 또는 일부를 재사용하려면 반드시 양측의 서면 동의를 받아야 합니다.
* 이 도서의 국립중앙도서관 출판예정도서목록(CIP)은 서지정보유통지원시스템 홈페이지
  (http://seoji.nl.go.kr)와 국가자료공동목록시스템(http://www.nl.go.kr/kolisnet)에서
  이용하실 수 있습니다.(CIP 제어번호: 2015017747)

www.munhak.com